AF245130

GHOSTLY WHISPER
"IL VICINO TATUATO"

Barbara Morgan

Whisper of the Heart

Can you still see the heart of me?
All my agony fades away
When you hold me in your embrace
Don't tear me down for all I need
Make my heart a better place
Give me something I can believe
Don't tear me down
You've opened the door now, don't let it close

("All I Need", Within Temptation)

CAPITOLO 1

«Non stai parlando sul serio, vero?»

No, certamente Brianne Avery non sta parlando sul serio. È tutto uno scherzo. Mi sta prendendo in giro. Probabilmente è l'ora. E la fame incombente che, come ogni sera, si fa sentire. O la frustrazione di vivere quasi perennemente dietro allo schermo di un pc.

«Mai stata così seria, Faye. Sei l'unica opzione che mi rimane, altrimenti non lo chiederei proprio a te, lo sai.» La voce di Brianne, solitamente divertita e tendente allo scherzoso, si sta facendo tremendamente seria. In modo quasi inquietante.

La immagino, dall'altra parte del telefono, mentre tamburella le dita sulla scrivania in attesa di aprire i vari collegamenti della Ghostly Whisper. In cerca di alternative che non riesce o non ha intenzione di trovare.

«Brianne, io scrivo horror. Perché non mi chiedete mai horror ultimamente? Lo sai bene che ho trovato una certa affinità, dopo la fantascienza e l'urban fantasy. È una vita che non scrivo un horror come si deve, nudo e crudo! Di sana e meravigliosa fantascienza nemmeno a parlarne, vero? Ci deve sempre essere la "demoiselle in distress", in ogni storia. Sempre! Io… io… finirò per avere una crisi di nervi oltre che di identità. Quella già ce l'ho da un pezzo, ma è una sindrome del lavoro, una malattia professionale come il gomito del tennista… Almeno un mistery vero, dico io! Piuttosto che niente, piuttosto che…»

«Chick lit, Faye. Così si chiama, ti converrà impararlo. C'è bisogno di un chick lit da attribuire a un'attrice che ha deciso di scrivere un romanzo. Romantico, divertente, piccante. È già stato annunciato, quindi…» La sento sospirare. Un sospiro impaziente, nervoso. Un sospiro alla Brianne Avery quando vuole fare la persona seria, la donna in carriera. Quando si prepara a fare una rivelazione che sconvolgerà la salute fisica e mentale di qualcuno. E le mie, entrambe, sono già abbastanza labili al momento. «È stato The Voice in persona a richiederlo.»

«Brianne, capisci che dire The Voice in persona è già abbastanza contraddittorio di per sé?» Sbuffo addentando una patatina del pacco formato famiglia appena aperto. «O vuoi per caso farmi credere che The Voice se la spassa con questa attrice?»

«Non lo so, ma potrebbe anche essere.»

La sento masticare. Starà mangiando anche lei per stemperare la tensione. Di solito è il motivo ufficiale per cui mangiamo alle ore più insolite del giorno e della notte. Un motivo che però, anno dopo anno, mi si è depositato direttamente sulle cosce e sul giro vita.

Un romanzo sentimentale. No anzi, un chick lit. Una storiella d'amore, insomma. Quella roba lì. A me… che già mi devo sottoporre a dosi massicce di canzoni sdolcinate per inserire qualche scena romantica nei thriller e negli urban fantasy che mi chiedono abitualmente. Il periodo del rinnovato proliferare degli urban fantasy è coinciso con il mio momento di maggior produttività. Anche se mi sono ritrovata a gestire una schiera di vampiri assetati di sangue, di licantropi famelici, di demoni dannati e di varie ed eventuali creature dell'oscurità (solitamente di sesso maschile) pronti a crollare di fronte al primo languido sbattimento di ciglia di una fragile umana capitata sul loro malaugurato percorso. Ma quel momento d'oro, grazie al quale sono riuscita a permettermi il mio piccolo appartamento a Fulham Broadway, sembra irrevocabilmente terminato per sempre. Così, mentre i vampiri sembrano destinati a tornare nelle loro bare con un paletto ben piantato nel cuore, io sto per ritrovarmi alle prese con un genere di cui non ho mai scritto nemmeno una riga.

È un mondo particolare, il nostro. Particolare e circoscritto. Tra di noi ci conosciamo tutti. Siamo un po' come agenti segreti con licenza di scrivere. Per conto di altri. Lavoriamo per la Ghostly Whisper, di cui quello che chiamiamo The Voice è il capo supremo. La Ghostly assegna i testi al redattore a cui siamo affidati, nel mio caso Brianne, che li suddivide tra i ghostwriter a disposizione. Solitamente ci affibbiano il genere. A volte anche un abbozzo di idea che spesso si traduce in poche parole. Un po' come la richiesta di Brianne di questa sera: romantico, divertente, piccante. L'unica cosa piccante nella mia vita, in questo momento, è la salsa ketchup in cui immergo le mie pringles!

The Voice, da buon capo di un'agenzia di ghostwriter, non concede al volgo l'onore di essere visto. È, per l'appunto, solo una voce che si fa sentire occasionalmente durante le riunioni che si tengono più o meno una volta al mese. Un fantasma nel vero senso della parola, insomma.

«Mmh... se arrivassimo a un compromesso? Per lasciarmi un certo margine di libertà in un campo dove sono un po' più esperta... Magari un urban fantasy con la solita protagonista indecisa tra i pretendenti che la trovano meravigliosa anche se è una lagna patetica e una trave per la società? Non per vantarmi, ma lo sai che sono bravissima in questo!» Qualche dissanguamento e vampirizzazione poi potranno fare solo bene alla trama, infondere linfa vitale alla storia della povera fanciulla bisognosa di sostegno, protezione e soprattutto di qualche sveltina occasionale con il cattivo di turno. Mi sposto dal computer e con il telefono vado a stendermi sul divano. Ho mal di schiena e di spalle. Altra malattia professionale, temo. «Un'attrice ce la vedo a scrivere una cosa così... A proposito si può sapere chi è? È molto famosa? Ha vinto qualche premio? Lavora per il cinema o in qualche soap? Giuro di non rivelarlo a nessuno, nemmeno sotto minaccia!»

«Ovviamente no, Faye. Non puoi sapere chi è l'attrice.» La risposta di Brianne è scontata e altamente prevedibile. Ma almeno io provo a scoprire qualcosa di più. Ci provo sempre. «Lo sai che non possiamo conoscere il nome dei clienti.»

«Già, certo. Scoprirlo casualmente quando il libro è uscito va bene, prima invece nemmeno a parlarne... Ma almeno che genere di film o spettacolo televisivo ha fatto, età, colore dei capelli, taglia di reggiseno? Giusto per farmi un'idea del tipo e organizzare le idee...»

L'aspetto della cliente non c'entra nulla con la storia, ma ho solo voglia di prendere tempo.

«No, Faye. E comunque niente urban fantasy questa volta. Ci è stato richiesto proprio un chick lit, espressamente.»

La richiesta di Brianne si fa perentoria, quasi impaziente. Suppongo che non stia prendendo in considerazione l'idea di un no come risposta.

«Capisco... ma cerca di considerare i miei limiti...»

Potrei anche tentare, se volessi. Ma il problema fondamentale è che non voglio. Perché non mi hanno richiesto un bel fantasy con draghi alla Tolkien? Anche in quello non mi sono mai cimentata seriamente, ma non mi dispiacerebbe affatto cogliere l'occasione per provarci.

«Sono perfettamente consapevole dei tuoi limiti, Faye. Da quanti anni ci conosciamo ormai? Nove, dieci?» Dodici. Meglio evitare di farlo presente. «Gli altri sono tutti impegnati con progetti a breve termine, anzi ne hanno addirittura due o tre in fila. Purtroppo per il tuo campo al momento non ho altre richieste imminenti. E comunque lunedì ci sarà una riunione generale straordinaria alla Ghostly...»

La sento esitare. Quando fa così sta nascondendo qualcosa. Qualcosa che non vede l'ora di raccontarmi, ma necessita un piccolo incoraggiamento solo per giustificarsi e avere la sensazione di essere stata quasi forzata a parlare.

«Non era in programma... è successo qualcosa?» Mi stendo meglio sul divano, raccogliendomi i capelli sulla nuca.

«Tanto prima o poi lo verrai a sapere, ormai è di dominio pubblico. Tra noi, intendo...» Brianne sospira profondamente.

La rivelazione scottante sta per arrivare. Solitamente al mio tre. Uno, due… «Tracy Weber ha avuto un esaurimento nervoso. Si pensava che riuscisse a riprendersi nel giro di qualche giorno, invece ha bisogno di più tempo… di una vacanza vera e propria. Era lei l'incaricata al progetto che ti ho appena assegnato… Ma la riunione generale non è solo per quello.»

Ecco che finalmente Brianne ha sputato il rospo! L'avevo capito che ci doveva essere qualcosa sotto! Se ne parla spesso. La non realizzazione della vita da sogno, con tanto di principe azzurro focoso e appassionatamente innamorato, attribuita alle protagoniste delle storie sentimentali può condurre alla depressione. La situazione non riguarda tanto me perché io scrivo di incubi più che di sogni. O se sono sogni sono sempre inquietanti. Anche le storie d'amore che inserisco restano in sospeso o finiscono male, magari con la morte di uno dei due innamorati o, meglio ancora, di entrambi. Quindi nessun rischio di immedesimazione e di frustrazione nel confronto con la realtà per me.

«Mmh…» Prendo tempo, mi alzo e recupero il pacchetto, addento un'altra patatina. Per la solennità del momento avrei bisogno di una pizza intera però. «Lasciami raccogliere un po' le idee, Brianne. Ci sentiamo domani mattina. Intanto tu… vedi se riesci a trovare una persona più adeguata all'incarico.»

Non ho detto di sì. Non ho ancora detto di sì. Cerco di afferrare qualche idea qua e là nella mente. Di solito basta un piccolo aggancio per portare l'immaginazione esattamente dove vorrei, dove ho bisogno. Invece niente questa volta. Forse devo ancora arrendermi e accettare il progetto. Magari la pizza la ordino davvero. La pizzeria sotto casa consegna anche dopo mezzanotte.

CAPITOLO 2

Ho dormito malissimo. E non è stata colpa della pizza farcita con prosciutto, olive e funghetti. Ci ho fatto mettere anche qualche pezzettino di ananas questa volta. Idee zero, il nulla assoluto. Il deserto.

Ho sognato, per l'ennesima volta, la mia insegnante di matematica del liceo. Si alterna al professore di tedesco dell'università nei miei sogni tendenti all'incubo. Perfettamente sogghignanti di fronte alla mia palese impreparazione. Stanotte avevo a che fare con i problemi di trigonometria. Forse l'ho sognata perché con la trigonometria ho lo stesso rapporto che ho con il genere chick lit; so che esiste ma non riesco bene a identificarlo, a definire cosa sia. Comunque, venivo sottoposta a umiliazioni pubbliche davanti a tutta la classe. Mi sono svegliata con un senso di nausea, un cerchio alla testa e la sensazione di avere formule trigonometriche che mi comparivano di fronte agli occhi, danzandomi poi intorno come impazzite. Forse l'ananas sulla pizza avrei dovuto evitarlo.

Chick lit… Cosa sarà esattamente? Credo che sia l'eccessivo bisogno di definire tutto a portarmi questa confusione mentale. E io in realtà detesto le definizioni. Con il mio caffè alla mano mi siedo al tavolo di lavoro e accendo il pc. Avvio la ricerca. Mi esce Chicago poi, aggiungendo una sola lettera alla ricerca, *Chicken Little*. No, non penso proprio sia quello che sto cercando. E al momento non mi serve nemmeno qualche gustosa ricetta per preparare il pollo.

Finalmente ci arrivo e scopro la verità suprema. Genere letterario che si rivolge a donne, divertente, umoristico. Le protagoniste sono moderne, prevalentemente in carriera. Spesso tratta sentimenti e sesso in modo esplicito. Okay. Sono rovinata. Io non sono divertente, io non ho senso dell'umorismo. Non sono moderna e tantomeno in carriera. Io sono cinica e oscura. E di sentimenti scrivo due pagine ogni quattrocento, proprio se sono obbligata. Il sesso i miei frustratissimi personaggi lo fanno sempre dietro le quinte, se non sono troppo impegnati a salvarsi la vita o a far fuori qualcuno. Sono decisamente rovinata!

Io non sono romantica, insomma! Da adolescente mi dava fastidio che il mio quasi ragazzo mi prendesse per mano in pubblico. Tutte le altre adoravano essere vezzeggiate davanti alle amiche. Io fulminavo i ragazzi con lo sguardo se solo osavano avvicinarsi con quelle intenzioni.

Mi connetto a Facebook e in seguito anche al forum della Ghostly Whisper. Ho bisogno di conforto e di sostegno emotivo in questo momento.

Mi imbatto immediatamente in Kelly. Non lei, accidenti! Tra tutti è la meno indicata. Responsabile marketing della Ghostly, se possibile è anche meno romantica di me! La chiamo "la mia anima nera", Kelly Knight è una dark lady fanatica di musica metal e mia confidente privilegiata. Come me non vede tutto il mondo rose e fiori, ma denso di oscurità nebulosa che precede la tempesta.

"Buongiorno" mi scrive in chat.

"Buongiorno" replico io.

Non so se confessare immediatamente o provare a tergiversare un po' parlando di tutto e di niente, ma non del mio nuovo incarico. Invece decido di togliermi il dente subito. Anzi, in realtà la sensazione è quella di togliermi tutta la dentiera. La butto lì, quasi come un gioco. Confesso mantenendomi sul vago. Così, ipoteticamente potrei anche tentare l'esperimento di scrivere un... un coso... un genere diverso... divertente, stuzzicante, forse anche un po' irriverente. Ma sì, tanto per dire di aver provato di tutto nella vita.

"Vuoi scrivere un chick lit? Tu? Ma no! Non ci crederei nemmeno se lo vedessi scritto e stampato!" Mi risponde, alla velocità della luce.

Mi preparo un altro caffè prima di replicare. La lascio lì in attesa. Come se aspettando avessi il potere di cambiare la situazione. Prendo anche i biscotti integrali. Ma ne mangerò solo uno però, per non ingrassare! Anche se date le circostanze odierne… ne ho davvero bisogno di un altro.

Intanto attendo. Risponderò, certo. Ma più tardi. Passo a Facebook e al mio profilo. Trovo uomini, richieste di amicizia. Solitamente controllo le amicizie in comune prima di decidermi ad accettare o rifiutare. Il più delle volte però li lascio lì in sospeso, ad aspettare una conferma che forse non avverrà mai.

Potrei tentare di sfruttarli per qualche idea. Anche se l'ultima volta che ho provato a instaurare un dialogo l'uomo in questione era un generale della marina americana ottantenne che mi ha invitata a una festa per veterani nel Minnesota. No, il signor generale non va bene per la storia che devo scrivere. Potrei ringiovanirlo di… diciamo quaranta o cinquant'anni. No. Niente marina militare, conoscendomi finirei per scrivere un romanzo di guerra relegando l'amour nelle mie solite tre paginette scarne. Facendo fuori gli amanti, alla fine. Mi sembra ovvio. Ma magari questa volta lo farei in modo eroico!

Devo ancora rispondere a Kelly. Scrivo e cancello più volte. Non so come rendere l'idea di ciò che sto provando in questo momento. Decido per il silenzio. Ho bisogno di mettere a tacere la confusione mentale.

Stacco tutto e mi stendo. Un'idea. Ho bisogno di un'idea, subito. Una qualsiasi. Sul soffitto vedo un ragnetto, fermo proprio in corrispondenza della mia testa. Potrebbe celare l'anima di un uomo che per nascondersi ai suoi persecutori è costretto a diventare ragno di giorno e uomo sexy e provocante di notte. Con il mio ragno potrei fare concorrenza a Kafka rendendo la trasformazione in insetto orrida e definitiva.

No, invece. Non potrei. Perché mi è stato richiesto un chick lit! Non uno spider lit. Quindi non va bene. Meglio lasciare il ragno alle sue incombenze e chiudere gli occhi per un attimo. Non sarà così difficile! Posso farcela. Romantico, divertente, piccante. L'inferno di un'aspirante autrice di horror, insomma.

CAPITOLO 3

Torno in me. Senza idee, ma un po' più riposata. Anche se il cerchio alla testa permane. Accedo nuovamente al forum della Ghostly, alla nostra sezione riservata. Raggiungo la casella con il mio nome, Faye Lizzy Sandstrom, e la mia immagine. Che poi è quella di Mercoledì Addams, che io uso spesso come avatar. Saltuariamente anche su Facebook per scoraggiare le richieste di amicizia maschili. Non che la mia immagine reale sia poi così incoraggiante, soprattutto perché ho sempre l'aria un po' incazzata di una che guarda verso l'obiettivo con un atteggiamento di sufficienza mista a disprezzo. Ma ai disperati sta bene tutto, a quanto pare. Anche le mie foto da bambina però sono quasi tutte così. Quindi o mi venivano a fotografare sempre nei momenti sbagliati, o avevo il sole negli occhi... oppure, cosa molto più probabile, la mia avversione ai sorrisetti di circostanza si era già palesata in tenera età.

Provo a chiedere qualche notizia di Tracy Weber. Non oso telefonarle direttamente, non vorrei disturbare e poi non abbiamo mai avuto rapporti di amicizia così stretti.

Nessuno sembra saperne molto più di me. Sto iniziando a preoccuparmi. Non solo per lei, per me stessa. Anche io sono stressata ultimamente. Potrei finire in una casa di cura per ghostwriter depressi? Probabile. Mi chiedo se esista davvero una struttura del genere. Dovrebbe, in fondo siamo molti di più di quanto si potrebbe pensare!

Sono anche ingrassata ultimamente, sento dolore alle articolazioni. E mi si è abbassata la vista. Mi hanno consigliato un paio di occhiali riposa vista. Ma li dimentico sempre ovunque e li riempio di ditate. Alla fine, ci vedo peggio con gli occhiali che senza.

Vago per casa in cerca dell'idea che non arriva. Mi fermo davanti allo specchio provando un profondo orrore e senso di sconforto per lo stato dei miei capelli, una massa castana informe che sta in cima alla mia testa. E delle mie occhiaie, due cerchi scuri che hanno già attraversato diverse gradazioni di violaceo tendente al grigio e al marrone fino ad arrivare al quasi nero. Ma ormai con quelle ci convivo da sempre, se sparissero mi mancherebbero.

Mi sistemo sul divano e accendo la tv sperando, per la prima volta nella vita, che trasmettano qualcosa di romantico che mi serva da ispirazione. Non ho niente. Nemmeno un misero punto di partenza. Nulla di nulla!

Mi perdo a guardare un episodio di *Tom & Jerry*, invece. Poi due. Poi tre. Parteggio un po' per l'uno un po' per l'altro. Quando il programma termina il mio problema risale in superficie.

Dal cellulare cerco il nome e seleziono la chiamata.

«Ehi! Buon sabato, Mercoledì!»

Rido alla solita battuta, vecchia quasi quanto me ormai. «Ho un problema, Alex. È questione di vita o di morte!»

Conosco Alex Benson dai tempi delle medie, anche se lui era di due anni avanti a me. Credo di poterlo definire come il mio migliore amico in assoluto. È stato proprio lui a introdurmi nella Ghostly Whisper qui a Londra circa quattordici anni fa, mentre ancora frequentavamo l'università. Inizialmente ci occupavamo della scrittura di articoli e discorsi. Anche qualche saggio. Poi io ho iniziato a supportare la stesura di tesi di studenti svogliati. Infine, siamo passati alla fiction. Abbiamo scritto storie insieme con nove pseudonimi diversi. È stato divertente, eravamo giovani ed energici. Alex è stato l'unico con cui sono riuscita a collaborare nella scrittura. Se non con lui preferisco lavorare da sola.

«Non riesci a far scoprire il serial killer o a collegare gli omicidi? O sei alle prese con qualche mostro preistorico?» Il suo tono canzonatorio mi irrita questa volta. Forse un po' ce l'ho ancora con lui per avermi abbandonata a Londra ed essersi trasferito a Leeds dopo il matrimonio e dopo la decisione di dedicarsi principalmente alla carriera di cronista sportivo.

«No. Brianne mi ha chiesto una storia romantica. Ma di quelle divertenti, piccanti. Insomma, quella roba lì. Chick lit si chiama.»

Alex non replica. Silenzio assoluto. Per un attimo credo quasi che sia caduta la linea. Poi finalmente si degna di rispondere. Sembra che si stia trattenendo per non ridere. «A te?»

«Mmh...» E io ora la chiederei a lui. Magari insieme riusciremmo a combinare qualcosa. O forse no. Ma almeno mi sentirei meno sola e frustrata. «Non ho idee, Alex. Il vuoto assoluto, il nulla totale. Niente di niente.»

«Capisco ma... non credo sia così difficile scrivere una storia romantica. Insomma... prova a pescare un po' dal tuo vissuto...»

«Se pensi che sia tanto facile la passo a te!» Ecco, idea sensazionale. Lui in questo senso ha più vissuto di me. «Non credo che Brianne avrebbe qualcosa da dire se te ne occupi tu! Io aspetto e spero nel ritorno dei vampiri o degli zombie prima di finire sul lastrico.»

«Cosa? No, no grazie Mercoledì. È tutta tua!» Sì, lo sapevo. Mi pareva troppo bello per essere vero. «Io ho già le partite, c'è il campionato lo sai. Magari posso mettere insieme qualcosa per le vacanze di Natale, ma solo thriller per me ormai. Sono diventato un ghost part time.»

«Alex io non ho... quel genere di vissuto! Io non sono divertente, moderna e in carriera. Io sono... io!» E in questo momento ho voglia di dormire fino a Natale, ecco. Per poi svegliarmi e ingozzarmi di cioccolata.

«Insomma, Faye. Se non ce l'hai createlo... Non so, prova a prendere spunto da quando lavoravi per l'agenzia di moda! Ecco, quella mi sembra una buona idea. Avevi conosciuto un po' di gente interessante lì...»

Sembra davvero molto convinto del suggerimento. Forse ha i vuoti di memoria. Avevo dovuto lasciare quel lavoro, che risale a prima del mio inizio alla Ghostly, per la disperazione. Ero una delle segretarie della direttrice pubblicitaria. Dovevo essere carina, spigliata ed elegante. Librarmi serena ed entusiasta su tacchi con cui in teoria avrei dovuto percorrere l'intera città, straripante di fascino e nonchalance. Invece arrivavo qualche minuto prima appositamente per nascondermi in bagno, cambiarmi e truccarmi. Poi era arrivata la storia con il fotografo. No, non una storia d'amore, ma di reciproco disprezzo. Detestavo il modo in cui quell'essere ripugnante trattava le modelle. Come pezzi di carne senz'anima. Non che tutte l'avessero, ma erano comunque esseri umani. In una storia che ho scritto una decina di anni fa l'ho ucciso per poi farlo risuscitare come zombie che alla fine veniva eliminato e ridotto in brandelli con un affilato tacco dodici. Quindi no, nessuna storia neanche da quel mondo di cui per poco avevo fatto parte.

Saluto Alex frettolosamente, dopo aver chiesto qualche notizia di Sally e dei gemelli, solo per pura cortesia. Avevo completamente dimenticato sua moglie e i suoi bambini. Sono una persona orribile, sempre concentrata su se stessa. Ma prima mi libero di questa storia meglio sarà per me. Farò in modo di assicurarmi che non me ne assegnino altre di questo genere per un po'. Anzi per sempre se possibile.

Appena posato il telefono vedo apparire sul pc la notifica di un messaggio di Brianne. Mi chiede notizie della storia, vorrebbe sapere a che punto sono. A nessun punto, ovviamente. Non ho nemmeno l'ombra di un'idea. Ci metterò una vita, se basta! Ma qualcosa devo pur risponderle.

"Sono a buon punto, ovviamente. Ho già un sacco di idee. Farò davvero in fretta!"

CAPITOLO 4

Ormai credo di conoscermi abbastanza bene. Sono dannatamente orgogliosa. Ed è proprio l'orgoglio a fregarmi, sempre. Non è nel mio carattere ammettere di non riuscire a fare qualcosa. Anche se è qualcosa che detesto, non confesso mai la disfatta senza combattere. Questa mia "tremenda" particolarità mi ha causato un mare di guai, con il senno di poi sono costretta ad ammetterlo.

Meglio uscire a fare un giro. Magari riuscirò a trovare l'ispirazione. La cosa mi rompe abbastanza perché io non ho mai bisogno di cercarla questa benedetta ispirazione! Arriva da me per conto suo, già impacchettata. Io devo solo disfarla, stendere e delineare la trama della storia.

Apro il guardaroba. Ci sono abiti che nemmeno oso guardare. Li sfioro appena con le dita lasciandoli appesi esattamente dove si trovano. Non ci starei dentro o ci starei davvero molto stretta. Meglio non sfidare la sorte ed evitare di deprimermi.

La fame notturna mi passerà, prima o poi. Per questo dovrei anche evitare di scrivere la notte. Con gli articoli, i saggi e le tesi si poteva anche fare. Ma scrivere romanzi evidentemente stimola il mio appetito e la mia voglia di qualcosa di stuzzicante da sgranocchiare mentre decido del destino di altri sentendomi una sorta di divinità giustiziera dispensatrice prevalentemente di tragedie.

Indosso i miei soliti jeans e una maglietta informe con la manica a tre quarti. Taglia extralarge per farmi sentire magra. Mi lego i capelli. Necessiterebbero di un taglio e di colpi di sole magari. Ma meglio non pensarci adesso. Anche se il parrucchiere potrebbe essere una fonte di idee. Però me lo terrò di riserva nel caso non riesca a trovare qualcosa di meglio.

Borsa gigante in cui infilo di tutto e giacchina leggera appoggiata sopra, ho già selezionato la destinazione. Andrò a trovare il mio amico Sean e la sua boutique trés chic in Oxford Street. Non proprio del tutto sua, condivide le quote con un amico. Magari la frequentazione di negozi alla moda mi aiuterà anche con la storia.

Esco dal mio appartamento e chiudo la porta. La mente vaga, ancora in cerca dell'idea geniale che rifiuta imperterrita di farmi visita questa volta. Resto per un attimo a fissare la mia porta rossa. Credo di aver perso il conto degli anni in cui ho vissuto qui. Cinque o sei. No, quasi sette in realtà! Grazie ai vampiri, ai licantropi e alle creature soprannaturali che mi hanno permesso di pagare l'affitto. Dopo il mio arrivo dallo Yorkshire a Londra ho vagato incessantemente per alcuni anni, prima di trovare questo posto. Ho condiviso un appartamento con una compagna di università per un certo periodo, poi anche con Alex in Lambeth North, prima di traslocare in questo appartamento più piccolo che potevo permettermi da sola. Ormai Fulham Broadway è casa mia, non potrei vivere altrove.

Come mi volto per scendere le scale me lo trovo davanti. Decisamente bello, con grandi occhi azzurri e una sottile bava che gli scende dalla bocca. Non me ne intendo molto ma direi proprio che si tratta di un husky. Mi blocca quasi il passaggio verso le scale. Sono tentata ma non oso accarezzarlo, non ho così tanta sicurezza con i cani. Gli sorrido un po' forzatamente. Non ho paura ma preferirei che ci fosse in giro il padrone, a essere sincera.

«Scusa bello, ma devo proprio passare di lì...» Riesco a spostarmi lateralmente e oltrepassarlo. Lui si rigira su se stesso voltandosi a guardarmi mentre scendo. «Ecco, bravo. Ci vediamo, bello.»

Mi chiedo di chi possa essere. E mentre mi ritrovo fuori dall'edificio mi accorgo che mi sta seguendo. Qualcuno ha lasciato il portoncino aperto. No, insomma. Anche il cane che mi segue ci mancava! Non sarà stato abbandonato? Che faccio ora? Non mi può seguire sull'autobus fino a Oxford Street. Continuo a camminare diretta alla fermata del 14, esco dal complesso degli appartamenti dove si trova anche il mio. Fortunatamente a quel punto si ferma e torna indietro. Lo controllo con la coda dell'occhio stando attenta che non se ne accorga e non sia nuovamente tentato di seguirmi.

Scendo a Piccadilly Circus, cammino e percorro a piedi la strada fino a Oxford Street. Fa più caldo del solito per essere settembre. Raggiungo Le Pochette, la boutique di Sean, vicina alla stazione della metropolitana. So già che con i suoi consigli tenterà di trasformarmi in un'altra persona. Una donna disinvolta e sicura di se stessa, almeno in apparenza.

Resto ferma a osservare la vetrina prima di decidermi a entrare. Fra un po' inizieranno ad allestire con le decorazioni natalizie, per il momento mantengono ancora un aspetto neutro tra l'estivo e il preautunnale. Dovrei proprio farmi dare qualche lezione di stile da Sean, a quanto pare quel poco che ho imparato all'agenzia di moda l'ho completamente scordato, rimosso.

Entro e mi guardo intorno. Spero che Sean non si sia preso una vacanza proprio oggi. Non ho molta confidenza con il suo socio.

«Buongiorno, bella bambina.»

Sorrido appena mi compare di fronte. Il ciuffo di capelli biondi sugli occhi nocciola e il viso e il fisico da modello. Sean Edwards è uno degli uomini più belli che io abbia mai visto. Anche meglio dei modelli che bazzicavano l'agenzia di moda.

Ci scambiamo un abbraccio, come se non ci vedessimo da secoli. Fa sempre così. Poi mi afferra per le spalle e mi scruta da capo a piedi.

«Bambina, hai l'aria disfatta e distrutta. Sembri una casalinga disperata.»

«Io sono una casalinga disperata, in effetti!» Sbuffo e incrocio le braccia. Ha ragione ma sentirmelo sbattere in faccia così non aiuta la mia autostima.

«Hai bisogno di rifarti il look. E di uscire di casa un po' di più, direi.» Sospira e scuote la testa osservandomi. «Cosa significa quella maglietta sformata e dal colore indecifrabile? E quei jeans che sembrano del secolo scorso!»

«Credo che lo siano davvero, ora che ci penso. Un pezzo originale, non fa un po' vintage?» Provo una sorta di insofferenza nei confronti di me stessa. Sono tentata di affidarmi a lui e permettergli di fare di me qualunque cosa lui voglia. Come non gli ho mai concesso prima. «Per questo sono qui. Ho bisogno di te.»

«Possiamo rimediare, tranquilla. Però dovresti iniziare anche a praticare un po' di sport. Il metabolismo a una certa età smette di funzionare...»

«Sean!» Lo interrompo e lo spingo indietro mentre lui ridacchia divertito.

«Stavo scherzando.» Continua a ridere e solleva le mani. «Magari un altro tipo di sport... Guarda io come sono in forma!»

«No, taci! Non voglio sapere niente...» Sean è incorreggibile. A volte mi chiedo se non avrei perso la testa per lui se non avesse reso chiaro fin da subito di non essere interessato alle donne in generale e a me in particolare. «Ho bisogno di aiuto, comunque. Di questo sono consapevole anch'io. Sono un caso quasi disperato ormai.»

Magari cambiare look mi aiuterà anche con la storia. Se raggiungessi una maggiore autostima potrei anche riuscire a inventarmi una trama romantica e... insomma tutte quelle cose che Brianne mi ha chiesto di inserire. Tra l'altro, ora che ci penso, il bellissimo amico gay della protagonista è un cliché nelle commedie romantiche. L'ho sentito dire da alcune colleghe che si occupano del genere. E ricordo chiaramente il ruolo di Rupert Everett in *Il matrimonio del mio migliore amico*.

Io ho qui Sean, tutto per me. Bello da impazzire. Sembra fatto apposta. Probabilmente non sarei nemmeno la prima a usarlo per questo. Se non fosse che mi manca ancora il vero protagonista maschile e tutta la trama della storia, dannazione! Intanto la sua voce mi riporta alla realtà.

«Ho sicuramente qualcosa che fa per te. Però dammi ascolto… la devi smettere con i dolcetti notturni. Non ti fanno bene.»

Mi volta le spalle e si avvia verso un lato della boutique passando in rassegna degli abitini colorati in cui a occhio e croce non credo che riuscirò a entrare.

«In realtà sono per lo più patatine e pizzette. E bibite.» Cerco di giustificarmi, anche se inutilmente. Sean ormai si è perso in quegli abiti mentre mi lancia un'occhiata fugace, probabilmente visualizzando come mi starebbero addosso. «Anche se non disdegno del buon cioccolato fondente.»

«Tutta roba che ti finisce direttamente sui fianchi, bambina.» Afferra un paio di vestiti e si volta improvvisamente verso di me. «A proposito, hai sentito della festa anni '80 organizzata dalla Ghostly al Piggie's?»

Lo fisso sconcertata. Ovviamente non ne sapevo nulla. «Ti pare che io possa sapere qualcosa? Hai presente Jon Snow di *Game of Thrones*? Io non so nulla, proprio come lui!»

«Ma no, cara. Sono io che so sempre tutto in anticipo!» Mi strizza l'occhio e torna a occuparsi degli abiti da destinare a me, illudendosi che io riesca a entrarci.

Anche Sean Edwards fa parte della Ghostly Whisper. Con la scrittura non c'entra nulla però, si occupa principalmente dell'aspetto amministrativo e dei contratti. In pratica siamo un po' come gli alieni di *Visitors*. Veniamo in pace. Siamo in mezzo a voi.

CAPITOLO 5

Lascio il negozio di Sean con tre vestiti nuovi, due golfini da bambolina sensuale e il portafoglio decisamente alleggerito. Ora la sfida è tra me e loro. Perdere un po' di peso per starci in modo un po' più confortevole e non sentirmeli addosso così attillati. Odio gli abiti che mi stringono. Sean mi ha fregata, avrei dovuto saperlo! Però nessuno come lui è così schietto nel dirmi la verità su me stessa. Non mi direbbe mai che mi trova in splendida forma quando sto letteralmente cadendo a pezzi.

Decido di entrare da Borders. Forse lo avevo già deciso ancora prima di uscire di casa. Voglio provare a studiare il soggetto. Mi aggiro tra gli scaffali prendendo la questione a distanza, come se fossi pedinata da una spia nemica pronta ad assalirmi. Come se stessi tradendo mio marito, fidanzato, compagno e temessi di essere beccata da un investigatore con l'obbiettivo puntato su di me per scattarmi foto compromettenti.

Do uno sguardo al pian terreno, forse c'è già qualcosa tra le novità. Però poi scelgo di evitare la troppa gente che mi si accalca intorno e mi avvio verso la scala mobile laterale per raggiungere il piano dove so che troverò quello che cerco. Magari mi potrei prendere anche una cioccolata con un muffin mentre li consulto… No, no. Non va bene! Devo entrare comodamente nei vestiti che ho appena acquistato, non posso e non devo dimenticarmene.

Chick lit, chick lit. Alcuni si riconoscono dalle copertine, colorate e particolari. Almeno di nome un paio di autrici le conosco. Cosa dovrei fare? Posso sempre ordinarli su internet e farmeli mandare a casa. Oppure acquistarli in ebook. Ma già che sono qui… Ne prendo un paio, senza nemmeno leggere troppo attentamente la trama. Anzi, a questo punto quasi preferisco l'incognita.

Mi sposto ancora verso un altro scaffale con un ripiano di fronte. E mi ritrovo immersa in una marea di chick lit, di copertine coloratissime e disegnate, di lui e lei che si baciano a fior di labbra. Con lui che la cinge per la vita e lei con il piedino sollevato da "Oddio, mi tremano le ginocchia". Questo è decisamente l'inferno dei cinici. Io, dopo i vestitini di Sean, mi sto avviando lungo la strada della perdizione.

Anche perché ho l'impressione di aver iniziato a fissare ogni uomo che incrocio con l'aria da assatanata. Sì, ogni uomo dall'aspetto discreto o anche solo passabile potrebbe essere un mio eventuale protagonista. Ne studio i movimenti, i gesti, gli sguardi. E questo non va bene! Quando scrivo thriller o urban fantasy non esco mai a caccia di assassini o di vampiri! Il tutto mi viene sempre molto naturale.

Scendo a pagare i libri ed esco. Che mi resta da fare? Tornare a casa e cercare di mettermi al lavoro? O magari potrei prendermi il resto della giornata libera e iniziare rinvigorita stasera o domani mattina. E poi si sta avvicinando anche l'ora di pranzo. Non che io rispetti determinati futili orari visto che mangio sempre e solo quando ho fame.

Mi incammino per riprendere l'autobus. Sono indecisa tra due opzioni. Forse se prendessi la metropolitana sarei meno soggetta a tentazioni. Insomma, la mente mi dice di andare diretta a casa. Il cuore di fermarmi a South Kensington, alla mia crêperie preferita. Che poi in realtà è l'unica che frequento, quella dove lavora la mia amica Camille. Un piccolo locale, pochi tavolini, ma una delizia che ti riconcilia con te stessa e con il resto del mondo.

L'indecisione non dura a lungo. Mi ritrovo a South Kensington. Combatto ancora un po' con e contro me stessa mentre l'autobus fa la sua fermata davanti alla stazione della metropolitana. Poi scendo convinta. Mi incammino senza più ripensamenti per Exhibition Road. Pochi passi e sono arrivata.

Entro e spero, come sempre, di trovare un tavolino tutto mio. Magari proprio davanti al bancone, almeno potrò approfittarne per chiacchierare con Camille. Sono fortunata, le due persone sedute al tavolino accanto alla parete si stanno alzando per andare via.

Camille mi fa un cenno con la mano da dietro il bancone. È quasi l'orario di punta, non avrà molto tempo per me. Mi avvicino per ordinare una crêpe ripiena di cioccolato fondente e banana, la mia preferita tra la selezione delle dolci. Ripensandoci avrei voglia anche di una salata, magari più tardi.

«Tutto bene, Faye?» Camille mi saluta con la consueta dolcezza. I capelli castano dorati le incorniciano il viso in cui risplendono gli occhi chiari.

«Sì, insomma...» In realtà mi sento una criminale. Sto definitivamente attentando alla vita della mia linea. «Ho bisogno di tirarmi un po' su. Un po' tanto.»

Poi mi verranno i sensi di colpa, ovviamente. Ma per il momento sono fermamente intenzionata a rimuovere il pensiero. Posso considerarlo come l'ultimo pasto di un condannato a morte.

«Mmh... sicura?» Camille si destreggia nel preparare crêpe proprio mentre parliamo. Non so come faccia, lo fa sembrare così semplice... Una volta ha tentato di insegnarmi e il ripieno è finito ovunque tranne dove avrebbe dovuto essere!

«No. Per niente.» Inutile raccontare balle. Tanto con Camille non ho possibilità di scamparla. «Devo scrivere una cosa. Cioè... Brianne mi ha assegnato un chick lit ma io non so proprio da che parte cominciare. Lo sai che io non scrivo storie romantiche. Non sono capace.»

«Non è così complicato. Anzi, secondo me è molto più semplice di quello che scrivi tu di solito.»

Certo, semplice per lei! Perché anche Camille Preston è una di noi, ma ultimamente lavora per la Ghostly solo occasionalmente. Da quando lei e il suo compagno hanno preso in gestione la crêperie ha meno tempo a disposizione.

«Per te è facile perché tu non hai alcun problema con il genere rosa in tutte le sue diramazioni.» Incrocio le braccia, appoggiandole sul banco. «Anzi, potremmo chiedere a Brianne di passarla a te…»

«Niente da fare, ne ho già tre in attesa. E una la devo consegnare entro fine mese, mi toccherà lavorarci nel giorno libero.» Camille rovescia agilmente le crêpe nei piatti, pronte da consegnare ai tavoli. «Rilassati e vedrai che andrà tutto bene.»

Facile a dirsi! Io, a differenza di Camille, non sono mai rilassata. Mai, nemmeno quando dormo!

«Devo capire come… Tutti i libri e i video sul rilassamento che ho comprato nel corso degli anni non mi sono mai serviti a nulla. Anzi, mi agitavano ancora di più quando mi rendevo conto di non riuscire a rilassarmi come avrei dovuto!»

«Ti preoccupi troppo, Faye. Te lo dico sempre…» Camille va a consegnare i piatti ai tavoli, poi torna al banco e si rimette all'opera. «Lascia che le cose accadano e stai a vedere dove la tua vita ti porta.»

«Mmh…» Mentre rifletto sulla risposta sento il suono di un messaggio proveniente dal mio cellulare. Non ci posso credere! Anzi, sì. Ci posso anche credere perché è già capitato, ma ora mi sembra un segno del destino. Rudolph Valentine. Apro il messaggio e lo leggo. «È Rudolph…» Sollevo il telefono in direzione di Camille, come se lei potesse vedere apparire di fronte a sé Rudolph Valentine in persona.

Camille fa una smorfia e aggrotta leggermente la fronte. Rudolph Valentine è un altro autore della Ghostly. Si occupa prevalentemente di libri erotici. Ora si è creato questo pseudonimo, aggiungendo il cognome di Valentine al suo nome, perché vorrebbe cercare un successo personale e lasciare il mondo dei ghostwriter. Come la maggior parte degli uomini in generale e degli scrittori maschi in particolare ha un ego smisurato.

«Vuole uscire con me stasera per una consultazione su qualcosa… Magari potrei prendere spunto anche io.»

«Faye… stiamo parlando di Rudolph! Bel ragazzo, sicuramente. Però…»

Però in pratica si fa qualunque essere di sesso femminile che respiri. Da qualche parte deve pure prendere spunto per i suoi libri, dice lui. L'immaginazione non gli basta.

«L'hai appena detto tu di lasciare che le cose accadano! E poi com'era? Dove ti porta la tua vita…» sbuffo e mi stringo nelle spalle mentre Camille mi mette di fronte il piatto con la mia deliziosa crêpe cioccolato fondente e banana.

«Sì, ma qui sai già esattamente dove ti porterà la tua vita… cioè Rudolph…»

L'associazione di Rudolph con la mia vita è piuttosto inquietante, devo ammetterlo.

Sospiro rivolgendo uno sguardo adorante alla crêpe. «Intanto mi mangio questa delizia, vedo se mi porta consiglio. Poi nel dubbio ne sceglierò anche una salata.»

Prendo il piatto e torno al mio tavolino, dove appoggio il telefono. Prima che possa ripensarci scrivo un semplice "ok" in risposta al messaggio di Rudolph.

Ha ragione Camille. So già esattamente dove mi porterà Rudolph. Ma sono talmente disperata che accetterei qualunque cosa pur di uscire dalla situazione di stallo. E poi che sarà mai essere aggiunta alla lista di Rudolph? Stanotte probabilmente passerò soltanto dove sono passate tante altre. E domani sarà tutto dimenticato. Perché del resto domani, come diceva la cara Rossella O'Hara, è un altro giorno.

CAPITOLO 6

Dopo la delizia del palato e il profondo senso di colpa successivo, saluto Camille e mi avvio verso casa. Proverò a scrivere qualcosa. Arriva anche, inevitabile, il momento della consapevolezza. Davvero ho accettato di uscire da sola di sera con Rudolph Valentine? Oltretutto non ho nemmeno la giustificazione di essere stata folgorata dall'amore. So esattamente cosa mi aspetta. Mi sento una donnetta avida e senza ritegno, un po' come quelle che lui descrive nei suoi libri dal suo egocentrico punto di vista maschile.

Scendo a Fulham, alla mia solita fermata. Nuovamente sono indecisa su quale strada seguire. Quella di casa oppure quella che mi porta verso Chelsea? Magari ho bisogno di farmi una passeggiata, potrei andare sedermi su una panchina di Eel Brook Common e iniziare a leggere uno dei due libri che ho comprato.

Ho voglia di prendere un po' d'aria e di starmene tranquilla prima di andare a rinchiudermi in casa. Mi avvio lentamente. Non c'è molta gente in giro per fortuna, non c'è mai in questo piccolo parco. Trovo una panchina libera e mi siedo. Abbasso anche la suoneria del telefono, ho bisogno di un attimo di pace. Davanti a me il viale è quasi deserto. Appoggio i miei acquisti accanto a me e prendo dalla borsa i due libri che ho comprato. Non ho nemmeno molta voglia di leggere. Forse sono un po' esaurita. Anzi, senza forse.

Chiudo gli occhi, mi rigiro i libri tra le mani e ne apro uno a caso. Lasciamo scegliere alla sorte. È proprio in quel momento che percepisco qualcosa che mi tocca il ginocchio. Come riapro gli occhi lo riconosco immediatamente. Il mio "amico" husky che ho incontrato fuori dalla porta.

«Ehi, ci vediamo anche qui?»

Ovviamente il cane non mi risponde ma inizia a leccarmi il ginocchio. Una parte di me teme che spinto dalla fame possa tentare di sgranocchiarlo come io sgranocchierei un sacchetto di patatine. Ma possibile che sia in giro da solo?

«Pongo! Pongo!» Sento una voce maschile alle mie spalle. Suppongo che stia chiamando proprio il cane perché questo si stacca da me, gira intorno alla panchina e si avvia trotterellando verso la voce. Ma quale imbecille mentecatto chiamerebbe un husky Pongo?

Spinta dalla curiosità mi volto. Devo avere un'espressione minacciosa perché il tizio da sorridente diventa serio. Nonostante tutto si avvicina e gradualmente ricompare il sorriso. Non male. Il sorriso. E anche il resto.

«Buongiorno.» E anche la voce, ora che è più vicino. Molto maschile, quasi rude.

No, ferma Faye! Smettila di considerare ogni uomo come cavia per i tuoi esperimenti letterari!

«Buongiorno.» Non devo dimenticare che ha chiamato il suo husky Pongo. Come il cane di *La carica dei 101*. Come si può chiamare un husky come un dalmata? Potrebbe creargli crisi di identità, poverino!

No, per quanto sia alto, muscoloso, con la maglietta verde militare attillata sul petto che mette in mostra gli addominali, gli occhi azzurri tendenti al verde, la mascella volitiva e quel filo di barba che una vorrebbe sentire sul collo mentre scende a baciarti il petto... no, quest'uomo non è degno di considerazione! Oddio! Cosa sto pensando? Sono da rinchiudere!

«L'ho vista uscire prima... Abito sul suo stesso piano, nell'appartamento accanto. Siamo vicini.» Sorride e mi fa cenno alla panchina come per chiedermi il permesso di sedersi.

«Ah...» annuisco, rimango con la bocca semiaperta e, ne sono abbastanza certa anche se non posso controllare allo specchio, la mia tipica espressione rimbambita. Metto via i libri nella borsa, velocemente.

Si siede e accarezza la testa di Pongo che scodinzola vorticosamente. Il movimento della sua coda crea in me uno strano stato di ipnosi da cui cerco di scuotermi. Per farlo sollevo lo sguardo verso il padrone. Le mani, le braccia... Il braccio sinistro è percorso da un tatuaggio intricato che dall'avambraccio raggiunge la spalla, anche se è coperta dalla maglietta. Noto parte della ramificazione fino alla base del collo.

Pure tatuato! No, non mi sono mai piaciuti i tatuati! Questo poi è gigantesco, non è il fiorellino o la farfallina che volevo farmi tatuare io sulla caviglia da adolescente. E poi è la parte visibile, chissà dove altro è tatuato? Magari sulla schiena, magari...

«Abita lì da molto?»

Mi scuoto, deve avermi detto qualcosa. «Eh?»

«No, chiedevo... abita da molto tempo...»

«Sì, abbastanza. Cinque, sei anni.» Lo fermo prima di fargli ripetere la domanda e passare per un'idiota. «E lei?»

Ma no! Che domanda, se prima non c'era... Lo avrei notato uno così! E avrei notato anche Pongo, ovviamente. Ma un attimo, chi c'era prima? Ah sì, quella coppia di anziani. Poverini, saranno morti e io con i miei orari strani non me ne sono nemmeno accorta! Sono una vicina orribile.

«Io abitavo nell'ultimo complesso in fondo alla strada, ma il mio era un monolocale. Avevo bisogno di più spazio.» Accenna un sorriso passandosi le mani tra i capelli folti e castani. «Quando ho sentito che i suoi vicini si sarebbero trasferiti in campagna ne ho approfittato subito...»

«Ah, per fortuna!» sospiro sollevata. Cioè, per fortuna che non sono morti! Ma come diavolo ho fatto a non accorgermi che si sono trasferiti?

«Sì, è stata una bella fortuna che fosse ancora libero! Mi hanno anche lasciato gran parte dei mobili. Sono stati davvero gentili.» Annuisce e mi percorre con lo sguardo.

«No, ma io intendevo…» Meglio lasciar perdere le spiegazioni. «Sì, sono sempre stati tanto carini, anche con me. Adorabili, davvero. Mi mancheranno… cioè, con questo non voglio dire che… Comunque, in effetti è una buona posizione.» Mi mordo le labbra. Mi conviene tacere. Più parlo più faccio danno.

«Una splendida posizione.» Inclina il viso e ho l'impressione che si stia avvicinando a me. Più vicino, sempre più vicino. Non nel senso vicino di casa. Vicino. Ma forse no, mi sbaglio. Sto degenerando. Ho bisogno di una pausa, di riposo assoluto, di staccare dalla solita routine. Percepisco una vibrazione tra noi. Dall'espressione che fa stringendo leggermente gli occhi che tiene puntati sul mio viso sono certa che anche lui stia sentendo lo stesso. «Credo sia il suo telefono, il mio l'ho lasciato a casa.» Il vicino indica la mia borsa appoggiata sulla panchina.

«Ah sì… avevo abbassato la suoneria, ma…» Leggo il nome sullo schermo mentre controllo rapidamente. Ma… Rudolph. Salvata da Rudolph Valentine. Lo avevo dimenticato. E non ho voglia di rispondere. Però magari posso approfittarne. «Comunque io devo rientrare.» Mi alzo di scatto. «Mmh… ci vediamo in giro…»

«Certo, buona giornata.» Mi saluta tranquillo, alzandosi anche lui dalla panchina. Riprende il giro con il suo cane, mentre io mi allontano quasi correndo verso casa.

Non rispondo a Rudolph, faccio solo finta mentre me ne vado. Per fargli intendere, nel caso mi stesse osservando, di aver ricevuto una chiamata importante. Un minuto dopo mi arriva un messaggio. Rudolph vuole portarmi a cena in un locale a Knightsbridge. Non capisco bene dove si trovi il ristorante ma alla sua proposta di incontrarci di fronte ad Harrods rispondo ancora una volta con un asettico "ok".

Non conosco nemmeno il nome del vicino tatuato. Come si chiamerà? Joshua, Connor, Doug. Inizio a fantasticare. Però ogni fantasia si arena davanti all'imperdonabile colpa di aver chiamato il suo bellissimo husky Pongo. Non che io abbia nulla contro i dalmata. Però… però cosa dovrei mettermi per uscire con Rudolph? Non uno dei vestiti presi da Sean, no di certo! Troppo stretti, metterebbero troppa roba in mostra. E poi a cena rischierei di scoppiare.

Ancora il telefono! Cosa vuole adesso, maledizione! No, non è Rudolph. È Alex questa volta.

«Hai trovato un'idea?» Non faccio nemmeno in tempo a rispondere, appena apro la comunicazione lui sta già parlando.

Bella domanda. Sbuffo irritata. «Ho trovato dei vestiti nuovi. Due libri. Ho trovato una crêpe dolce e giusto per compensare anche una salata. Poi ho trovato un cane che si chiama Pongo e un vicino tatuato. Ma idee no, niente. Ah, dimenticavo… sto per uscire con Rudolph Valentine. Ma di idee non…»

«Sei pazza?» Mi interrompe e il tono di voce si alza a tal punto che sono costretta a staccare il telefono dall'orecchio.

«Non più del solito.» Intanto sono entrata in casa. Butto il sacchetto dei miei acquisti e la borsa sul divano.

«No, dico… uscire con Rudolph significa finire spiaccicata contro una parete con il suo…»

Ovviamente lo so, ma non ho intenzione di sentirmelo dire da lui. Lo fermo, impedendogli di proseguire.

«Non è il caso di scendere nei dettagli, Alex. Mi sono fatta già un'idea, grazie.»

«E poi finire nel suo prossimo libro erotico…»

Di questo mi importerebbe molto meno.

«Che ne sai, potrebbe essere lui a finire nel mio!» sbuffo e inizio a camminare avanti e indietro nel mio piccolo soggiorno. «Proprio per questo ho deciso di accettare l'invito. Non riesco a trovare l'idea giusta. Non sono abituata, di solito le idee per le storie mi arrivano fulmineamente. Oggi in giro guardavo tutti gli uomini come se...» Mi blocco e guardo fuori dalla finestra, abbasso la voce. «Anche il vicino...»

«Ma non puoi farti ispirare da qualche ex? Usa una tua storia passata, Faye. Di solito funziona.»

«Funzionerà per gli altri. Se penso ai miei ex mi vengono in mente solo storie macabre! Non ho una fornitura di ex sufficientemente degni, purtroppo. E comunque...»

Mi stacco forzatamente dalla finestra e vado a sedermi sul divano, mi sento distrutta. Distrutta dal poco shopping che ho fatto, non fa proprio per me. E non mi sono nemmeno fermata al Sainsbury's a fare la spesa, mi sono completamente dimenticata.

«Chi è questo vicino?»

Se gli spiego la questione del vicino Alex penserà che sia impazzita del tutto. Meglio evitare.

«Ma nessuno... un tizio che si è appena trasferito.»

Chiudo gli occhi. Mi metterei a dormire, invece fra qualche ora dovrò prepararmi per uscire. Però forse il tempo per un sonnellino potrei anche trovarlo.

«Comunque Faye, ti ho chiamata per un altro motivo. Entro la fine del mese sarò a Londra per una serie di interviste. Resterò per una settimana circa. Volevo sapere se posso fermarmi da te.»

«Sì certo, sarebbe fantastico!» Mi stendo del tutto sul divano, spingendo il sacchetto dei vestiti in un angolo con le gambe. «Insieme come ai vecchi tempi, ci divertiremo!»

«Magari ti aiuterò a trovare l'idea che ti serve. Vedrai che riuscirai a cavartela, come sempre... Ti stai preoccupando inutilmente, è solo una storia come le altre.»

Alex è troppo ottimista in proposito. Sarò costretta a chiedere a Brianne di togliermi questa "missione impossibile" per affidarla a qualcun altro. La cosa mi scoccia parecchio perché rischio di essere mal vista dal capo supremo per aver rifiutato l'incarico, ma se non c'è alternativa non potrò evitarlo.

Come opzione mi rimane soltanto l'uscita di questa sera. Potrebbe essere la mia ultima carta da giocare per trovare la storia giusta. Perché purtroppo è anche l'unica che ho a disposizione, non ho altra scelta che tentare di farmi ispirare da Rudolph Valentine.

CAPITOLO 7

Davvero sto andando a un appuntamento con Rudolph Valentine? Scendo dalla metropolitana a Knightsbridge, esco e mi ritrovo subito davanti ad Harrods. Ho preso la metropolitana apposta per essere meno tentata di fermarmi altrove con l'autobus, saltando l'appuntamento. Certo, potrei comunque cambiare idea e tornare indietro a piedi rifugiandomi a South Kensington.

È già lì che mi aspetta. E intanto si guarda intorno. È in cerca di probabili vittime. Ma non dovrebbe stupirmi, oggi io mi sono comportata nello stesso modo. Anche adesso, in realtà.

«Ciao…»

Gli arrivo alle spalle mentre lui sta seguendo una bionda con lo sguardo. Anzi, più che seguirla le sta prendendo le misure, con tanto di radiografia.

«Ciao, bellezza!»

Rudolph si volta verso di me e mi aggancia per la vita con un braccio. Mi ritrovo contro di lui, le sue labbra sul mio zigomo. Iniziamo bene! Appoggio le mani sul suo petto nel tentativo di allontanarlo e mantenere una distanza di sicurezza.

Ha gli occhi azzurri penetranti, i capelli neri. Un uomo davvero affascinante, alto e dalla corporatura snella ma muscolosa. Però lo sguardo di Rudolph mi ricorda un po' quello di un serpente, sempre pronto a ipnotizzare la sua preda.

Per la cena ha scelto un ristorante carino in una stradina laterale. Non lo conoscevo. Ha fatto riservare un tavolo in un angolo appartato. Mi chiedo perché si sia lanciato in questo strano gioco di seduzione proprio con me, dopo tutti questi anni. A meno che io rientri nella fisionomia e nelle caratteristiche di un personaggio su cui sta lavorando al momento. Ma quale? Quella della frustrata, cinica con un appetito insaziabile?

Parliamo di tutto e di niente, prevalentemente di lavoro ma senza scendere nei dettagli. Rudolph mi accenna al progetto di una vacanza alle Baleari entro la fine dell'anno. Avrà intenzione di invitarmi? No, non credo. Peccato, perché ne avrei davvero bisogno. A tal punto che sarei tentata di andarci anche con lui.

Sento la sua gamba sfiorare la mia sotto al tavolo. Il piede, il polpaccio, riesce addirittura a spingere il ginocchio contro al mio. Alla fine ho deciso di mettermi i pantaloni neri, il body in pizzo dello stesso colore e un golfino argentato. Che devo fare? Dopo le costolette di pollo con patate e il vino bianco è arrivato il momento del dessert. Questo è il momento in cui devo necessariamente prendere una decisione. O ci sto o mi tiro indietro.

«Mmh... Rudolph...» Non so nemmeno cosa dire. Non sarebbe una cosa poi così sconvolgente e disdicevole passare per il letto di Rudolph. Non sarei la prima e neanche l'ultima. Però...

«Andiamo a casa mia?» Ho capito, niente dessert. Non del genere che servono qui, almeno. Gli occhi di Rudolph sembrano oltrepassare il mio golfino e il mio body di pizzo. Mi sento già spiaccicata contro la parete, esattamente come mi aveva predetto Alex.

«Rudolph, io non sono sicura...» Non sono sicura che sia una buona idea. La tipica frase di una donna che non intende starci. Ma la verità è che io non ho ancora deciso. Sto riflettendo. «Cioè vorrei, ma...»

Continua a fissarmi con quel suo sorriso un po' sardonico, imperscrutabile.

«Hai paura di me, Faye?»

«No, solo che...» Appoggio i gomiti sul tavolo e mi allungo verso di lui. «Dimmi la verità, Rudolph. Finirò in un tuo libro?»

In realtà non mi importa. Sto solo prendendo tempo per capire cosa voglio fare e soprattutto per decidere se lui finirà nel mio.

«Ci stai già finendo, in realtà. Sei la mia attuale fonte di ispirazione.» Increspa le labbra in un modo che gli ho visto sfruttare spesso con altre donne e, almeno nelle sue intenzioni, dovrebbe risultare seducente.

«Devi essere proprio disperato, allora» sospiro stringendomi nelle spalle. Inizio a giocare con il coltello che ho posato sul piatto.

«Vai un po' al di là del mio solito standard, Faye. Questo sì. Ho bisogno di un cambiamento. La routine alla fine annoia.» Allunga la mano a sfiorare la mia.

«E chi ti dice che a me stia bene finire nel tuo prossimo libro… e finire nel tuo letto in contemporanea?» Ritraggo la mano e inclino il viso.

«Nel mio libro ci finirai indipendentemente dalla tua volontà, dovresti saperlo come funziona.» Si appoggia con la schiena alla sedia e sorride invitante, come a sfidarmi. «Per quanto riguarda il mio letto, non sono così tradizionalista. Andrebbe bene anche il bagno del ristorante.»

Certo. Cos'altro potevo aspettarmi da Rudolph Valentine? Torna, ancora più vivida e plateale, l'immagine che Alex mi aveva dipinto qualche ora fa al telefono. Gli mancava solo di specificare che sarebbe stata la porta del cesso del ristorante invece di un'anonima parete.

«Purtroppo sei tu che non stai bene a me, Rudolph. Come dire… Non mi ispiri proprio. Però si potrebbe tentare…» Inizio a spezzettare con il coltello i pochi avanzi di pollo che ho lasciato nel piatto. «Sai che genere scrivo io, vero? Anche io potrei aver bisogno di ispirazione per il mio prossimo libro…»

Evitiamo di rivelare il mio prossimo esperimento chick lit. Preferisco giocare alla Crudelia Demon quando mi trovo di fronte uno come Rudolph. E no, mi sono resa conto che lui non è affatto adatto allo scopo. Non mi ispira la passione e il trasporto sentimentale di cui avrei bisogno per una storia d'amore.

Tutto questo collegamento di idee mi riconduce al vicino tatuato e al suo cane Pongo. E se fosse proprio lui quello che fa al caso mio? Lascio perdere il pollo e incrocio le braccia. No, decisamente Rudolph non va bene. È inadeguato al genere. Troppo audace, troppo sicuro di sé. Non che io sappia com'è il tatuato nell'intimità. Posso solo immaginare. E non che io intenda averne una dimostrazione vera e propria. Insomma, però potrei...

«È proprio questo che mi attira di te, Faye. Il rischio. Anzi, il pericolo direi.»

La voce di Rudolph mi riconduce alla realtà. Mi ero quasi dimenticata di averlo di fronte.

Un'avventura con il vicino tatuato. Da sfruttare per la mia storia chick lit. Resta comunque il problema, non di poco conto, che a me i tatuati proprio non piacciono. Però le donne in genere dovrebbero gradirli...

«Rudolph... è stato bello.» Inizio a tamburellare le dita sul tavolo. «La prossima volta potrebbe essere ancora più bello. A tal punto che potremmo conoscere alla perfezione le quattro pareti del bagno del ristorante e anche il pavimento... Però adesso...»

«Non mi dire. Hai avuto un'idea sensazionale e non puoi aspettare. Te lo leggo nello sguardo che stai meditando su qualche scena degna di un classico dell'horror!» Si alza e mi tende la mano, come se stesse invitandomi a ballare.

«Esattamente.» Afferro la sua mano e mi alzo dalla sedia. Ne approfitta per circondarmi con le braccia e baciarmi fino a togliermi il respiro. «Ecco, giusto per aiutarmi un po' nelle prossime scene. Il resto a questo punto me lo dovrò immaginare.»

Lo assecondo, poi lo respingo spingendolo indietro con le mani.

«Dovrà bastarti, altrimenti farai la fine del pollo rimasto nel mio piatto. Hai ragione, ho davvero in mente una grandiosa scena horror. Grazie dell'ispirazione.»

Usciamo dal ristorante. Si propone di accompagnarmi a casa. Rifiuto per ovvi motivi. So che ci proverebbe ancora. Rudolph è più irriducibile di me quando si propone di raggiungere uno scopo. Accetto che mi accompagni solo fino alla fermata dell'autobus.

Una volta salita prendo posto al piano superiore e mi appoggio con la testa al finestrino. Cerco il telefono nella borsa e seleziono il nome di Brianne, che risponde come sempre al quarto squillo.

«Brianne, ciao! Che tu sappia alle donne piacciono i tatuati? Perché ne avrei uno a disposizione...»

CAPITOLO 8

Raduno mattutino alla crêperie per una sessione di brainstorming. Il tatuato è stato approvato a pieni voti da Brianne, da Kelly e anche da Camille. Credo di averne fatta una descrizione abbastanza accurata. A me continua a non piacere. Anzi, più che non piacermi non mi convince. Ma ci devo scrivere una storia, non me lo devo sposare! Non sono scesa nei dettagli riguardo alla cena con Rudolph. Sono stata costretta a rispondere alle domande di Camille che sapeva dell'uscita, altrimenti avrei evitato del tutto di nominarlo.

«Okay, se voi dite tatuato… tatuato sia!» sospiro davanti alla tazza di cioccolata fondente che Camille mi ha appena preparato. «E che cosa faccio fare alla protagonista?» L'assaggio con il cucchiaino. Perfetta, densa al punto giusto come piace a me. Brava Camille! Impossibile trovarla così altrove.

«Secondo me ci vuole qualcosa di davvero particolare…» Kelly assume la sua tipica espressione da idea geniale, stringendo leggermente gli occhi scuri. «Tipo… la batterista in una band punk o magari…»

«Ma no… non va bene!» Brianne affonda la forchetta in un pezzo di crêpe e se lo porta alla bocca. Arriccia il naso su cui risaltano ancora più evidenti le efelidi, tipiche della sua pelle chiara e dei capelli rossi. «Lui tatuato, lei rock star… così ne esce un dramma alla sesso, droga e rock'n roll!»

«Io pensavo a qualcosa come…» L'idea mi è venuta nel sonno. Anzi, nel sogno. Ma chi me li manda sogni del genere? Se andassi da uno psichiatra mi rinchiuderebbero, è una certezza. «Mmh… che ne dite di…» Okay, io la sparo e vediamo come reagiscono, da come mi stanno fissando devo aver davvero catturato la loro attenzione. Camille si è appoggiata al tavolino con le mani voltando la testa verso di me. Kelly è rimasta con la tazza del cappuccino sospesa a mezz'aria. Brianne si è dimenticata di portarsi alla bocca il pezzo di crêpe successivo. «Ecco, io pensavo a... qualcosa di inconsueto come... decoratrice di uova di Pasqua. Insomma, quella che decora e nasconde nell'uovo l'anello per la proposta di matrimonio. Che ne dite? È abbastanza romantico?»

«Questo è... inquietante, davvero...» L'espressione schifata di Kelly è indescrivibile. «E ancora più inquietante è che una proposta del genere venga da te...»

«Secondo me è un'idea carina. Ma esiste un lavoro così?» Sapevo di ottenere l'appoggio di Camille. O almeno un minimo di comprensione. «Cioè non potrebbe essere una semplice pasticcera...»

«No, troppo comune. Decoratrice di uova di Pasqua è più particolare. Se poi lo ambiento nel periodo adatto...»

Kelly ha ragione però. Inquietante che una proposta del genere venga da me. E l'anello nell'uovo... ho davvero bisogno di una vacanza!

«Secondo me potrebbe andare.» Brianne torna in sé e riprende a mangiare la sua crêpe al caramello. «Se non funziona sei sempre in tempo a cambiare.»

«Bene. La questione del tatuato però mi lascia un po' perplessa, anche se voi dite che è perfetto.» Sorseggio la mia cioccolata, leccandomi le labbra. «Uno così non è proprio il mio tipo. Ecco a me... a me piacciono gli intellettuali frustrati che guardano film stranieri senza sottotitoli anche se non conoscono la lingua perché le parole non sono così importanti, loro riescono a sentire nell'anima la profondità del messaggio! Non so se riuscirò a far innamorare la protagonista di uno come il vicino tatuato...»

Ora mi fissano tutte e tre come se fossi completamente pazza. E va bene, forse ho esagerato nella descrizione dell'intellettuale frustrato dei miei sogni! Però volevo rendere l'idea.

«Lo devi solo usare nel romanzo...» Brianne mi punta addosso la forchetta con aria minacciosa. «Non te ne devi innamorare davvero. Né di quello vero né del personaggio. Altrimenti sai che fine farai? La stessa di Tracy che si è innamorata di tutti i protagonisti maschili che ha creato, uno dopo l'altro e a volte anche di due o tre in contemporanea. E ora sta in una clinica riabilitativa per riprendersi dallo stress da immedesimazione. È un pericolo che corrono molte autrici di romanzi sentimentali. Tu non farmi uno scherzo del genere, Faye. Questa volta ho scelto proprio te per andare sul sicuro!»

CAPITOLO 9

Quindi dovrò seriamente usare il vicino di casa per una storia? Mi sembra paradossale. Resta il fatto che il "vicino tatuato" ora ha scatenato una grande curiosità. Kelly, Camille e Brianne lo vogliono vedere. Almeno in foto. Certo, come se io possa mettermi a scattargli foto così... solo per farlo vedere alle amiche!

Non ci posso credere! Sto già passando al lato oscuro... Quello composto da ragazzine che fremono alla vista della star preferita. Io non ero così nemmeno da adolescente! Ho sempre trattato con indifferenza anche i miei cantanti preferiti. Non ho mai tentato di vederli, non mi sono mai appostata sotto i loro alberghi per strappare autografi e fotografie. Quando mi è capitato di riconoscere qualche personaggio famoso per strada gli ho sempre rivolto il mio tipico sguardo: "Ah sei proprio...? E allora?"

Tornando al mio problema. Mi rendo conto solo adesso che del tatuato non conosco neppure il nome. Quindi cosa dovrei fare? Bussare alla sua porta e tentare un approccio? Oh no, no. Assolutamente no, non è da me. Forse la mia unica possibilità è andare al parco e provare a incontrarlo lì per caso, come l'altra volta. Ha un cane, lo dovrà portare a passeggio prima o poi.

Ecco, sto incominciando a sentirmi una stalker, una che va in giro ad abbordare gli uomini. Magari mi porto qualcosa da leggere e mi siedo in attesa sulla stessa panchina. Tutto esattamente come l'altra volta. Che ore sono? Forse è troppo presto. L'altra volta è stato dopo pranzo. A che ora si portano i cani a fare il giretto solitamente?

Tengo il libro aperto ma non sono ancora riuscita a leggere una riga. E ovviamente lui oggi non si presenta. Aspetto che giunga la stessa ora del nostro primo incontro. Niente da fare, mi devo rassegnare. Nel frattempo, continuo a osservare uomini di passaggio. Forse mi conviene cambiare soggetto. Intanto non mi resta altro che tornare a casa di pessimo umore e prepararmi per il mio impegno pomeridiano.

L'allusione di Brianne al rischio di incorrere nella stessa "malattia professionale" di Tracy Weber mi inquieta. Non per l'eventualità di innamorarmi di personaggi immaginari da me creati, ma per il fatto di restare troppo coinvolta in certe storie. So che può accadere. Ho sentito che a volte succede anche agli attori quando devono interpretare personaggi troppo "invasivi". Perdono il controllo della loro personalità per assumere quella del personaggio.

Kelly e io abbiamo deciso di andare a trovare Tracy nella struttura in cui si è fatta ricoverare, per controllare che si stia riprendendo. O forse, per quanto mi riguarda, per vedere di persona il luogo dove potrei finire anche io prossimamente e cercare di evitarlo se possibile.

Ci siamo date appuntamento fuori dalla stazione di Maida Vale. La clinica non è molto distante, possiamo fare la strada a piedi da lì. Appena fuori dalla metropolitana, mentre aspetto Kelly, mi chiedo se sia proprio necessario. Mi sento a disagio. Forse perché non sto andando a trovare Tracy per semplice amicizia, ma perché voglio controllare fino a che punto si è ridotta. E quanto manca a me per raggiungere lo stesso stadio.

«Eccomi, scusa il ritardo!» Kelly sbuca trafelata dalla stazione della metropolitana.

«Mi sto chiedendo se sia davvero il caso…» Forse avrei dovuto pensarci prima. Ora mi sento a disagio anche con lei. Guardo l'ingresso della metropolitana. Non è troppo tardi per ripensarci e tornare indietro. O andare a bere qualcosa in qualche caffetteria.

«Di cosa hai paura esattamente?» Kelly sbuffa e si ricompone, passandosi le mani sui lisci capelli neri. «Di finire come lei?»

«Forse sono fuori controllo già da un po'…» ammetto abbassando lo sguardo. Se lo ha capito anche lei allora mi sto davvero aggravando.

«Andiamo. Ho già cercato il posto su internet e ho anche chiamato per avvisare che stiamo arrivando a trovare Tracy. Non ero sicura potesse ricevere visite. Ci sta aspettando.» Kelly si avvia e con un cenno del capo mi indica di seguirla. «Non è lontano, dovrebbero essere circa dieci minuti a piedi.»

Annuisco e la seguo. Raggiungiamo la clinica senza problemi. La struttura ha un ingresso che somiglia a quello di un parco. Il viale principale è contraddistinto da una doppia fila di alberi che conducono verso un edificio abbastanza imponente in mattoni. Sembra una grande villa padronale. Saliamo i cinque scalini e raggiungiamo un porticato e poi l'ingresso, oltrepassando la porta a vetri. Io mi sento già tesa e confusa, Kelly invece si avvia decisa alla reception per chiedere informazioni.

L'infermiera receptionist ci comunica con aria condiscendente che la nostra amica si sta rilassando nel parco sul retro. Non ci resta altro che seguire le indicazioni che troveremo lungo il corridoio e che conducono al Blissfull Park, il parco beato. Sempre peggio.

Il parco beato è davvero ampio e ben curato, contornato da fiori multicolori, con una fontana al centro. Troviamo Tracy comodamente seduta su una sedia a dondolo, sotto a un albero che non riesco a identificare. Ha accanto un tavolino in ferro battuto su cui le è stato servito del tè e un vassoio di biscotti. Mentre ci avviciniamo valuto ancora più attentamente la situazione. Una settimana qui forse mi rimetterebbe in pace con me stessa e con il mondo, anima e sensi. Ma è la mente che devo staccare dai problemi, non tanto il corpo. E staccare la mente non credo dipenda soltanto dal luogo in cui ci si trova.

Tracy ci accoglie con un sorriso innaturalmente radioso e ci indica di sederci su altre due sedie a dondolo di fronte a lei.

"Innaturalmente" per una cinica come me, probabile che per lei e per altri sia normale.

«Come state, ragazze?» Prende lei la parola per prima, togliendoci dall'imbarazzo.

«Benissimo!» Kelly risponde alla domanda e al sorriso e si accomoda.

«Come sempre...» Cerco di imitarla. Ma non sono mai stata brava a fingere.

«Tu come stai?» Kelly per fortuna riprende la parola perché io non saprei proprio come proseguire la conversazione. «Sembra un posto incantevole, questo.»

Effettivamente Tracy appare proprio in piena forma. Non ricordo di averla mai vista con un aspetto tanto curato e rilassato al tempo stesso. Mi chiedo se questa sia una clinica per riprendersi dallo stress o un salone di bellezza. Le è scomparso dalle gote anche il consueto pallore che la contraddistingueva. E ha messo su un po' di peso, che a lei dona particolarmente essendo sempre stata di costituzione magrissima.

«Sto molto bene, davvero. Riesco finalmente a dedicare un po' di tempo a me stessa, a riconciliarmi con i miei desideri più profondi. Avevo davvero bisogno di ritrovarmi.» Sorride e sorseggia il suo tè. Poi si guarda intorno, come a richiamare l'attenzione di qualcuno. «Ne faccio portare anche a voi...»

I miei desideri più profondi? Quali saranno mai i miei desideri più profondi? Io non ho nemmeno idea di quali siano quelli superficiali...

Non parliamo di scrittura e di libri. In realtà non parliamo proprio di nulla. Del tempo, del clima mite di fine estate, della speranza che l'autunno non sia troppo rigido. Dei fiori, del giardino curato. Del nulla, insomma. Questa serenità, per me apparente, mi spaventa di più dello stress e delle nevrosi contro cui combatto quotidianamente. Forse non mi abituerò mai a questa pace artefatta, irreale. Questo posto non fa per me.

Il tè con i biscotti ci viene servito da un infermiere o paramedico in bianco che somiglia più a un modello. Statuario, capelli biondi tendenti al rosso, occhi celesti. Tracy lo osserva con aria trasognata. Lui sorride con la stessa espressione innaturalmente radiosa, china il capo in cenno di saluto e si allontana con il vassoio vuoto dopo aver depositato tutto sul tavolino.

«Carino, vero?» ridacchia Tracy. «Almeno lui è vero. Mai più personaggi immaginari per me!»

«Perché con lui…» Lascio la domanda in sospeso cercando di attenuare l'aria schifata che sento nascermi sul volto. Quello sembra ancora più finto dei personaggi immaginari. Sembra un bambolotto di plastica gonfiabile programmato per dire sempre "Sì, signora. Come desidera, signora." Anzi, per restare muto e annuire.

«No, no. Non ancora… ma si è creata un'affinità. Chissà, magari quando uscirò da qui e non sarò più una sua paziente…»

Ho capito. Il "transfert" di Tracy si è spostato dai personaggi all'infermiere della clinica. Non sta guarendo. Sta solo traslocando le emozioni che comunque rimangono irreali. A questo punto spero per lei che una volta fuori riesca ad avere davvero una storia con il bambolotto biondo occhi celesti.

Io devo solo fare attenzione a non finire qui dentro. Perché senza alcun dubbio preferisco i personaggi immaginari. Preferisco Rudolph Valentine, da cui so esattamente cosa aspettarmi. Preferisco lo stress. Preferisco la frustrazione quotidiana. Preferisco il mal di schiena, la cervicale, le patatine e le pizzette dopo mezzanotte. E forse preferisco anche il vicino tatuato che ha chiamato il suo husky con il nome di un dalmata. Preferisco me stessa piuttosto che una versione di me apparentemente più serena e rilassata ma totalmente falsa, artefatta.

CAPITOLO 10

E nel tardo pomeriggio ci tocca pure la riunione della Ghostly. Questa volta nella sede che si trova poco distante dalla stazione di High Street Kensington. Ne abbiamo più di una. Pagherei per scoprire dov'è situato il quartier generale di The Voice. Non credo di essere la sola a considerarlo un po' come M, il direttore del Secret Intelligence Service di James Bond. Forse perché la nostra professione è ammantata di mistero e talvolta mi sento davvero un agente segreto. In effetti somigliamo molto anche ai membri di una setta. Forse lo siamo. La setta degli autori fantasma. Tenendo conto che poi ci ritroviamo tutti riuniti in una grande sala, intorno a un tavolo rotondo, con una voce che ci detta le direttive da seguire, diamo proprio l'idea di una società segreta, una specie di congrega di stregoni delle parole.

Questa situazione con The Voice, che tutto vede e tutto ascolta, mi ricorda un po' il *1984* di Orwell e riaccende in me il desiderio del romanzo distopico che vorrei scrivere, prima o poi. Mi sento talmente motivata e coinvolta che, in un impeto di egocentrismo, sarei tentata di pubblicarlo addirittura a mio nome o di crearmi uno pseudonimo tutto mio.

The Voice è davvero una sorta di grande fratello, un occhio vigile e attento a cui nessuno può sfuggire, nemmeno i redattori. Mi chiedo se qualcuno di noi lo abbia mai visto. Dubito che Brianne stessa lo abbia incontrato di persona. Se fossi di indole curiosa invece di limitarmi a congetture cercherei attivamente di scoprire qualcosa di più su quest'uomo. Anzi, su questa voce. Perché si tratta di una voce maschile, sì. Calda, profonda, vibrante. Però... la mia mente mistery thriller mi porta a dubitare che il nostro capo supremo sia necessariamente un uomo. Per quanto ne sappiamo potrebbe anche essere una registrazione commissionata a un attore dalla voce suadente, dietro la quale per chiunque sarebbe facile celarsi.

Resto a pensare ai fatti miei mentre fingo di prendere appunti sulle solite questioni: segretezza, professionalità, rispetto delle tempistiche. Mi sono abituata anche ad annuire meccanicamente ormai. Brianne non mi ha ancora comunicato una data precisa di consegna del nuovo lavoro, credo che si aggiri intorno alla fine del mese. È quasi sempre così.

Torno a casa per ora di cena, ma non ho fame. Ho anche rifiutato di andare a mangiare qualcosa con i colleghi. Forse mi sto davvero ammalando. Ma la verità è che vorrei tornare ad aggirarmi per il parco, non ho voglia di stare in compagnia e di parlare delle solite cose: parole, libri, scrittura, lavoro, progetti futuri. Credo che sia perché questa volta mi sento in difetto, sono totalmente a corto di idee e temo di essere scoperta.

Solito parco, quasi deserto, solita panchina. Solito libro chick lit di cui avrò letto all'incirca quattro pagine ma che mi conviene ricominciare perché leggendo una parola dopo l'altra mi sono dimenticata di seguire la storia, ero troppo presa dai miei pensieri. Mi impegno davvero per concentrarmi questa volta, ci provo con tutte le mie forze e facoltà mentali.

«Buonasera...»

Sollevo la testa di scatto. Proprio adesso che ormai non lo aspettavo più. O che lo aspettavo, in realtà, ma dubitavo si presentasse. Invece eccolo, insieme a Pongo. Questa volta indossa i jeans e una felpa blu leggera. Io sono ancora vestita in versione riunione Ghostly. Sobria senza eccessi, pantaloni scuri, camicia, giacca, capelli raccolti. E non mi guardo allo specchio dal primo pomeriggio.

«Buonasera...» Sorrido appena e nascondo il libro posandoci sopra entrambe le mani. Intanto Pongo gira intorno alla panchina, poi si ferma davanti a me. Sembra riconoscermi e scodinzolando mi lecca il ginocchio. Poi mi guarda con i suoi grandi occhi azzurri.

«Sta leggendo… non volevo disturbare.»

Il "vicino tatuato", di cui ora non riesco a vedere il tatuaggio a causa della felpa, esita per un attimo ma a un mio cenno d'invito si siede accanto a me sulla panchina.

«Non è nulla di importante, solo per distrarmi un po'.»

Lo nascondo furtivamente nella borsa. Detesto che mi si giudichi per quello che leggo. Detesto che mi si giudichi in generale, a essere sincera.

«Capisco. Anche io esco per distrarmi, sono contento di aver preso Pongo con me almeno ho la scusa per farmi un giro.»

Allunga entrambe le braccia sulla panchina e mi lancia uno sguardo. Mi sento percorrere dai suoi occhi azzurro verde. Me ne sto composta e immobile al mio posto come una signorina perbene. Letterariamente potrei rievocare l'immagine di un'istitutrice frustrata. Cosa dovrei rispondere ora?

«Serve a riprendermi dallo stress della vita, del lavoro…» Dico qualcosa tanto per dire. La verità è che detesto fare conversazione con gli sconosciuti con cui non ho nulla in comune. Forse detesto gli sconosciuti in generale, soprattutto ultimamente. Per questo non conosco mai nessuno. Catalogo quasi tutto il genere umano come sconosciuto e invadente. Anche lui. Anche il "vicino tatuato". Solo che lui mi serve, per cui devo fare uno sforzo almeno per questa volta.

«Perché, fa un lavoro stressante? Di che cosa si occupa, esattamente?» Ovviamente anche lui cerca di portare avanti la conversazione attaccandosi a quello che ho appena detto io. Maledizione! Perché ho parlato di lavoro? Adesso cosa gli racconto?

«Sì, io faccio…» Non posso dirgli la verità. E non mi viene in mente nulla! «Faccio… la decoratrice…»

«Interessante…» annuisce e sorride compiaciuto. «E cosa decora? Pareti? Se è decoratrice d'interni potrei avere bisogno del suo aiuto per rimodernare il nuovo appartamento…»

Dannazione! «Mmh… no, no. Io decoro… uova di Pasqua.»

No, non posso averlo detto davvero! Ma non potevo dire ceramiche? Accidenti, non mi è venuto in mente prima! E mi è rimasta l'idea del lavoro fuori dagli schemi da attribuire alla mia protagonista. E ora… io sono diventata la mia protagonista! No, no. Mi devo fermare. Devo chiudere qui questa storia! Decido di spostare il discorso su di lui. «E lei invece? Che cosa fa nella vita?»

«Io al momento insegno kickboxing e arti marziali in una palestra e centro fitness, in zona Oxford Street.» Ecco, tipico. Con quel fisico che altro poteva fare? «Però in realtà…»

«Anche io avrei bisogno di un po' di palestra!» Lo dico senza riflettere, quasi tra me. «Oh, mi scusi… non volevo interromperla!»

«Non si preoccupi. A proposito, non ci siamo neanche presentati. Io sono Derek.»

Lui è Derek. Sì, effettivamente ha proprio l'aria da Derek. Il fisico prestante di Derek. È molto più Derek di tutti gli altri nomi che gli avevo attribuito io! Potrei chiamarlo davvero Derek anche nella mia storia… Ma no che non posso! E io non posso essere una decoratrice di uova di Pasqua, non posso!

«Io mi chiamo Faye.» Mi tende la mano e io la stringo. Sì, ha anche la stretta vigorosa e possente di Derek!

«Faye, un nome davvero carino. Comunque se sta cercando una palestra, posso accompagnarla e presentarla in quella dove lavoro io. Ci sono delle promozioni e una vasta scelta di attività e di corsi, per ogni esigenza.»

Sta davvero accadendo? E io adesso che faccio? Quest'uomo si sta prendendo la mia storia. Anzi, la sta scrivendo al mio posto. Potrei approfittarne e usarla senza farmi troppi problemi. Non la devo nemmeno inventare, c'è già!

«Va bene.» Decido di accettare. Ma no, non va bene affatto! Non ho intenzione di usare questo Derek come protagonista della mia storia. È troppo… non abbastanza… Non va bene, insomma. Però potrei comunque approfittarne, farmi accompagnare in palestra da lui e cogliere l'opportunità di conoscere qualcuno di più adatto.

Anche perché, se devo essere sincera, io non ho nessuna voglia di iscrivermi in palestra. Non ho voglia di fare sport, troppa fatica. La mia fatica mentale mi stressa già abbastanza senza bisogno di unire anche quella fisica.

Pongo, intanto, si aggira attorno a noi, correndo ripetutamente avanti e indietro per andare a recuperare una pallina da tennis che Derek continua a lanciare nel prato di fronte, oltre il viale di passeggio. Ma dove la trova Pongo tutta questa energia?

«Perfetto. Io comunque devo andare, devo fermarmi a fare un po' di spesa, non ho ancora cenato questa sera...» Ne approfitto per ritirarmi. E per liberarmi di lui, almeno per ora.

«Nemmeno io ho cenato. Le andrebbe di mangiare qualcosa insieme a me? Il tempo di portare a casa Pongo e possiamo uscire...» Sorride e si alza, in attesa che il cane torni con la pallina. «Non sono abituato ad averlo con me. Mia sorella me lo ha affidato per qualche settimana, finché non tornerà dalla Germania con la famiglia...»

«Ah, quindi non è suo il cane. Non è stato lei a chiamarlo Pongo...»

Forse non è stata colpa sua. Forse posso concedergli un'attenuante prima di condannarlo. Mi alzo e lo contemplo. Ora che sono in piedi al suo fianco mi rendo conto di quanto è alto. Devo sollevare la testa per guardarlo in faccia. E sono anche senza tacchi!

«No, l'ho chiamato io Pongo.» Ecco, come non detto! «I miei nipoti lo chiamavano Doggy e mi dispiaceva continuare a chiamarlo "cagnolino". Si meritava un nome vero, insomma.»

«Quindi tu per non chiamarlo Doggy, gli imponi un nome da dalmata?» Senza rendermi conto mi rivolgo a lui in modo confidenziale. «Non sai che i cani subiscono uno stress emotivo se dall'oggi al domani gli si cambia il nome con cui sono abituati a essere chiamati?» In realtà non lo so nemmeno io… sarà vero?

«È stato il primo nome da cane che mi è venuto in mente…» Cerca di giustificarsi, si passa una mano tra i capelli, trattenendo il ciuffo che gli copre parte della fronte, e mi sorride con l'aria di un cucciolo che tenta di farsi perdonare una marachella. No, non mi deve guardare così! Certi sguardi da parte di certi uomini dovrebbero essere illegali! «Non sapevo nulla dello stress emotivo dei cani…»

Mi sento una cretina! Anzi, sono a tutti gli effetti una cretina. E sento caldo. Delle vere e proprie vampate di calore. Qui non si tratta più di scrivere una storia chick lit. Sto diventando io la chick lit stessa! E finirò in un centro riabilitativo invaghita di un infermiere bambolotto, esattamente come Tracy. L'alternativa potrebbe essere il "vicino tatuato" che ho di fronte, quello che chiama l'husky dei nipoti Pongo.

Però ormai sono costretta ad andare a cena con lui. Forzata, proprio. Io non ho ancora cenato, lui neppure. Abitiamo vicini, appartamenti uno accanto all'altro. È normale, no? No. Non ho mai cenato con altri vicini. Ma non so che scusa inventarmi. Che scusa si può inventare per uno che vive al di là della propria parete? Ancora un po' e mi sentirà respirare di notte. Oddio… sentirà che russo? No, ma io non russo mai. Credo. Però ultimamente mangiando a notte fonda… La devo smettere!

Intanto ci incamminiamo verso casa, percorrendo il viale usciamo dal parco. «Allora, ti sta bene andare a mangiare qualcosa insieme? Non vorrei obbligarti…»

Quest'uomo sarà la mia rovina, lo sento. Sono stata catapultata in una chick lit contro la mia volontà. Ora devo trovare la via d'uscita. Ma non posso rifiutare la cena! Va bene, accetto. Sono costretta, mi sacrifico. Ma sarà l'ultima cena! Anzi, la prima e l'ultima.

«Certo, è un'idea fantastica!» Esagerata! Ora penserà che io non aspetti altro. Ma io non mi so comportare con uno così…

Ho una schiera di intellettuali frustrati alle spalle, frustrati e dalle menti contorte. O anche banalmente normali. Che mi hanno delusa, tradita e incattivita contro il genere umano maschile. «Però non posso fare tardi, domani ho molto lavoro arretrato...» Ecco, ridimensioniamo l'entusiasmo!

«Molte uova da decorare? Ma non è un po' presto?» Sorride e mi strizza l'occhio mentre attraversiamo la strada. Poi improvvisamente diventa serio. Mi sfiora il braccio per trattenermi, facendo attenzione alle macchine che sfrecciano da entrambi i lati. Un gesto istintivo, protettivo. Come se con il suo corpo volesse difendermi dalle auto cattive che rischiano di investirmi.

Oddio... ma da che libro è uscito quest'uomo? I miei ex intellettuali frustrati erano talmente concentrati su se stessi che io sarei potuta schiattare investita da un tir in retromarcia e non se ne sarebbero nemmeno accorti!

Arrivati a casa entriamo ognuno nel proprio appartamento. Chiedo dieci minuti di tempo per cambiarmi e mettermi più comoda. No, non ho voglia di vestirmi sexy per lui. Niente vestitini di Sean. Indosso i miei jeans preferiti e una maglietta azzurra che mi sta comoda ma non mi fa sembrare un sacco di patate. Sciolgo i capelli e metto una fascia colorata per tenerli in ordine. Passo solo un filo di lucidalabbra e di rimmel sulle ciglia. Esco di casa e lo ritrovo davanti alla mia porta. Lui non si è cambiato.

«Conosco un ristorante vegano che fa dei piatti fantastici. Ti va di provarlo? North End Road, non è lontano. Una passeggiata...»

«Davvero? Credevo che uno come te si nutrisse solo di carne rossa!» Rido mentre scendiamo le scale. Con lui si sta arricchendo la mia collezione di cose che non avrei dovuto dire ma mi sono sfuggite.

«Sei il tipo di persona che giudica un libro dalla copertina, Faye?»

Non me l'aspettavo questa domanda da lui. Mi spiazza, perché sta uscendo dalla caratterizzazione del personaggio che mi ero fatta fin dal principio, fin dal primo incontro. Mi sfugge e non va bene. Se non riesco a inquadrarlo come faccio a descriverlo? A usarlo nel mio libro?

«Mmh... forse sì. Temo di esserlo più di quanto sarei disposta ad ammettere» sospiro stringendomi nelle spalle.

Ci incamminiamo verso il ristorante, mi lascio guidare da lui. Non è stato un caso quello di prima. Quando attraversiamo la strada ha sempre quel gesto premuroso, protettivo nei miei confronti. Sembra banale, ma non mi era mai accaduto prima. Nemmeno con gli uomini con cui avevo una vera relazione. Ed è questo gesto, questo modo di sfiorarmi il braccio, questa inaspettata attenzione nei miei confronti, che inizia a farmi sentire improvvisamente in pericolo. Più del rischio di essere investita da un'auto in corsa.

CAPITOLO 11

Non riesco a concentrarmi sul lavoro questa mattina. Continuo a pensare a ieri sera. Non vorrei ammetterlo ma quando il mio livello di confidenza con Derek è cresciuto nel corso della serata, ho iniziato a sentirmi sempre più a mio agio e mi sono divertita. Si divertiva un po' meno la mia componente professionale che vorrebbe usarlo come personaggio, perché mi rendo conto che il "vicino tatuato" potrebbe compromettere il mio futuro di ghostwriter e di chick lit writer.

Fisso il computer, la mia pagina di word rimasta inesorabilmente bianca. Solo il titolo appare in bella mostra in alto: *Il vicino tatuato*. Tanto per distinguerlo dagli altri file, per farmi un'idea della storia. Sicuramente, una volta consegnato all'attrice che l'ha commissionato, il titolo verrà cambiato. Come sempre.

Provo a iniziare a scrivere trascinata dall'istinto, senza una pianificazione e una trama precisa. Lascio parlare la protagonista, a ruota libera, come ho leggiucchiato qua e là nei due romanzi del genere richiesto che ho acquistato. Niente di più semplice, sembra quasi di scrivere un diario. Tutto diverso in confronto alla modalità di scrittura a cui sono sempre stata abituata nei miei generi di pertinenza. Quindi… la protagonista si sveglia un mattino e… non può sembrare troppo me, questo è chiaro. Ma decido comunque di lasciarmi andare senza pormi troppi problemi e domande.

Più tardi chiamerò Brianne per aggiornarla sui lavori in corso. Ma per il momento preferisco tentare di produrre qualcosa di "tangibile". Sollevo il mio cellulare che tengo sul tavolo accanto al portatile. Proprio in quel preciso istante la suoneria mi avverte della ricezione di un messaggio. Sarà proprio Brianne, ci scommetto!

Invece no. È lui. Non me lo aspettavo, anche perché non sono abituata a ricevere suoi messaggi. Ci siamo scambiati il numero di telefono solo ieri sera, prima di rientrare. E il fatto che lui potrebbe trovarsi in questo momento proprio oltre la parete del mio soggiorno rende la situazione ancora più strana.

Apro il messaggio. Derek mi avvisa di avere lezione in palestra questa sera. Se per me va bene passerà a prendermi alle cinque del pomeriggio e potremo recarci insieme sul posto. Mi passo un po' il cellulare da una mano all'altra, dubbiosa su cosa fare. Sono terribilmente indecisa. Ma una risposta gliela devo dare, al più presto possibilmente.

Rispondo con un semplice: "Va bene, ti aspetto." Aggiungo anche una faccina sorridente, cosa che solitamente evito. Credo che finisca lì, invece lui replica alla mia risposta: "Perfetto. A dopo, buona giornata." Faccina sorridente anche da parte sua. Ma con l'occhiolino e le labbra che mandano il bacino. Oddio. Sto vivendo una riedizione dell'adolescenza. Anzi, non proprio perché io sono sempre stata un'adolescente cinica e poco propensa a svenevolezze del genere. E i cellulari non erano ancora così diffusi per i comuni mortali.

Comunque c'è tempo, sono solo le nove del mattino! Un attimo però… Avrò qualcosa di adatto da mettermi, qualcosa per la palestra?

Dovrei avere delle vecchie tute nell'armadio della mia camera. Piegate sul fondo, da qualche parte… Insomma, sono nei guai. Non ho nulla che possa andare bene. E non so cosa fare. O forse sì.

Cerco il nome e seleziono, mi muovo impaziente per la stanza.

«Sean!» Lo aggredisco quasi, appena risponde. «Sean, devo andare in palestra! Oggi!»

«Mi fa piacere, frittellina.» Il tono pacato di Sean insieme ai nomignoli che si diverte ad attribuirmi, mi faranno impazzire un giorno. «Saggia decisione!»

«Sean… non ho nulla di adatto da mettermi…» sospiro pesantemente lasciandomi cadere sul letto. «E devo andare in palestra con un… uno…»

«Uno che ti ha fatto venire voglia di fare ginnastica?»

No, Sean! Non iniziare anche tu a mettermi in testa certi pensieri!

«Ma no! È un mio vicino di casa e istruttore di… di qualcosa… kickboxing ecco!» Cerco di assumere un tono distaccato e professionale, ma non so con quale risultato.

«Quindi vuoi proprio fare kickboxing con lui… va bene, se vuoi raggiungimi per l'ora di pranzo. Andiamo a cercare qualcosa di adatto.»

Non mi resta che obbedire diligentemente. Vado a pranzo con Sean, che poi si prende un'altra ora di pausa per accompagnarmi in un negozio di abbigliamento sportivo di sua conoscenza. Ma le tutine sexy che mi propone mi sembrano fuori luogo. Anzi io sono fuori luogo.

«Io lì dentro non ci sto! Anzi, per starci ci sto… ma in modo orribile.»

Ripongo un completino azzurro scuro con le rifiniture argentate. È formato da una specie di body e calzamaglia, non ho nessuna intenzione di farmi vedere così da Derek. Da nessuno al mondo.

«Non fare la complicata, ragazza… agli uomini piacciono un po' di forme. Tu devi solo snellire i fianchi e rassodare, ma per il resto…»

Sean mi gira intorno con occhio clinico, poi mi propone un'altra tutina, un po' più accollata ma di colore rosa shocking, sempre con le rifiniture argentate.

«Ma così sembrerò una pin up anni '80… mi mancano solo i capelli gonfi…» Mi viene da piangere. Chiedere aiuto a Sean in questo caso non è stata una buona idea. «Io ho bisogno di qualcosa di sobrio.»

«Qualcosa di noioso lo potevi trovare anche nel tuo guardaroba senza venire fino a qui!» Sean sbuffa posando il completino. «Lo vuoi sedurre o no, quest'uomo?»

«No, Sean. Insomma… io non lo devo sedurre, lo devo solo usare come personaggio in una storia!»

Ecco, l'ho detto. Almeno evitiamo fraintendimenti e Sean la smetterà con le sue proposte indecenti di completini sexy. Se non gli dico le cose come stanno fra un po' passeremo anche al reparto babydoll.

«E allora per usarlo in una storia ci vai in palestra? E vuoi qualcosa di nuovo da metterti?» Non capisco dove vuole arrivare. «Ti saresti vestita anche come mia nonna se l'intento fosse stato solo quello di usarlo per una storia, bigodini compresi. Ormai ti conosco bene, Faye. Invece il ragazzo ti interessa eccome, se vuoi comprarti qualcosa di adatto… Non raccontare balle a me, frittellina!»

Ecco, colpita e affondata! Incrocio le braccia e sospiro. «Insomma… ho bisogno di una maglietta sportiva non abnorme e di un paio di pantaloni che non mi facciano due fianchi da balena. Non voglio essere strizzata lì dentro e non voglio essere mezza nuda. È chiedere troppo?»

Ci manca la lacrimuccia da donna sull'orlo di una crisi di nervi, insicura di se stessa e della propria femminilità per conquistare la totale compassione e solidarietà di Sean Edwards. Ormai lo conosco bene anche io.

«Va bene, va bene. Ho capito!» Annuisce posando una mano sulla mia testa. Ecco, sta iniziando a diventare empatico nei miei confronti. Mi accarezza la schiena con dolcezza. Una delle commesse, giovane, magra e irritabilmente graziosa, ci osserva con invidia mista a incredulità. Ne approfitto per abbracciare Sean, proprio mentre lei se lo sta mangiando con gli occhi. Ecco, ora invidiami del tutto e roditi il fegato, gallinaccia! «Cerchiamo qualcosa come dici tu… però…»

«Però...» Mi stacco e sorrido, scompigliandogli i capelli biondi.

«Però c'è qualcosa di più dell'usare l'istruttore di kickboxing per una storia. Non mi freghi, frittellina!»

CAPITOLO 12

Tornata a casa mi preparo la borsa. La mia vecchia borsa di quando ero una ballerina di danza classica è ancora carina e abbastanza intatta. L'avevo comprata a New York, quando ero andata con la compagnia a fare uno spettacolo in America. Secoli fa, insomma. Ci sono affezionata, l'ho sempre trattata con più cura del solito.

Ora non mi resta che aspettare Derek. Nell'attesa provo ad accendere il portatile per scrivere qualcosa, ma mi perdo a leggere i fatti degli altri su Facebook. Spengo tutto, ormai Derek starà per arrivare. Continuo con il telefono. Mi annoio e allo stesso tempo sento un'ansia che non riesco a placare.

Finalmente suona alla porta. Mi alzo di scatto dal divano e controllo che sia tutto pronto. Preparo la faccina sorridente.

«Ciao! Arrivo subito!»

Rientro un attimo solo per prendere la borsa. Mi sono legata i capelli in una mezza coda, indosso i miei soliti jeans e la camicia. Ho i miei nuovi acquisti nella borsa, mi cambierò in palestra. Invece del completino sexy io e Sean abbiamo optato per due pezzi staccati. Maglietta azzurra e grigia, pantaloni elastici neri. E anche un paio di scarpine nuove da ginnastica, azzurre anche quelle.

«Scusa, ho fatto un po' tardi. Ho dato da mangiare a Pongo.»

Mentre esco e chiudo la porta posa la mano sul mio fianco. Così, senza motivo.

Decidiamo di prendere l'autobus e poi camminare verso la palestra.

«Ho lezione alle sei, faremo in tempo. E magari riesco anche a farti fare un giro…»

La palestra si trova in una strada trasversale di Oxford Street, all'altezza della fermata della metropolitana di Bond Street. Seguo Derek fino all'ingresso, poi mi fermo di fronte all'insegna "Dancetime and fitness". Sospiro e gli rivolgo il mio tipico sguardo da anima in pena mentre lui sale i tre gradini e apre la porta di vetro.

«Coraggio, Faye. Nessuno ti mangerà qui dentro. Anche se potresti essere molto gustosa.» Sorride e mi tende la mano. Evito di afferrarla ma mi avvicino comunque e annuisco.

Percorriamo un piccolo atrio e ci ritroviamo di fronte a un banco, la reception suppongo. Derek ci si appoggia con il braccio, attende qualche istante e poi si sposta verso il retro, facendomi cenno di aspettarlo. Si muove come se avesse molta confidenza con l'ambiente. Ovvio, visto che ci lavora.

Torna con una ragazza alta, bionda e slanciata. Troppo slanciata. Sembra una modella. Ma non di quelle magre e allampanate. Di quelle toniche, sportive, sexy e perfettamente in salute. Lei sì che indossa il genere di tutina che mi aveva proposto Sean con in aggiunta anche l'ombelico scoperto.

«Candice, lei è la mia amica Faye. Vorrebbe dare un'occhiata in giro, prima di decidere.»

Ah sì? Certo, se lo dice lui.

Candice annuisce compiaciuta a ogni suo monosillabo, agitando la coda bionda. Io a ogni istante che passa mi sento sempre di più il brutto anatroccolo destinato a non diventare mai cigno, il bruco che non si trasformerà mai in farfalla, Biancaneve che invece della mela ha mangiato troppe patatine e pizzette e il principe si rifiuterà di baciarla passando oltre.

Mi rimane stampato in faccia un sorrisetto idiota. Mi sento abbandonata in terra straniera. E non conosco Derek abbastanza per esprimermi come vorrei, per avere confidenza e dire che questo sicuramente non è il posto per me e non ci voglio stare un secondo di più. Intanto sono entrate altre due ragazze, più o meno della taglia di Candice anche se più basse. E un ragazzo ancora più palestrato di Derek. No, decisamente questo non è il mio mondo. Mi faccio forza pensando che devo solo scriverci una storia, non frequentarlo per il resto della mia esistenza.

«Va bene, allora…» Candice sorride e mi lancia un'occhiata condiscendente. «Cerco un assistente perché le mostri un po' le sale e le attività.»

«No, non è il caso. Ci penso io. Ho ancora abbastanza tempo prima della lezione.» Derek prende da Candice la chiavetta di un armadietto, poi mi afferra per il gomito e mi trascina con sé. Lo seguo senza replicare. Attraversiamo un corridoio, mi conduce di fronte agli spogliatoi femminili che si trovano accanto a un'area ricreativa, caffetteria e saletta relax.

«Puoi cambiarti e depositare le tue cose, ci vediamo qui fuori.»

Annuisco ed eseguo, indosso il mio completino nuovo e le scarpette cercando di mostrarmi disinvolta davanti alle altre donne presenti nello spogliatoio. In realtà non lo sono affatto. Mi sento fuori forma, sono passati troppi anni da quando ho smesso con la danza e con altri sport.

Una volta uscita Derek e io oltrepassiamo un altro corridoio più stretto, poi saliamo le scale. Primo piano e altro corridoio. Mi sento sempre più inquieta e fuori dal mio ambiente. Alla parete vedo appesi dei poster con i vari orari delle lezioni. Poi ci sono anche dei manifesti con alcune fotografie di quelli che credo siano gli insegnanti e le varie specializzazioni, carriere, collaborazioni nazionali e internazionali.

Arriviamo alla prima sala. Sopra la porta c'è un cartello con scritto Studio 1.1. Da una finestra abbastanza ampia si può assistere alla lezione. Non capisco bene cosa si stia svolgendo al momento, sembra una specie di danza folcloristica.

«Ci sono quattro piani, ogni piano ha diversi studi. Puoi assistere alla lezione dall'esterno, decidere se fa per te e prenotarti per la prossima, quando ci sarà. O entrare se è appena iniziata e ti ispira. Le lezioni cambiano ogni ora. Ci sono circa cinque minuti di tempo per passare da una all'altra.»

Percorriamo il corridoio mentre Derek mi spiega il funzionamento della palestra e degli studi di danza e fitness. In realtà sembra che nulla faccia per me, sono tutti troppo bravi.

Saliamo al secondo piano. Continuo a seguirlo sempre più abbattuta. Vorrei fuggire, tornare a casa, nascondermi. Mi sento inadeguata qui, estranea a questo ambiente in cui tutti sembrano muoversi a loro agio, come un organismo perfettamente organizzato in cui tutti gli ingranaggi conoscono la loro funzione. Mi manca il mio computer, i miei amici, i miei personaggi immaginari. Il mio mondo, fittizio ma a cui appartengo e non mi fa sentire sbagliata e fuori luogo.

Qualcuno riconosce Derek mentre continuiamo il percorso e sostiamo per qualche istante di fronte agli studi. Lo salutano con la mano, sono per lo più insegnanti delle lezioni, ma anche qualche allievo. Alcune ragazze lo fissano trasognate, lui saluta ma mantiene con tutti un'aria distaccata e professionale.

«L'ultima sala di questo piano è la più grande, la palestra vera e propria. Viene utilizzata per il body building, attrezzi, fitness, rassodamento…»

Ecco, è probabilmente quello di cui parlava anche Sean. Ciò che fa per me. Annuisco cercando di mostrarmi convinta.

«Ti presento Jim, l'istruttore. Potrà crearti una scheda personalizzata in base alle tue necessità.»

Lo seguo senza replicare. Se potessi tornare indietro lo farei. A prima di accettare questa folle idea della palestra. Intanto nella sala veniamo immediatamente accolti dalla musica di sottofondo. Quella che inizia proprio adesso è una versione rallentata e smielatissima di *I only want to be with you*.

"I don't know what it is that makes me love you so,
I only know I never want to let you go,
'Cause you started something, can't you see,
That ever since we met you've had a hold on me,
It happens to be true, I only want to be with you."

Ecco, sono condannata. Ora la ricollegherò a questo momento per il resto dei miei giorni. Nel mio essere patetica ho davvero toccato il fondo.

Jim mi spaventa già in lontananza. Ha l'aria severa e ostile, sembra il classico guru del fitness e del body building ai cui occhi ogni molecola di corpo umano che sia grasso e non muscolo è da considerarsi un'aberrazione. Lo vedo da come scruta uno dei ragazzi, forzandolo a sollevare pesi con più energia, più grinta.

Ho già capito. Questo mi scotennerà viva. Lancio uno sguardo compassionevole a Derek in cerca di sostegno emotivo ma lui non sembra cogliere la mia richiesta.

«Jim, ti presento la mia amica Faye. Forse si iscriverà, le sto mostrando un po' come funziona.» Derek sospira e fa una smorfia, controllando l'orologio. «Anzi, te l'affido... devo correre a lezione al quarto piano.»

No! No, no, no... Derek non affidarmi! Non puoi abbandonarmi qui con questo!

Jim mi punta addosso gli occhietti castano chiaro stretti e sottili. Mi sembra ancora più grosso che in lontananza e la paura mi dà l'impressione di avere di fronte una montagna di muscoli disumana.

«Derek, io...» sospiro tentata di aggrapparmi al braccio di Derek e poi saltargli in spalla come un koala su un albero di eucalipto.

«Perfetto Einstein, ci penso io a lei.» Non ho ben capito come Jim si è rivolto a Derek. Perché l'ha chiamato con il nome di uno scienziato? Non so, forse solo per scherzare tra loro. Strano, non mi sembra il tipo in vena di scherzi questo Big Jim. «Vediamo se si può fare qualcosa...»

«Tranquilla... a dopo.» Derek mi sorride strizzandomi l'occhio in modo quasi impercettibile ma seducente, poi si volta e si allontana.

Io se potessi gli correrei dietro e gli salterei davvero sulla schiena in modalità koala. Intanto, del tutto involontariamente, lo sguardo mi cade sul suo fondoschiena fasciato nei pantaloni della tuta blu.

E mentre resto lì in contemplazione, a metà tra incantata e disperata, percepisco la voce di Big Jim. Poco sensuale, anzi decisamente fastidiosa. Io so soltanto che non ci voglio restare qui con lui. Scruta me, le mie forme e la mia cellulite come se fossi un pietoso e irrecuperabile caso umano, non una donna.

«Io in realtà… ho visto un corso di respirazione che inizia ora…» Che respirazione era? Boh, non ha importanza. Devo solo scappare via da questo tizio. «Vorrei provare, magari dopo torno e facciamo…»

Big Jim solleva le enormi spalle con aria indifferente. Anzi, credo sia contento di liberarsi di me e togliersi un peso. In ogni senso.

Ma possibile che ogni donna qui abbia l'aspetto di una dea o quasi? Questa non è una palestra! È una fabbrica di top model! Mi avvio verso la porta per uscire dalla sala. Andrò a cercare una lezione qualunque solo per aspettare Derek, oppure mi rifugerò nella caffetteria, sperando che almeno lì non mi giudichino per il mio aspetto prima di servirmi un caffè.

«Sei la nuova amica di Derek?» Vengo fermata sulla porta da una voce femminile che mi giunge alle spalle. Probabilmente mi ha vista quando sono arrivata insieme a lui. «Io sono Anita.»

Vorrei chiedere a questa Anita di fornirmi la sua personale definizione di "nuova" e di "amica". Perché dal suo tono sembra intendere qualcosa che sicuramente non è molto innocente. Voltandomi la vedo. Alta, anche più di Candice, slanciatissima e con una lunga e fluente coda rossa maldestramente trattenuta da un mollettone che lascia cadere innumerevoli ciocche sulle spalle. Quasi sicuramente l'effetto è voluto e la rende sensualissima nella sua tutina rosa pallido. E i completini proposti da Sean impallidirebbero davvero in confronto al suo body striminzito con le bretelline sottili e il gonnellino che le arriva all'inguine con calzamaglia semitrasparente.

«Sì... suppongo di sì.» Ho una gran voglia di buttarle in faccia che ci abito insieme. Non sono solo la sua nuova amica. E che Derek mi allena personalmente, giorno e notte. Ma non posso, ovviamente. «Comunque devo andare... Ho un corso...»

Scappo via, quasi correndo. E mi dispiace davvero l'idea di dover deludere Derek dicendogli che questo posto proprio non mi piace e mi fa sentire come un orribile moscerino da schiacciare, debellare, sterminare. Devo trovare qualcosa da fare, in fretta. Leggo il nome delle lezioni in corso nei vari studi. Qualcosa che non sia danza contemporanea professionale, yoga acrobatica, danza folcloristica irlandese e flamenco livello avanzato. Trovo davvero il corso di respirazione che avevo individuato prima. Mah... di respirare almeno sarò capace, credo!

Apro piano la porta e mi inoltro nella saletta con circospezione. Vedo una quindicina di persone, uomini e donne, sedute a terra con le gambe incrociate. Per fortuna qui ognuno sembra pensare a se stesso e non fare molto caso a me e alla mia scarsa avvenenza fisica. Tengono gli occhi socchiusi, concentratissimi. Non sapendo cosa fare li imito posizionandomi in ultima fila, mentre l'insegnante è ancora di spalle e sta selezionando un cd, probabilmente da usare per la lezione.

«Do il benvenuto a voi tutti e in particolare alla nuova partecipante al corso.» Eccolo, ha un accento indefinibile. Finalmente si è voltato. Apro gli occhi, dai lineamenti mi sembra orientale. Credo che ce l'abbia con me. «Io sono Yugochin, maestro di respirazione tantrica. Per migliorare le vostre prestazioni sessuali.»

CAPITOLO 13

«Allora? Ti è piaciuta la lezione?»

Mi chiedo se Derek sia serio o mi stia prendendo in giro. Il momento in cui mi ha beccata fuori dall'aula della lezione di respirazione tantrica del maestro Yugochin (non sono del tutto certa di aver afferrato il nome corretto) ha raggiunto in un attimo una delle prime posizioni nella mia personale classifica dei momenti più imbarazzanti della mia vita.

Evito di rispondere direttamente. Derek ha l'aria troppo divertita. O forse è la mia espressione disperata a essere particolarmente ridicola. Scendiamo le scale, recupero le mie cose e mi cambio. Lo raggiungo mentre mi sta aspettando pazientemente fuori dallo spogliatoio femminile.

«La prossima volta voglio fare kickboxing, almeno sfogo un po' di rabbia repressa.»

«Quindi questo significa che hai intenzione di tornare?» Usciamo dall'edificio sotto gli sguardi di Candice e di altre ragazze che sostano all'ingresso. Derek saluta frettolosamente con la mano e io accenno un sorriso di circostanza. Ci ritroviamo fuori, finalmente. «Comunque, quando vuoi. Tengo corsi di kickboxing anche per principianti.»

«Derek, non parlavo sul serio! E poi il kickboxing non è solo per maschi?»

«Non necessariamente. C'è anche qualche ragazza che lo pratica. È molto utile come difesa personale.»

Ci troviamo in Oxford Street. Non so cosa accadrà ora. Il fatto che abitiamo vicini rende la situazione inconsueta. Di solito con gli altri si decide se fare qualcosa insieme o andare ognuno a casa propria. Ma io vivo a una parete di distanza da quest'uomo, quindi i casi sono tre: restiamo in giro insieme, andiamo a casa insieme… oppure uno dei due deve dire chiaramente che ha progetti per la serata che non comprendono l'altro. Magari lui deve incontrarsi con una delle donne della palestra. Forse proprio quella rossa e seducente Anita che mi credeva la "nuova amica". Automaticamente mi risuona in testa il ritornello della canzoncina *I only want to be with you*. Sono condannata, ormai!

«A cosa stai pensando ora, Faye?» Derek si volta verso di me e mi si mette di fronte. Ha un'espressione un po' più seria e stringe leggermente gli occhi chiari.

«Io? A niente…»

Siamo ancora fermi all'incrocio tra la via della palestra e Oxford Street. Che devo fare? Lasciar prendere l'iniziativa a lui e permettergli di scaricarmi qui in mezzo alla strada? O mollarlo io e andare a consolare la mia frustrazione tantrica a South Kensington nella mia adorata crêperie?

«Aggrotti molto la fronte quando pensi o stai meditando su qualcosa…» Indica il mio viso, la mia fronte con il dito.

Me lo dice anche Sean, ogni tanto. Ma ho sempre creduto che mi prendesse in giro! Accidenti! Con tutti i problemi che ho, pure questo! Fronte aggrottata, rughe… che vita ingiusta. Ci passo sopra le dita ripetutamente come se potessi così distendere e annientare completamente l'aggrottamento in corso. Mi guardo intorno per evitare i suoi occhi azzurro verde puntati su di me.

«Ti va di andare a mangiare qualcosa? Sempre che tu non abbia altri impegni…»

Ah, davvero? Vuole andare a mangiare qualcosa con me? Di nuovo? Con questa fanno due… due serate di seguito in cui mangiamo qualcosa insieme. Mi rendo conto che sono occasioni puramente casuali, giusto perché ci ritroviamo nella circostanza di essere insieme la sera all'ora di cena. Non è un vero e proprio appuntamento.

«Va bene.» Okay, addio crêperie. Ma questo è lavoro. Mi serve per scrivere.

«Pizza? O preferisci un ristorante con piatti più elaborati?»
Increspa le labbra e si stringe nelle spalle.

«Così mi farai recuperare tutte le calorie che ho perso...
Però direi pizza, è una delle cose più buone al mondo secondo
me!» ridacchio e mi mordo le labbra.

«Con la respirazione tantrica non credo che tu abbia fatto
così tanto esercizio fisico da perdere calorie, Faye. Anche se
capisco che è stata una preparazione a...»

Cerca di restare serio, ma mi scoppia a ridere in faccia.
Ormai mi rassegno, mi prenderà in giro per sempre.

«Smettila, Derek! Io non avevo capito...» sbuffo, incrocio le
braccia al petto e mi impegno per rivolgergli una delle mie
espressioni più minacciose. «E poi tu mi hai lasciata sola con
quel tipo, Jim... che mi guardava come se fossi una causa
persa, l'incubo materializzato di tutti gli istruttori di fitness!»

«Hai ragione, scusa.» Sorride e arriccia leggermente le
labbra. Sento una vampata di calore salirmi dal petto alle
guance. «Però non te la prendere per Jim, fa così con tutti. È un
perfezionista. Nessuno è mai abbastanza in forma, secondo
lui.»

«Mmh...» La rossa Anita lo è sicuramente. Perfetta. Per
Jim, per Derek, per qualunque uomo sulla faccia della Terra.
Riesco fortunatamente a trattenermi dall'esprimere il mio
pensiero. Perché non vorrei che venisse scambiato per qualcosa
che non è affatto. Invidia allo stato puro mescolata anche a un
po' di insofferenza e gelosia.

Senza andare molto distanti ci rifugiamo nel Pizza Hut di
Marble Arch, dove io posso dare sfogo alla mia frustrazione e
alla mia fame ordinando due diversi tipi di pizza farcita. Derek,
come la sera precedente, insiste per pagare il conto e non riesco
a convincerlo a lasciar pagare me questa volta o almeno fare a
metà.

Appena usciti dalla pizzeria si ripropone lo stesso
"problema" di prima. Non è tardi, che ne sarà di noi per il resto
della serata? Perché mi sto preoccupando tanto? Di solito la

questione non mi turba fino a questo punto. Ora improvvisamente mi innervosisce l'idea di essere mollata in pieno centro. Magari lui ha cenato con me solo per gentilezza…

Decido di non dire nulla, non chiedere e smettere di interrogare anche me stessa nel tentativo di evitare il rischio che mi si aggrotti nuovamente la fronte. Mi avvio semplicemente lungo la strada sempre affollata verso la fermata d'autobus di Piccadilly che mi condurrà a casa. La passeggiata mi aiuterà a smaltire un po' l'abbuffata di pizza. Se lui vuole prendere un'altra direzione dovrà esprimerlo chiaramente.

Mi segue invece. Senza discutere e senza opporre la benché minima resistenza. Seduti al piano superiore dell'autobus porta un braccio dietro alle mie spalle, anche senza toccarmi. Appoggia l'altra mano sul sedile davanti a noi. Allora lo noto ancora, quel tatuaggio che gli percorre l'intero braccio fino al collo. Non si vede completamente, coperto in gran parte dalla felpa con le maniche lunghe che ha sollevato fino al gomito, ma so che c'è. Forse l'abitudine, anche se è solo di pochi giorni, mi porta a farci meno caso rispetto alla prima volta che l'ho visto.

Mi interrogo, durante il viaggio, sull'eventualità che Derek possa essere considerato un personaggio da chick lit oppure no. Tenendo conto del fatto che non sono un'esperta del genere, posso però basarmi su quel tipo di commedie romantiche cinematografiche che raccolgono sempre tanti consensi. Quindi sì, potrebbe essere.

Però… però questa è la realtà, non è una commedia romantica in cui uno come Derek, con il fisico di Derek, con il sexy tatuaggio di Derek, le labbra di Derek, gli insinuanti occhi azzurro verde di Derek segue fino a casa una come me. Ecco, non ci troviamo in un mondo irreale in cui uno fatto così non mi molla in mezzo al centro di Londra per seguire una fatta come Anita o Candice o una delle ragazze della palestra.

In base a queste sensate considerazioni la mia mente diabolica sta già elaborando un'altra ipotesi. Derek non è umano. Derek è un alieno, un "visitor". Mandato qui sulla terra per elaborare un piano perverso di conquista e sopraffazione. E ha deciso di iniziare proprio da me. Spingendomi a frequentare la sua palestra il suo scopo non è prosciugare e sciogliere la mia cellulite, ma il mio cervello. Ecco, Derek e gli altri super atleti della palestra non sono umani, sono alieni ladri di cervelli… E magari proprio quel tatuaggio che gli percorre il braccio e la spalla è un simbolo del suo potere… magari evidenzia il suo essere uno dei capi supremi della flotta dei visitatori da un altro pianeta.

In realtà, se devo essere sincera, è quello che ho sempre pensato ogni volta che un ragazzo carino si è interessato a me. Questo risale ai tempi delle scuole medie. Con gli intellettuali frustrati… beh, con gli intellettuali frustrati è sempre stata diversa la situazione. Essendo già frustrati per conto loro, io non ero altro che un mezzo per accrescere la loro frustrazione intellettuale. Quindi in quei casi è tutto perfettamente normale.

Arriviamo alla nostra fermata di Fulham. Derek mi comunica di dover andare a prendere Pongo per il giretto al parco. Non mi chiede di accompagnarlo, ma una volta arrivati a casa e di fronte ai nostri reciproci appartamenti io resto sulla porta, indecisa su cosa fare. Poi apro e lascio cadere la borsa nell'atrio. Vado in bagno e mi sistemo. Mi sento abbastanza orribile di fronte allo specchio, anche se ho l'aria più rilassata del solito. Sarà l'effetto della respirazione tantrica?

Proprio mentre mi perdo in queste riflessioni sento suonare alla porta. Ragazzo più cane. Non so come abbia dato per scontato che li avrei accompagnati per il consueto giretto. In ogni caso evito le domande, indosso un golfino sopra alla camicia e li seguo. Inizia a far fresco la sera.

Andiamo a sistemarci sulla solita panchina. Sarà una coincidenza, forse anche un po' inquietante, ma sembra restare sempre libera in attesa del nostro arrivo. O magari anche questo è un diabolico piano alieno per assuefare le mie abitudini e abbassare le mie difese rendendomi succube di quest'uomo, anzi di questo capo visitor, e del suo cane. Che magari non è un vero cane, ma un mutaforma sotto mentite spoglie.

Mi passo le dita sulla fronte. Temo che la mia mente fantascientifica stimoli nuove idee che potrebbero causare l'involontario aggrottamento della mia fronte. Allora l'alieno mi interrogherebbe nuovamente scoprendo che sto per sventare il loro subdolo progetto di dominio del nostro pianeta.

Sposto la mano sulla spalla sinistra, con una smorfia. Tutta la tensione mi si scarica lì, da sempre. È un punto ben preciso in cui si insinua il dolore diventando sempre più pressante e persistente.

«Ti fa male?» Improvvisamente Derek posa la mano sulla mia spalla, sfiorando le mie dita con le sue. Mi costringe a ritirare la mano, mentre con la sua sale a massaggiarmi il collo, premendo lentamente. «Perché sei così tesa, Faye?»

Intanto il suo massaggio diventa più dolce, più delicato. Quasi fino a darmi i brividi. Chiudo gli occhi e mi lascio andare per un attimo alla sensazione di benessere fisico. Poi però la mente ha il sopravvento e mi risveglio da quella sorta di trance in cui sono involontariamente scivolata.

«Mi capita da sempre. Stress per studio, lavoro, vita…» Apro gli occhi quasi di scatto. Non posso permettermi di perdere il controllo. È sera ormai, completamente buio. Ho lasciato l'orologio nella borsa quando l'ho tolto in palestra, quindi non ho idea di che ore possano essere. E non ho voglia di controllare il telefono che ho infilato nella tasca del golfino che ho indossato prima di uscire.

«Dovresti stenderti e spogliarti perché il massaggio faccia effetto…» Lascia la frase in sospeso. Quindi non so se interpretare la sua affermazione come un invito o altro. Potrebbe anche essere una semplice constatazione o una considerazione professionale.

Lo sento respirare a pochi centimetri dal mio collo. Forse mi sono sbagliata. Non è un alieno, è un vampiro. E adesso mi azzannerà. Anche se i vampiri non potrebbero girare alla luce del sole... Però potrebbe aver trovato un espediente. In effetti oggi non era una bella giornata, non c'era il sole.

Intanto sale con le dita a sfiorarmi il viso. Potrebbe anche essere un serial killer! Del resto da chi ho saputo che i miei anziani vicini si sono trasferiti a vivere in campagna? Da lui! E se... e se li avesse uccisi e tenesse i loro corpi congelati nel frigorifero? E li desse in pasto al cane, un pezzo al giorno? Oddio!

«Si può sapere a cosa stai pensando, Faye?» Volta il viso verso di me per guardarmi negli occhi. È serio, questa volta. Fin troppo serio.

E se fosse un cyborg, un uomo bionico, con la facoltà di leggere nel pensiero dei terrestri? E se avesse un computer al posto del cuore? E nella mente un calcolatore elettronico?

No, decisamente non è un personaggio da chick lit questo. È altro, molto altro. Non va bene, non può assolutamente andare bene!

«A niente...» Niente che voglio che lui sappia!

Derek si stacca da me e improvvisamente si alza, getta la pallina a Pongo che ci gira intorno. No, il cane no. Sono abbastanza certa che il cane non sia un mutaforma, ma un vero cane. Si comporta troppo da cane, da cucciolone domestico. Potrebbe averlo preso per confondere le acque.

Ma perché la mia mente non si ferma? Perché ho questa deformazione professionale da scrittrice di horror, fantascienza, urban fantasy? Accidenti, devo fermarmi! Se lui ha la facoltà di leggere nel pensiero sono già nei guai...

«Allora... lo vuoi il massaggio?» Sorride nuovamente tranquillo e torna a sedersi accanto a me. Passa il braccio sulla panchina, attorno alle mie spalle. Il suo torace aderisce al mio fianco.

Lo voglio il massaggio? Bella domanda! Non ce n'è una di riserva? E comunque... cosa è incluso nel massaggio?

«Sì...» sussurro timidamente, senza guardarlo in faccia. Potrebbe voler mettere alla prova la mia respirazione tantrica!

Forse non è una buona idea accettare così passivamente, però se fosse un alieno, un vampiro, un killer, un cyborg mi ucciderebbe comunque. Tanto vale approfittarne. Con il fisico che ha sarà bravo… a massaggiare.

Si alza, richiama Pongo e mi fa cenno di andare. Torniamo a casa. Il mio destino sta davvero per compiersi, quindi. Devo proprio lasciare che accada? Mi sento combattuta. Una parte di me è propensa a staccare il cervello, la mia componente razionale e cedere al più basso istinto. Mi potrà sempre servire per scrivere, se non mi farà fuori.

Vorrei poter chiedere consiglio a qualcuno. Tanto ho capito che non sarà un semplice e innocente massaggio. Chissà quanta respirazione tantrica ha fatto anche lui, magari con quell'Anita! Altro che una semplice lezioncina come me!

Mettendo le mani nella tasca del golf sento il mio cellulare. Ecco cosa posso fare! Fingo di dare un'occhiata mentre camminiamo, mi si apre il profilo di facebook, mi lego a un messaggio privato di Kelly, scrivo velocemente sperando che Derek non si incuriosisca troppo.

"Il vicino tatuato mi vuole stendere, spogliare e massaggiare. Credo che proverò il sesso tantrico. Se sparisco venite a cercarmi, forse è un alieno!"

CAPITOLO 14

Ecco, il momento è arrivato. Siamo davanti alla sua porta. Apre e mi invita a entrare. Sempre quel sorriso e quel lieve cenno del capo. E quegli occhi azzurro verde che sembrano entrare nei miei, attraversare la mia mente e corromperla fino a provocare i miei istinti più selvaggi. Fa tutto parte di un piano, di un complotto. Ho sostenuto qualche tesi complottista in passato. Potrei scrivere davvero il distopico dei miei sogni… Quest'uomo sta minando il mio autocontrollo. Forse la salvezza sta nel non guardarlo negli occhi, evitare il contatto visivo.

Sono in casa sua. Sosto nell'atrio mentre accende la luce. Pongo scorrazza nel soggiorno, si fa un giro poi si ritira tranquillamente in un angolo vicino alla finestra che è stato adibito a cuccia. È un cane ben educato a quanto sembra.

«Che bravo…» sorrido e guardo Derek. Grande sbaglio! Avevo detto niente contatto visivo!

«Se vuoi venire in camera ti massaggio…» Si avvia per un corridoio un po' stretto aspettandosi che io lo segua.

Oddio… deve succedere proprio così? Senza nessun preliminare? Comunque mi incammino dietro a lui, come una povera sventurata che ormai si arrende al suo destino. Potrei ancora tirarmi indietro, certo. Dire che il dolore alla spalla mi è passato completamente, voltarmi e scappare via. Al sicuro nel mio appartamento, forse. Invece lo seguo e aspetto che lui apra la porta della sua camera. Mi accorgo solo ora che si trova al di là della parete dalla mia. I nostri sonni e i nostri sogni sono separati solo da un sottile muro.

«Spogliati e stenditi, vado a prendere un po' di olio rilassante…»

Mentre si allontana colgo l'occasione per guardarmi rapidamente intorno. Non ha molto né in soggiorno né in questa stanza. Alcuni pacchi sono ancora imballati e appoggiati alla parete. Sentendo i suoi passi mi ricordo di dovermi spogliare. Mi tolgo il golfino e lo appoggio sul bordo del letto, con cura.

Sospiro mentre il senso di inadeguatezza si impadronisce di me. E adesso? Lui si toglie la felpa blu e rimane con la maglietta azzurra leggera e i jeans. Il tatuaggio così è in bella mostra anche se per vederlo completamente dovrebbe togliersi anche la maglietta.

Appoggia un vasetto sul tavolino vicino al letto. «Stenditi a pancia in giù… Togliti la camicia e slaccia il reggiseno. Oppure è sufficiente che la abbassi un po' fino a metà schiena se non vuoi toglierla del tutto. Tranquilla, non ti farò male.» Ubbidisco come una bambina diligente, sbottono la camicia e la abbasso fino alla vita, poi slaccio il reggiseno. Sento la sua voce calda e incoraggiante, il suo respiro sul collo. «Brava, ora chiudi gli occhi e rilassati. Non pensare a niente, lascia fare a me…»

«Mmh…»

Tranquilla. Non pensare a niente. Fosse facile! Io penso sempre, anche quando dormo. E se non penso sogno. Sogni davvero molto impegnativi. Spesso mi sogno le storie. Forse per questo mi alzo già stravolta, sempre più stanca di quando vado a letto.

Mi sforzo di fare quello che lui dice. Il suo letto è morbido e… No, cerco di non pensare, di non immaginare. Intanto le sue dita mi sfiorano il collo, molto delicatamente, senza eccessiva pressione. Trattengo un gemito quando raggiunge le spalle e scende verso il basso per poi risalire. Chiudo gli occhi e mi sforzo per rilassarmi, esattamente come mi ha suggerito Derek.

Improvvisamente si stacca da me. Qualche istante dopo sento come il fruscio delle onde che si infrangono sulla riva. Cerco di voltarmi per capire.

«È solo un cd, Faye... il risveglio della natura, le onde dell'oceano. Dovrebbero aiutare a rilassarti, ma se ti infastidisce lo spengo.»

«No, è... perfetto...» sorrido beata. Provo una sensazione di estasi e di abbandono totale, mentre Derek torna a massaggiarmi partendo questa volta dalla schiena, dal basso verso l'alto. Le sue mani su di me hanno come un tocco magico, un effetto sublime che riesce a rilassarmi davvero percorrendo il mio corpo senza esitazione, come se lo conoscesse a memoria e sapesse come e dove toccarmi.

Torna alla spalla che mi fa male e si concentra lì, con ancora maggiore delicatezza. Vorrei quasi che continuasse per sempre. Senza quasi.

Si stacca ancora per immergere nuovamente le dita nell'olio aromatico, poi torna a me. Mi accorgo che si mette a cavalcioni sopra di me restando comunque sollevato per non schiacciarmi. Parte ancora dalla schiena, ma questa volta scende verso i glutei.

Oddio... e adesso? Non mi resta che attendere e lasciarlo fare. Chiunque egli sia e qualunque piano abbia in mente mi ha ridotta in suo potere, succube di lui, in completa estasi. Che mi prenda e che faccia di me quello che vuole, subito, adesso! Non aspetto altro ormai.

«Bene, abbiamo finito. Ora sì che ti sento davvero rilassata. Stai un po' meglio, vero?»

Finito? Come finito? E... e il resto? Si alza staccandosi da me e mi copre con la camicia.

«Ah... sì...»

Allora abbiamo davvero finito. Il resto esiste solo nella mia mente, me lo dovrò inventare.

Mi sollevo e mi metto seduta. E adesso? Non so nemmeno più chi sono, cosa faccio qui, che giorno è, che ore sono.

«Ti senti un po' meglio, Faye?»

Mi ripete la domanda, appoggia le mani sulle mie spalle e le accarezza piano. Sì, mi viene voglia di piangere ma non importa. Mi viene voglia di piangere così, senza un reale motivo.

«Mmh... sì, meglio grazie...» Dimostro poco entusiasmo. Non perché non mi senta meglio. E nemmeno perché mi aspettavo altro. Però... però ho la sensazione che ora si aspetti che io mi alzi e me ne vada a casa mia, cioè dall'altra parte della parete e devo confessare, almeno a me stessa, di non averne molta voglia. Anzi, non ne ho voglia proprio per niente. Vorrei restare qui, esattamente dove sono.

E il problema fondamentale è che non riesco davvero più a inquadrarlo, a inserirlo in una delle mie storie. Nemmeno in una di quelle in cui sono più esperta, quelle del mio genere.

Non credo proprio sia un alieno. E nemmeno un vampiro, un killer professionista o un cyborg. È solo un uomo. Affascinante, gentile, incredibilmente sexy, ma solo un uomo. E non mi vuole portare a letto. Molto probabilmente perché io non sono proprio il suo tipo. Sono solo la vicina di casa un po' sfigata e paranoica per lui. Certo, perché uno così può avere tutte le Anita e le Candice di questo mondo. Perché dovrebbe accontentarsi di una come me?

«Vado a casa... cioè vado di là...» Mi alzo dal letto e indico il muro.

«Va bene. Se hai bisogno di un altro massaggio o di qualunque altra cosa, io sono qui.» Si alza anche lui, mi porge il mio golfino e mi accompagna alla porta. «È stata una bella giornata, grazie Faye.»

«Grazie a te... Per la palestra... e il massaggio. E anche la cena, ovviamente...» Perché ho questa strana tentazione? Inconsueta, ecco. Sento come se... se volessi essere baciata. Anzi, se dovessi forzarmi per resistere e non fare io stessa il primo passo. Di solito non mi capita mai, non sono mai io a prendere l'iniziativa. Non va bene, insomma. Ma quegli occhi, quelle labbra... inducono al peccato, ecco! Niente contatto visivo, Faye. Fila a casa, subito! Dalla tua parte di muro! Ho un sacco di lavoro arretrato... La storia da scrivere che oltre a non aver ancora messo insieme una trama, non so nemmeno da che parte cominciare. Ma qualcosa devo pur inventarmi, al più presto. Ecco, passerò la notte tentando di inventarmi qualcosa. Tenterò di farmi bastare l'ispirazione, anche se avrei avuto bisogno di un maggiore incoraggiamento. «Buonanotte, Derek.»

CAPITOLO 15

Entrata in casa resto per un periodo di tempo non quantificabile appoggiata con la schiena alla porta, al buio. Basta perdersi nel mondo dei sogni, Faye Lizzy Sandstrom! Devi lavorare. Lavorare!

Accendo la luce e vado a sistemarmi al mio tavolo. Attendo che il computer entri in funzione. Apro il file di word con il nome *Il vicino tatuato*, inesorabilmente bianco oltre al titolo. Provo a scrivere qualcosa. Più che idee sono sensazioni. Scrivo velocemente, per non perderle. Come se rischiassero di sfuggirmi. Le mie dita percorrono i tasti a memoria, ormai. Magari da tutto questo ne uscirà qualcosa, con un po' di fortuna.

Vado avanti, senza rendermi conto del tempo che passa. Bene, almeno qualcosa ho iniziato a scrivere. Qualcosa di più sostanzioso della storia della protagonista che si sveglia al mattino e sembra troppo palesemente una me stessa di carta… di pagina word, insomma. Almeno ora in qualche modo è entrato in scena lui.

Decido di fare una piccola pausa e accedo a Facebook. Controllo l'ora, sono quasi le due di notte. E lo vedo. Non ci posso credere. Non è vero. È uno scherzo! Lo avevo completamente dimenticato.

Io… non posso averlo fatto davvero! Non posso aver scritto quello che credevo un messaggio privato destinato a Kelly sul mio profilo Facebook in modalità pubblica, sotto gli occhi di tutti! Invece è proprio lì, in bella vista!

"Il vicino tatuato mi vuole stendere, spogliare e massaggiare. Credo che proverò il sesso tantrico. Se sparisco venite a cercarmi, forse è un alieno!"

Centoventi "mi piace". Una trentina di commenti. Gente che vuole conoscere i dettagli e mi chiede le foto. Messaggi privati da Kelly, Brianne, Camille, Alex. Sean che richiede informazioni riguardo alle dimensioni e se nel caso l'alieno ha un fratello di presentarglielo. Poi aggiunge di chiamarlo al telefono appena libera. Forse è ancora online.

"Sean?" Gli invio il messaggio e mi viene da piangere. Ovviamente cancello immediatamente il post dal mio profilo.

"Com'è stato, fragolina? Aspetta che ti chiamo." Aspetto e mi guardo in giro in cerca del mio cellulare. Non lo trovo e non lo sento suonare. Torno al computer, altro messaggio da Sean. "Faye, hai spento il telefono?"

No, io non ho spento il telefono. Magari è scarico. Dev'essere ancora nella tasca del mio golfino. Mi alzo per andare a recuperarlo, l'ho appoggiato sul divano. Non c'è! Magari l'ho tolto inavvertitamente, quando sono rientrata non ero molto lucida e cosciente delle mie azioni, dopo... Insomma, dopo essere rientrata, dopo il massaggio... dopo lui, ecco.

Guardo sul tavolo del soggiorno, in camera, in bagno, anche lungo il corridoio. Non c'è. Idea! Provo a chiamare il mio numero di cellulare con il telefono fisso! Magari è il telefono di Sean ad avere qualche problema. Invece ha ragione lui... è proprio spento! L'ho perso... non so se in casa o dove.

Calma, Faye, calma. Al parco lo avevo. Quindi non l'ho perso in centro. Ho mandato il messaggio mentre percorrevamo la strada verso casa. Devo averlo perso lungo il tragitto, oppure qui, sotto casa... altrimenti nel mio appartamento o... nel suo! Cosa devo fare? Scendere a cercarlo? Tornare al parco? Se qualcuno lo ha trovato se lo sarà tenuto...

Chiamo Sean dal telefono fisso. «Sean!» Non gli do nemmeno il tempo di rispondere. «Sean, ho perso il mio cellulare, non so dove! E... e ho scritto quella roba proprio dal cellulare... doveva essere un messaggio a Kelly, non così! Sean... che faccio? Se ho perso il telefono da lui... se ha visto...» Ora mi metto a piangere, come un'adolescente isterica sull'orlo di una crisi di nervi. Come non ho mai fatto in vita mia. «Sono fregata! Per la vergogna dovrò trasferirmi all'estero, dove nessuno mi conosce...» Mi rendo conto dell'ora, abbasso gradualmente la voce, fino a ridurla a un sussurro angosciato.

«Dipende un po' da com'è stato, tesorino. Lui è... insomma, è ben dotato l'alieno?» La sua voce calma e pacata mi irrita ancora di più. Altro che rilassamento, sono completamente esaurita ormai.

«Non è stato proprio niente! Cioè mi ha davvero massaggiata... e basta!»

Silenzio dall'altra parte. Ecco, ricevere un silenzio da parte di Sean è una cosa fuori dal comune. Significa che sono veramente messa male, situazione tragica, irrecuperabile. Insomma, non ho proprio speranze. Una sfigata cronica!

«Sean... ci sei ancora?»

«Sì, fragolina. Ma sai a volte ci possono essere tanti motivi per cui... Magari il ragazzo è timido o ha problemi...» Sean non è così bravo a confortare quando non ci sono possibilità. Anzi, ora sta solo affondando ancora di più il coltello nella piaga.

«Siamo andati in palestra. È piena di modelle e di donne con corpi stupendi. Ce n'era una... anzi molte che se lo mangiavano con gli occhi, quindi...» Sospiro rassegnata. «Devo proprio lasciar perdere. L'ispirazione per la storia la troverò altrove, ecco!»

«Faye, ma l'alieno... il tatuato, insomma... ti piace?» Ma che domanda è? Mi piace per la storia che dovrei scrivere. Cioè, mi serve come personaggio. «Perché da come ne parli, come una ragazzina delusa a cui hanno sottratto il principe azzurro, non sembra che te ne voglia approfittare solo per scriverci una storia. Sembra che tu abbia il fragile cuoricino spezzato, per dirla tutta.»

Ma che diavolo si inventa ora? Va bene che sono le tre di notte! E mi è venuta anche fame dal nervoso.

«Sean piantala di sparare cazzate!» Senza volerlo ho alzato la voce. «Non è quello il punto...»

«Allora qual è il punto? Ti gira storta perché non ti ha portata a letto?»

Non gli rispondo nemmeno, vado a prendere il sacchetto di patatine dallo scaffale, lo apro e me ne infilo una manciata in bocca.

«Ma no, figurati... Mica mi aspettavo...» replico, mentre mastico.

«Ma sì, invece! Ti aspettavi eccome... e dal post che hai scritto si evince che non vedevi l'ora.» Ma perché? Era così evidente? «Faye... stai mangiando? Ti sento masticare... No, non va affatto bene, frittellina. Finirai per scoppiare e niente tatuato sexy per te!»

«Sean, ma io... io voglio solo...» Mi siedo a terra, appoggiata con la schiena al frigorifero. Trascino il telefono con me. «Io devo solo scrivere una storia, non voglio altro, davvero. Solo che è questa stupidissima chick lit che mi sta trascinando dove non ho nessuna intenzione di andare, credo...» Appoggio la fronte alle ginocchia, mi sento disperata e senza speranza. Peggio ancora, mi sento respinta. «Accidenti a chi mi ha affidato questa storia, Brianne o The Voice o quell'attrice a cui devono passarla, chiunque sia! Sono sempre stata bene con i miei alieni, vampiri, mutaforma, streghe, serial killer... Perché mi hanno voluta rovinare così? Perché?»

CAPITOLO 16

Mi sono alzata con il mal di stomaco dopo aver dormito circa tre ore. Sono le sette del mattino, mi sono addormentata alle quattro. Vado in bagno e non mi guardo neanche allo specchio per evitare di prendermi un colpo dall'orrore.

Ho bisogno di un caffè, forte. Di quelli che ti spaccano in due ma che poi ti rimettono in piedi. Mi sembra quasi una di quelle classiche mattinate dopo una sbornia colossale. E andrebbe anche bene, se non fosse che non ho nemmeno bevuto. Sono ubriaca di palestra, di massaggi e di frustrazione.

Il pensiero torna improvviso, dopo averlo rimosso per la stanchezza... il mio telefono! Devo uscire a cercarlo. Avrei potuto controllare almeno se era sul pianerottolo o sulle scale. Ma l'avrei sentito cadere se l'avessi perso lì.

In ogni caso mi conviene vestirmi e andare ad assicurarmi. Mi fermo davanti allo specchio della mia camera. Il mio corpo è cambiato e vorrei farlo tornare com'era una volta. Anche se si dice che con gli anni il metabolismo inevitabilmente rallenta. Ma no, non ci voglio credere! Tutte balle per abbuffarsi senza ritegno di pizzette, patatine, dolci e quel che capita. Un'ottima scusa insomma.

Vedendomi così quasi non ci crederei nemmeno io di essere stata una ballerina classica. Meglio non raccontarlo in giro. Magari avrei potuto anche avere una grande carriera, ma assolutamente nessuna costanza e nessuna voglia di impegnarmi in ore di esercizi quotidiani massacranti. E avevo troppa fame.

Mi preparo solo un caffè per colazione. Senza niente. Senza biscotti, senza muffin. Perché mi sento in colpa per troppe situazioni sbagliate nella mia vita. Mi si sta riempiendo la mente di una lista infinita di "avrei dovuto e non ho fatto", come una mongolfiera. Tutti i miei errori si assommano e tutti insieme mi pesano sul petto trasformandosi in ansia. Che ci sia qualcosa di sbagliato in me è fuori da ogni dubbio ma tuttora non riesco a trovare una soluzione per porvi rimedio. E così e basta.

Sorseggio il mio caffè seduta al tavolo di fronte al pc. Questa mattina non ho nemmeno la forza o la voglia di aprire la pagina di word, di facebook, della Ghostly. Il nulla più assoluto. Resto con l'immagine del desktop di un castello medievale scozzese, indifferente a tutto. Al resto del mondo e anche a me stessa.

Sento suonare alla porta. Sarà il postino. Oppure… Mi alzo di scatto, vado a infilarmi i jeans sotto la maglia enorme che uso come pigiama. C'è poco da fare, per rendermi minimamente presentabile avrei bisogno almeno di una mezz'ora. Vado in bagno a lavarmi la faccia e mi lego i capelli in una coda. Spero che sia davvero il postino.

No, invece. È lui. Lui con in mano il mio telefono.

«Me ne sono accorto solo questa mattina. Deve esserti scivolato dal letto quando ti ho massaggiata.»

Lo afferro senza nemmeno ringraziarlo e controllo subito.

«È spento!»

«Sì… probabilmente è scarico.» Lui sembra già in splendida forma con la maglietta scura abbastanza stretta da mettere in mostra i muscoli e i jeans. E non ha nemmeno bisogno di truccarsi. La vita è davvero ingiusta. «Ti ho svegliata? Stavi dormendo? Mi dispiace…»

Ecco, io odio che mi si dica "Ti ho svegliata? Stavi dormendo?". Lo detesto con tutta me stessa, dal profondo dell'anima. Perché ciò implica che io abbia l'aspetto distrutto o la voce da addormentata cronica. Cosa che ho, in effetti, anche quando sono sveglia da ore! Ma che me lo si ricordi così palesemente è davvero deprecabile.

«No, io…» Sono solo in fase di disperazione e di disprezzo nei confronti di me stessa.

«Ti va di venire in palestra più tardi? Nel primo pomeriggio io avrei lezione…»

Si appoggia con il fianco allo stipite della porta e mi guarda con quell'aria invitante che altre donne troverebbero irresistibile. Non io perché cerco di trattenermi e fisso ancora il mio cellulare chiedendomi se ha fatto in tempo a vedere quello che avevo scritto su di lui prima che si spegnesse.

«Io non credo che la palestra faccia per me. Quindi forse non è il caso di continuare.» Mi mordo le labbra costringendomi a sollevare gli occhi su di lui. Non posso farne a meno anche se così vedrà chiaramente i segni di devastazione sul mio viso, comprese le occhiaie più scure del solito.

«Certo, se non vuoi non insisto Faye...» sorride e annuisce, non sembra colpito e affondato dal mio aspetto distrutto. «Devi solo fare qualcosa che ti fa stare bene, che ti rilassa.»

Di nuovo alla carica con questo rilassarsi! Ma non capisce quest'uomo che io non sono rilassata mai. Mai lo sono stata in vita mia! E mai lo sarò!

«Non riesco nemmeno a concepire il significato del termine, Derek. Io e lo stress siamo compagni di vita ormai da troppo tempo, temo.» Sospiro stringendomi nelle spalle. Sono un caso disperato e irrecuperabile, meglio che lo sappia e si metta l'anima in pace una volta per tutte. «Nulla ha mai funzionato con me. Ho anche preso dei cd in cui dovevo seguire la voce di un istruttore o maestro zen che mi insegnava come rilassarmi… e mi hanno innervosita ancora di più, perché…»

«E va bene, non insisto più, te lo prometto.» Solleva le mani in segno di resa e sorride stringendo leggermente gli occhi. Un sorriso audace e carezzevole al tempo stesso. Come se ti spogliasse con lo sguardo, ma con estrema delicatezza. Un sorriso e uno sguardo che temo non sarei in grado di raccontare in nessun chick lit. In realtà in nessuna storia richiesta dalla

Ghostly, indipendentemente dal genere. Perché sarebbe una sfida per me renderlo sulla carta. Anzi, sulla pagina word.

«Ecco, bravo ragazzo...» annuisco e mi sforzo per ricambiare il sorriso.

«Hai fatto colazione? Ti va di fare una passeggiata con me e Pongo?»

«Ho bevuto un caffè. E comunque dovrei farmi la doccia, vestirmi...»

Che giorno è oggi? Sabato. Perché quest'uomo sexy e affascinante vuole trascorrere la mattinata di sabato insieme a me? Quale subdolo piano nasconde? Non mi ha ancora uccisa, quindi non credo sia un serial killer. E nemmeno...

«Ti aspettiamo, non c'è fretta.»

E non mi deve guardare ancora così. Non è giusto. Lo so che probabilmente guarda così anche il cestino della biancheria sporca e la lavatrice mentre fa il bucato. Non dipende da me, è il suo modo di guardare. Però in me produce un effetto collaterale altamente indesiderato. Mi induce a credere che mi voglia... che potrebbe...

«Mmh... va bene...» Non riesco a trovare ragioni valide per rifiutare. Anche se ce ne sarebbero un'infinità. Forse la verità, quella che sto negando anche a me stessa in questo momento, è che non voglio trovarne. Voglio trascorrere tempo con lui. Ma è per la storia, certo che è per la storia! Mi serve. Sorrido ancora sforzandomi di simulare una sorta di tranquillità, almeno nel tono di voce, che non riesco a provare. «Cercherò di fare più in fretta possibile.»

«Bussa tu alla mia porta quando sei pronta...» annuisce e indietreggia di qualche passo prima di voltarsi e uscire dal mio appartamento.

Mentre mi faccio velocemente la doccia, mi vesto e provo a truccarmi un po' per nascondere i segni della quasi totale mancanza di sonno, mi preparo psicologicamente alla nuova uscita.

Devo fare attenzione. La stanchezza non mi aiuta. Avrei dovuto rifiutare il suo invito, lo so. Non sono preparata. Eppure… eppure non ci sono riuscita. La scadenza incombe, io devo inventarmi una storia. Magari non usando necessariamente lui. Potrei solo prendere spunto, ecco.

Del resto, sento la necessità assoluta di un po' d'aria. Mi aiuterà a svegliarmi, a rigenerarmi. E poi, per provare a sperimentare un genere a cui non sono abituata, devo iniziare a frequentare qualcuno al di fuori della mia solita cerchia di amici, che sono nella quasi totalità anche colleghi di lavoro. Quindi perché non lui? In fondo, per ciò di cui ho bisogno, che sia Derek o un altro non fa alcuna differenza.

CAPITOLO 17

Camminiamo per il solito parco. Questa mattina la nostra panchina è occupata da due vecchietti che leggono il giornale e nel frattempo discutono animatamente.

Non riesco a capire. Oltre a non capire me stessa, non capisco lui. Io almeno ho un motivo per stargli intorno. Ma lui? Deve avere una ragione per cercarmi, oltre a quella di abitare vicini. Magari è il tipo di uomo che ha compassione di una povera donna sola. Oppure deve partire per qualche viaggio oltremare e mi vuole affidare il suo cane. Anzi, il cane dei nipoti. Oppure… provo a riflettere… Magari riceverà un'enorme eredità da un anziano parente in punto di morte solo se si presenterà da qualche parte con una fidanzata, quindi sta cercando una da poter scaricare subito dopo averla ricevuta! Potrebbe anche essere una storia interessante, se non fosse che ne ho già sentite fin troppe del genere.

Inclina il viso e mi osserva. «Sembri sempre impegnata in elaborazioni mentali da cui escludi tutto il resto del mondo.»

«Dici che è questo che mi fa venire le rughe?»

Lo guardo seria, poi mi sforzo ancora di sorridere senza ottenere un gran risultato. I miei sorrisi sono sempre troppo falsi per essere accettabili. Nella mia collezione di espressioni ce ne sono molte che esprimono serietà, rabbia, risentimento, disgusto. Di sorrisi non ne ho. Passo direttamente alla fragorosa risata per poi tornare alle mie varie sfumature di sguardi corrucciati. Solo che per ridere devo trovare una vera ragione, qualcosa o qualcuno che stimoli la mia risata. E ultimamente non mi accade spesso.

«Sì, sto imparando a cogliere la differenza.» Derek appoggia per un attimo la mano sulla mia schiena, poi libera Pongo dal guinzaglio, fa qualche passo avanti e lancia la pallina verso l'interno del parco. Pongo, che sembrava non aspettare altro, corre a recuperarla in mezzo al prato.

«Differenza di cosa?» Seguo il percorso della pallina, poi raggiungo lui.

«Delle elaborazioni mentali. Mi chiedo a cosa pensi... Lavoro? Tempo libero? Vacanze? Me?» Sorride, increspa le labbra e ammicca in quel modo che mi costringe a spostare lo sguardo altrove per non mostrarmi troppo debole nei suoi confronti.

«Io non ho tempo libero. Lavoro anche quando sembra che non lo stia facendo. E non ricordo più quando mi sono presa l'ultima vacanza...» Di far ricadere il discorso su di lui non ci penso proprio.

«Sai che non ho capito bene in cosa consiste il tuo lavoro, Faye?» Si ferma ad accarezzare Pongo che gli riporta la pallina, poi gliela lancia nuovamente. Mi fa segno di sederci su una panchina poco distante, in un angolo più appartato del parco lungo il viale. «Cioè... tu pensi sempre a nuove decorazioni per...»

Per le uova di Pasqua. A questo sta alludendo. E ora penserà che sono pure stupida oltre che tutto il resto. Oltre che stressata, tesa, con le rughe e la fronte perennemente aggrottata.

«No, certo. Insomma, anche.» Inutile impegnarmi per migliorare l'impressione che può essersi fatto di me. Ormai mi avvio verso la rovina senza nemmeno tentare di salvare le apparenze. E ovviamente non posso raccontargli la verità sul mio lavoro. Dovrei confessare di avergli mentito. E il motivo per cui gli ho mentito. «Si tratta anche della mia vita in generale, del mio...»

«Hai una storia con qualcuno?»

Ecco, di male in peggio. Passiamo dal lavoro inventato alla vita privata inesistente. Ormai sono la sfigata numero uno del quartiere. Anzi, di tutta la città.

«No… non al momento.» Non quantifichiamo la durata del momento. Sento come una vampata di calore salirmi dal petto. Una parte poco morigerata della mia mente immagina di finire stesa sulla panchina con lui sopra che mi strappa la maglietta e poi tutto il resto. Mi mordo forte le labbra. Calma Faye, calma. Torna indietro, recupera la pace dei sensi. «Tu?» Forse non avrei dovuto chiedere, ma è stato lui il primo.

«Io ho avuto una storia piuttosto lunga, ma è finita più di un anno fa.» Solleva le spalle e si perde a fissare un punto indefinito nello spazio, tra il prato che abbiamo di fronte e il cielo.

«Ah… mi dispiace…» Tipiche parole di circostanza. In realtà non mi dispiace poi tanto. Lei sarà stata un'altra tizia modello Anita o Candice. Va bene, lo so che non dovrei giudicare le persone dalle apparenze. Ma la verità è che davvero non mi dispiace. Forse nemmeno mi importa.

«Davvero ti dispiace?» Derek si volta verso di me e mi accarezza la spalla sinistra, quella che mi dà sempre problemi.

«No. È una cosa che si dice tanto per dire… e tu non avresti dovuto chiedere perché io non sono poi così brava a mentire.» Mi volto anche io a guardarlo. E quei suoi occhi nei miei mi danno un brivido quasi incontrollabile, credo che riesca a percepirlo anche lui dal contatto con il mio corpo. E le sue labbra così vicine sembrano così morbide… Ho voglia di baciarlo. Ho un'irrefrenabile voglia di baciarlo. Ma devo trattenermi. Anche se tutto intorno sento come una serenata di cinciallegre che mi cantano "Bacialo, bacialo adesso." O forse è solo un fischio nella mia mente, il risveglio della natura, come nel suo cd con le onde. Che però non mi rilassa affatto, anzi turba i miei sensi e il mio autocontrollo. Cerco di dire qualcosa per fermarmi prima che sia troppo tardi. «Credevo che con una delle ragazze della palestra… Candice forse oppure… una certa Anita mi ha chiesto di te…»

«Tra me e Anita c'è stato qualcosa, lo ammetto.» Sbuffa e si stira, poi si appoggia con un gomito allo schienale della panchina volgendosi verso di me. «Ma è durata solo qualche settimana, poi è finita. Non fa per me.»

«Ah… mi disp…»

No, di nuovo! Faccio appena in tempo a fermarmi e mi copro la bocca con la mano. Che tra lui e Anita sia finita mi dispiace ancora meno di prima.

Derek ride e mi tira la coda. «Pessima, Faye. Davvero sei una pessima bugiarda!»

Rido anche io. E la voglia che avevo di baciarlo non mi passa. Cerco di parlare per distrarmi. «Sembrava ancora molto interessata comunque.»

«Una relazione con una donna sposata in crisi con il marito non è nei miei programmi. Lei aveva bisogno di un'avventura, credo… e forse anch'io. Ma non voglio complicazioni in questo momento.»

«Ma lei lo sa che è finita?» Non voglio permettere che la loro relazione mi coinvolga, non voglio entrarci. Ne parlo come se riguardasse solo lui. Anche perché in effetti io davvero non c'entro. Però Anita… ce la vedrei nella parte di una stalker affamata di sesso. Potrei metterla nella mia storia. «Potrebbe sempre divorziare e…»

«No, non è quello il punto Faye. Per essere più chiaro diciamo che è proprio Anita a non rientrare nei miei programmi, non il fatto che sia sposata o separata…» Sospira e torna ad accarezzarmi la spalla, prima delicatamente poi premendo un po' di più. «Come va? Ti fa ancora male?»

«Sì. Mi fa sempre male, ma ormai ci sono abituata.» Quindi ad Anita non è proprio interessato. Sarà vero?

«Non va bene…»

Passa una gamba dall'altro lato della panchina in legno e mi posa entrambe le mani sulle spalle costringendomi a girarmi per permettergli di massaggiarmi. Lascia scivolare le dita sul mio collo e poi all'interno della maglietta.

Perché mi fa questo? Cosa vuole da me? Chiudo gli occhi e mi lascio andare. Il mio corpo è ormai come assuefatto al suo tocco, alle sue mani. Desidera le sue carezze. Mi sento sbilanciare all'indietro e finisco con la schiena adagiata al suo petto. No, non va bene. Mi devo fermare. Devo fermare tutto. Lui non è per me. Per la storia che devo scrivere sì. Per me no.

«Derek…»

No, no. Le sue labbra sul mio collo no. Il suo braccio intorno alla vita non va bene. Non così. Non va bene nemmeno per un'ipotetica storia perché non era nei miei piani lasciarmi coinvolgere a livello personale. Stimolare le idee sì, ma io e le mie emozioni non possiamo entrare in questo gioco così direttamente. Ora mi basterebbe solo voltare leggermente il viso e…

La sua mano sale a sfiorarmi la guancia. È lui a farmi girare sollevandomi il mento. Non faccio nemmeno in tempo a reagire e le sue labbra sono sulle mie. E io proprio non ci riesco a respingerlo. Perché le sue labbra sono tutto ciò che desidero in questo momento. Inclino il viso per baciarlo ancora più intensamente. Senza rendermene conto e soprattutto senza dare un comando diretto al mio corpo mi trovo stretta a lui, con le braccia intorno al suo collo.

Cosa sto facendo? In che guaio mi sto cacciando? Sto cedendo come una stupida, come una ragazzina. Sono come soggiogata da lui. Sean aveva ragione! No, no. Non va bene. Non fa per me. A questo punto era meglio finire con Rudolph o con uno qualunque, uno da dimenticare in fretta.

Cerco di staccarmi mentre Derek percorre la mia schiena con le mani. Devo forzare il mio corpo per allontanarmi e smettere di baciarlo.

«Scusami…»

«No, scusami tu Faye…»

Mi guardo intorno. Le poche persone che girano per il parco non sembrano fare caso a noi. Se fossi libera di agire tornerei immediatamente a farmi baciare e stringere da lui. Però… Una storia con Derek è fuori discussione. Non è il mio ideale di uomo. Lo dovevo solo utilizzare come personaggio per un romanzo, questo era il mio piano. Non iniziare a immaginare una storia vera tra noi. Perché sicuramente lui mi userà e poi mi farà a pezzi. Sono stata fatta a pezzi da tipi decisamente meno affascinanti e sensuali di lui. Omuncoli senza arte né parte, ininfluenti sia fisicamente sia intellettualmente. Cosa mi potrà fare uno così?

Ecco la verità. La storia del romanzo è una palla. Sono io che ho paura. La vera me stessa. Sono io che non so affrontare la situazione adesso. Sono sempre io che mi alzo, sospiro, scuoto la testa, mi mordo le labbra, volto le spalle e scappo. Lasciando il "vicino tatuato" Derek e il cane Pongo al parco, a guardarmi correre via. Mentre una storia come tante altre, però davvero mia questa volta, non scritta in un romanzo sentimentale, finisce ancora prima di cominciare.

CAPITOLO 18

Il guaio di abitare a una parete di distanza non mi concede nemmeno la possibilità di rifugiarmi a casa mia. Inevitabilmente cerco di percepire il minimo movimento sul pianerottolo e al di là di quel muro.

Starà tornando? Sarà arrabbiato con me? Penserà che sono pazza? Io lo penserei. In effetti tanto sana di mente non sono mai stata.

Perché mi chiedo, cercando di analizzare me stessa nell'abisso più profondo della mia anima, cosa diavolo mi stia succedendo. Ieri sera sarei andata a letto con lui senza pormi problemi. Prima, dopo o durante il massaggio. Oggi invece un bacio romantico al parco mi ha fatta scattare e scappare via come un'invasata.

Che logica c'è in tutto questo? Forse quella che era la Faye che prendeva appunti per un libro a voler andare a letto con Mister "Vicino Tatuato", fino a ieri sera. Questa mattina invece è stata la Faye reale a baciare e desiderare Derek. Quindi la trasformazione deve essere avvenuta in una notte, anzi in poche ore.

E io certe trasformazioni così, al di fuori del mio controllo, non le posso accettare! Preferirei piuttosto certe metamorfosi kafkiane in insetti orripilanti o mutazioni mitologiche ad opera di divinità infuriate.

Quindi meglio abbandonare l'idea di utilizzare Derek per il romanzo che mi è stato commissionato. Eppure era perfetto, lui e il suo tatuaggio. Un perfetto cattivo ragazzo. Che poi si innamora della protagonista e cambia dall'oggi al domani. Invece qui quella cambiata dall'oggi al domani sono solo io! Peccato perché avevo anche la perfetta antagonista, nelle succinte vesti di Anita. La immaginavo già come una sorta di vedova nera vittima di un'attrazione fatale! Peccato davvero…

Dopo essere stata per gran parte della mattina fuori dal mondo mi decido ad accendere il computer e a mettere sotto carica il telefono. Vengo tempestata da messaggi e notifiche ovunque. Mi viene quasi voglia di chiudere tutto di nuovo e andare in letargo. Tanto l'autunno si avvicina ormai. Ecco, andrò in letargo in anticipo. Autunno, inverno…

Tra gli altri messaggi, un invito di Kelly a vederci alla crêperie. Nemmeno una bella crêpe cioccolato fondente e banana mi attira in questo momento. E poi per raggiungerla dovrei obbligatoriamente uscire di casa, con il rischio di…

Aspetto a risponderle e vado in camera mia. Chissà se riesco a sentire qualcosa? Mi avvicino al letto e appoggio l'orecchio alla parete. Oltre al muro c'è la sua stanza. Deve aver già riportato a casa Pongo. O forse no. Di certo non può esserselo portato in centro, almeno credo. Mi sembra di ricordare che ha detto di aver lezione nel primo pomeriggio in palestra. E comunque, per quanto io possa tentare di nascondermi, prima o poi lo dovrò incontrare!

Torno in soggiorno al mio computer e rispondo al messaggio di Kelly. Ci vedremo a South Kensington alla crêperie.

Riesco a uscire senza incidenti. Senza incontrare lui. Anche se non posso negare che una parte di me lo vorrebbe con tutta se stessa. Da quanto tempo lo conosco e ci "frequentiamo"? Cerco di fare un rapido calcolo. Tre o quattro giorni? Tre mi sembra. Anche se ho l'impressione che sia molto di più. Forse il fatto che abitiamo così vicini amplifica il tempo trascorso insieme e lo triplica, quindi tre giorni possono sembrare nove.

Sto inventando delle scuse patetiche! Derek non doveva uscire dalla tipologia del personaggio che avevo creato nella mia mente per lui. Doveva essere duro, rude, dalla personalità contorta e complessa, con un passato tragico alle spalle che l'aveva reso appunto duro, rude e per completare l'opera tatuato! Doveva trattarmi come un oggetto sessuale da prendere e lasciare, non come una persona di cui preoccuparsi e avere cura. Doveva farmi piangere e disperare attivando in me la sindrome da crocerossina che si immola per la causa: "Io ti salverò. Salverò la tua anima ferita. Io ti insegnerò ad amare." Cioè non io, la mia protagonista insomma. Doveva essere uno stronzo, non un uomo attento e premuroso. Doveva essere il tipico uomo che alla maggior parte delle lettrici piace ma che io personalmente prenderei a calci nelle palle a ogni pagina. Però io non conto, non faccio testo e nemmeno faccio parte del pubblico pagante. E poi certe attenzioni maschili posso accettarle da Sean e Alex, perché sono miei amici. Non da un perfetto sconosciuto! Non da uno con l'aspetto di Derek! Non si fanno queste cose!

Arrivo a South Kensington. Cerco di organizzare i pensieri per farmi comprendere da Kelly. L'unica soluzione, secondo me, è lasciar perdere tutto quanto.

«Lui ti piace. C'è ben poco da analizzare qui.» Ecco, ha espresso la sua diagnosi. Perentoria e categorica. «Quello che ti preoccupa è che inizia a piacerti anche come persona e non solo come gran figo tatuato, muscoloso e con un bel culo tondo. Questo ovviamente ti spaventa e ti induce a scappare via più veloce della luce.»

«Lo conosco da tre giorni, Kelly! Sono peggio delle protagoniste dei romanzi di Camille, di Tracy e di altre che si dedicano al genere romantico. Io sono… un fallimento totale! La vergogna della mia categoria…»

Continuo a mescolare la mia cioccolata già dolce. Ci ho messo due bustine di zucchero per sbaglio. Nella cioccolata solitamente non ne metto.

«Non esagerare! Dovresti semplicemente frequentarlo e vedere cosa accade. Come fanno tutte le persone normali, del resto.» Kelly inevitabilmente coglie nel segno sottolineando l'ovvio. Io non sono normale.

«Dovrò vederlo per forza, a meno che uno dei due si trasferisca.»

L'istinto mi spingerebbe davvero a seguire il consiglio di Kelly. Ma la ragione mi induce a trattenermi. Scatta come una molla dentro me che mi convince che questa storia non avrà un finale piacevole. Perché è la vita vera. E la vita vera fa sempre abbastanza schifo, anche se i protagonisti si comportano bene non c'è quasi mai un lieto fine. Solo una fine, spesso misera e meschina.

«Allora prima lo vedi, prima vi spiegate, meglio è! Almeno ti togli quella faccia da funerale, Faye! Guarda che sto iniziando davvero a convincermi che sei più grave di quanto mi hai fatto credere...» Kelly sposta la tazza della sua cioccolata e incrocia le braccia sul tavolo allungandosi verso di me. «Deve piacerti davvero tanto questo "vicino tatuato"! Ora sono curiosa di vederlo.»

«Anche io sono curiosa...» Camille ci passa davanti reggendo un vassoio con due tazze fumanti e due piatti di crêpe, le porta ai clienti seduti dietro di noi e poi torna al nostro tavolino. «È pieno di gente stamattina, ma sapete che quando si tratta di storie d'amore ho le antenne sintonizzate. Voglio vedere questa meraviglia d'uomo che ti ha rubato il cuore, Faye!»

«No, calma. Non mi ha rubato proprio niente...» Sempre peggio. Mi conveniva starmene zitta. «Ci manca solo che questa cosa diventi di dominio pubblico!»

«Ma è di dominio pubblico, almeno il fatto che ci sei andata a letto. L'hai scritto tu sul tuo profilo Facebook...» Detesto il senso pratico e logico di Kelly. «Ora l'hai cancellato ma lo hanno visto tutti i tuoi contatti o quasi. E sono parecchi!»

«E non è nemmeno vero!»

Magari l'ha visto anche lui, dal mio telefono. Ma ormai devo farmene una ragione, è successo e non si può tornare indietro.

Sbuffo e abbasso la testa. Non so nemmeno cosa fare in questa giornata. Tornare a casa implica la possibilità di incontrare lui. Ma non posso cercare un'altra sistemazione finché non mi sarà passata. Magari potrei farmi ospitare da Kelly o da Sean. Oppure partire e andare a trovare i miei nello Yorkshire. No, non è proprio attuabile. E poi, che mi piaccia o meno, devo provare a scrivere un po'. Anche se ho un blocco totale e un senso di nausea che mi ha tolto l'appetito.

Alternative? Andare a cercarlo in palestra e affrontarlo direttamente dopo la sua lezione del primo pomeriggio. Oppure... se ha lezione sarà uscito. Non sarà né in casa né al parco né in giro per Fulham Broadway. Calcolando quanto tempo si impiega ad arrivare a Oxford Street... posso approfittarne per andare a casa senza rischiare di incontrarlo.

Controllo l'orologio, è passato mezzogiorno. Meglio aspettare ancora un po'.

«Comunque, per restare in tema...» Kelly riprende la parola distraendomi dai miei propositi. «Anzi no, non proprio perché non c'è davvero nulla di romantico in questo caso. Ve lo dico prima che veniate a saperlo da altri. Sto uscendo con Rudolph. Ecco, l'ho detto. Abbiamo intenzione di continuare.»

«Eh?»

Credo che l'espressione scioccata mia e di Camille alla notizia sia più o meno simile. Se Derek mi vedesse direbbe che la mia fronte è davvero molto aggrottata. Questa volta l'ho sentita io stessa fisicamente aggrottarsi.

«Uscendo...» Camille riesce per lo meno a pronunciare una parola di senso compiuto.

«Io non scrivo post pubblici come Faye, però... uscendo, insomma.» Kelly solleva gli occhi, come se fosse qualcosa di perfettamente normale e sensato uscire con Rudolph Valentine. D'accordo, stavo per farlo anche io, ma mi sono fermata.

Forse siamo veramente capitate in un brutto romanzo fantascientifico in cui gli alieni hanno iniziato la loro opera di manipolazione di cervelli. Kelly "esce" con Rudolph Valentine, autore di romanzi erotici che ha sempre disprezzato da tutti i punti di vista. Io mi faccio prendere da un'inspiegabile cotta adolescenziale per il "vicino tatuato".

Che cosa accadrà a Camille, Brianne, Sean, Alex e al resto dell'umanità? Siamo in pericolo. Dovremmo iniziare ad allertare le autorità competenti in modo che organizzino la difesa contro gli invasori provenienti da altri pianeti. Prima che sia troppo tardi. Anche se forse per me è già troppo tardi.

CAPITOLO 19

Sono arrivata a lunedì. Qualcosa sono riuscita a scrivere trascorrendo il fine settimana chiusa in casa. Come se temessi davvero un attacco alieno. Il mondo sta veramente andando alla rovescia. Kelly esce con Rudolph. Io scrivo storie sentimentali. Anzi, chick lit in teoria. In pratica non so bene cosa stia saltando fuori da questo pseudo romanzo che sto mettendo insieme. Dovrebbe essere umoristico, leggero e frizzante.

Come aveva detto Brianne? "Romantico, divertente, piccante" risponde la mia vocina interiore. Non c'è nulla di tutto ciò in quello che ho scritto. Non mi pare. Arranco nel torbido senza riuscire a mettere in pratica i miei propositi.

Insomma, mi ha baciata. E se non avesse agito lui per primo l'avrei baciato io. Ma in effetti… non sarò stata io a baciare lui per prima? Cerco di visualizzare la scena per l'ennesima volta. Mi sono voltata e… Certo, lui aveva le labbra già sul mio collo e mi cingeva la vita con un braccio, però… Forse l'ho baciato io! Comunque sia andata ho ricambiato, molto attivamente.

Mi stacco dal computer distanziando la mia sedia con le rotelle. Mi do proprio la spinta e mi dondolo all'indietro. Devo assolutamente rimuovere il pensiero, altrimenti finirò per descrivere la scena esatta anche nel romanzo. Anche se ormai, già che ci sono… Almeno sarà valso a qualcosa. In effetti è stato un gran bel bacio, posso provare a renderlo a parole. Magari mi servirà per archiviarlo definitivamente. Cosa posso far succedere? Non ho proprio idee per questo genere. L'unica possibilità che mi resta è ricalcare la realtà, anche se l'idea di usare me stessa e anche lui non mi piace affatto.

Sarebbe preferibile trovare un altro. È da un po' che lo penso, anche se è trascorso così poco tempo. Dopo il primo impatto emotivo, ecco. Quando mi sono resa conto che avrei accettato di andare a letto con lui ma non un bacio romantico, dolce, appassionato. Il mio vero "problema" è che ho baciato anche Rudolph recentemente e... mi sono accorta del diverso livello di coinvolgimento. Per questo sono scappata via come se fossi stata inseguita dal diavolo.

E poi io devo attrarre il pubblico! E il pubblico vuole sesso, scene descrittive ad alto tasso erotico. Questo vende... Piccante deve essere, come ha detto Brianne. E io non posso usare Derek per il piccante, non voglio, non mi va di darlo in pasto a lettrici assatanate. Rischio di esserlo già abbastanza io nei suoi confronti!

Finisco di scrivere la scena del nostro bacio, consapevole comunque che non andrà bene per il romanzo e non la userò mai. Anzi, in realtà non userò proprio nulla di ciò che ho scritto, perché è la nostra storia che sto scrivendo. E non intendo consegnarla alla Ghostly perché la recapiti a una qualunque attrice con velleità letterarie.

Quindi dovrò ricominciare tutto dal principio. Magari continuerò ancora per un po' per far sbollire definitivamente la situazione che si è creata, poi cancellerò per sempre il file intitolato *Il vicino tatuato* dal mio computer. Come se non fosse mai esistito.

Ciò implica il fatto che dovrò trovarmi un nuovo protagonista per il romanzo che devo scrivere. E dove ne trovo io un altro? E un'altra idea soprattutto! Ho bisogno di uno stronzo. Uno di quelli che io personalmente prenderei a calci in culo. Considerata la mia inesistente vita sociale è una mossa quasi impossibile da realizzare. A parte gli amici, gli unici uomini che incontro con una certa frequenza sono gli autori della Ghostly. E non è proprio il caso, oltre a Rudolph gli altri sono totalmente inadatti. E Rudolph ormai... No, non sarebbe andato bene neanche prima. Alex e Sean rientrano nella categoria amici fraterni, quindi per quanto carini possano essere sono esclusi a prescindere. Non posso scrivere certe cose prendendo loro a modello.

Forse è una mossa avventata, ma l'unico luogo dove potrei conoscere uomini di un certo tipo è proprio la palestra dove mi ha portata Derek. Mi riavvicino al computer e avvio una ricerca. Non ho preso il foglio con gli orari ma sicuramente hanno un sito. Sì, eccolo! Perfetto. E ci sono anche le lezioni, giorni e orari. Ci sono anche le schede degli insegnanti... lui compreso. L'unico Derek, il cognome non c'è. Deve essere lui. No, Faye. No! Evita di aprire la sua scheda, lui non va bene.

Mi alzo di scatto e vado in cucina. Ho fame? Non lo so nemmeno io. Patatine? Un muffin al cioccolato? No. Apro il frigorifero e prendo un succo di frutta alla mela.

Torno al mio computer. La volontà è forte, ma la carne è debole. Apro la scheda con il profilo di Derek. C'è anche la sua foto. La salvo sul pc senza nemmeno chiedermi se sia giusto o no. L'istinto è troppo forte per poterlo comandare. Mi arrendo di fronte ai suoi occhi azzurro verde che puntano dritti nei miei. Ha un filo di barba che lo rende anche più provocante, i capelli leggermente più lunghi e... quelle labbra... La carne è decisamente troppo debole!

Distolgo lo sguardo dalla sua immagine per andare a controllare i suoi orari. Ovviamente devo evitarlo. Cercare momenti della giornata in cui lui non lavora in palestra. Oggi per esempio. Lunedì non ha nessun corso. Sono fortunata.

E sono soprattutto un'imbecille, me ne rendo perfettamente e lucidamente conto. Se non lo voglio incontrare nemmeno per sbaglio perché sto meditando di aggirarmi in un luogo che so per certo frequentato da lui? Di palestre volendo ce ne sono un'infinità a Londra! Anche più vicine a casa. Uomini in palestra ne trovo ovunque.

Appoggio i gomiti sul tavolo e mi prendo la testa tra le mani. Perché io non voglio uomini qualsiasi in una palestra qualsiasi per scrivere un romanzo sentimentale qualsiasi. Ecco, l'inconfessabile verità! Voglio proseguire quello che ho iniziato con lui. Anche se so che non va bene né per il romanzo che sto tentando di scrivere né per me. Soprattutto per me.

La verità, ancora più subdola e squallida, è che vorrei che suonasse alla mia porta. Vorrei che facesse lui il primo passo perché io non ci riesco, non me la sento, ho paura che mi mandi via. Temo anche di incontrarlo in giro per il quartiere. Potrebbe fingere di non vedermi, non salutarmi nemmeno. E avrebbe ragione. Sono scappata come se mi avesse offesa, aggredita o forzata a baciarlo.

Maledizione! Basterebbe solo andare a suonare alla sua porta e chiedergli scusa, dirgli che non so cosa mi sia preso, fare tante scenette patetiche per farmi perdonare. Anche se in realtà so esattamente cosa mi è preso... Ma lui non deve necessariamente venirne a conoscenza.

Come diavolo ho fatto a cascarci così al primo tentativo? Altro che finire in riabilitazione insieme a Tracy... Non ho neanche la scusa di una lunga e venerata carriera come autrice di romanzi d'amore! E poi lui non è nemmeno un personaggio, solo un uomo che ho tentato di utilizzare come personaggio.

Come mi sono ritrovata in una situazione così assurda? Sono proprio una donnetta patetica. Mi alzo e mi preparo per andare in palestra. In un modo o nell'altro dovrò uscirne. Meglio accelerare i tempi. E quello verso la palestra è l'unico passo che mi sento in grado di compiere in questo momento. Almeno forse avrò la possibilità di conoscere qualcuno, di inquadrare un nuovo protagonista per questo malefico chick lit romantico, divertente, piccante che sono obbligata a scrivere!

Anzi, magari passo pure dal negozio dove sono stata con Sean e mi prendo la tutina più attillata. Quella rosa con le rifiniture argentate! Devo solo trovare il coraggio di farlo davvero e calarmi nel mio nuovo ruolo di adescatrice di palestrati! Non sarà sicuramente peggio di com'è andata finora. Nulla potrebbe esserlo.

CAPITOLO 20

Determinato il mio obiettivo, cerco di spegnere la ragione, raccolgo le forze ed esco di casa. Dopo aver raggiunto il centro e fatto shopping nel negozio di sport arrivo, con l'impeto dell'incoscienza, di fronte alla porta della palestra. Qualche istante più tardi mi ritrovo davanti alla reception dove la bionda Candice mi punta addosso uno sguardo stupefatto. Ha gli angoli della bocca rossa come disegnati all'ingiù.

«Ti vuoi iscrivere?» Mi osserva come se volesse accertarsi che io sia davvero consapevole delle mie azioni e in pieno possesso delle mie facoltà mentali.

«Sì, direi di sì…»

L'altra volta è stata una prova e poi ero accompagnata da Derek, ma stavolta probabilmente dovrò effettuare una vera e propria iscrizione. Spero non mi prosciugheranno il conto con tutte le opzioni e vantaggi cliente che saranno sicuramente pronti a offrirmi.

«Se vuoi c'è la possibilità di fare un'iscrizione settimanale, per cominciare.»

Bene! Meglio ancora. Forse Candice mi ha letto nel pensiero, in ogni caso è proprio quello di cui ho bisogno.

«Mi sembra perfetto!» Sorrido e annuisco mentre lei mi mette davanti i moduli da compilare.

Quando li riconsegno mi fornisce un orario dettagliato di tutte le lezioni e la chiavetta di un armadietto nello spogliatoio. Bene, la prima fase è oltrepassata. Ora devo solo trovare qualche corso che fa per me, che probabilmente è la tappa più difficile.

Di andare a fare body building da Big Jim non ne ho proprio l'intenzione. Crearmi la scheda significherebbe mettere nero su bianco il mio peso, la mia età, la mia circonferenza vita, seno, fianchi, cosce... insomma tutte le misure che ho. E non ce n'è una, ne sono consapevole, che vada per il verso giusto. Anche se non ci fosse lui ma un altro istruttore la mia penosa condizione fisica non cambierebbe.

Mi preparo cercando di tranquillizzarmi e di non vergognarmi troppo della tutina sexy aderente che mi sono comprata per l'occasione. È tutta una questione di sicurezza e autostima, devo farci l'abitudine. Le mie forme si sono arrotondate in confronto agli anni di danza classica, ma il problema è soprattutto mio. Forse sono sempre stata abituata a essere fin troppo magra e ora il cambiamento mi fa sentire a disagio e fuori forma. Ecco, cerco una spiegazione razionale all'orrore che provo passando davanti allo specchio. Rassodare i glutei, questa è la parola d'ordine! Ancora una volta, ha ragione Sean. Ha quasi sempre ragione Sean, in tutto.

Riprendo in mano l'orario delle lezioni. Ma forse mi conviene andare a controllare direttamente, piano per piano, e seguire l'ispirazione. Escludendo a priori il body building e tutte le attività che comprendono la lotta libera e i vari corpo a corpo. Direi piuttosto danza, yoga...

Mi fermo di fronte a un'aula del terzo piano. Il nome dell'insegnante della prossima lezione è Angustias Puentes Fuertes de la Cerna. Certo che non si è risparmiata con i nomi, rispetto agli altri istruttori. Comunque, è proprio quello che fa per me. Entro decisa in aula. Con un nome così insegnerà qualche sorta di flamenco, tango, merengue, ballo latino-americano o di coppia... Potrei avere l'opportunità di conoscere qualche caliente maschio latino. Mi lancio all'avventura, non voglio nemmeno sapere. Sarà quel che sarà!

Entro e mi guardo intorno. Solo quando la porta viene chiusa alle mie spalle mi rendo conto del mio errore. Qualche maschio c'è... ma sono tutti in calzamaglia e nemmeno particolarmente dotati. E la señora Angustias, come viene salutata da una trentina di allievi, entra avvolta in un grande scialle porpora sul body della stessa tonalità, la calzamaglia nera e le scarpette da punta rosso sangue. Non insegna un focoso ballo proibito. Mi obbliga, insieme agli altri, a fare esercizi alla sbarra. Oddio... i plié, il rond de jambe... non ho nemmeno le scarpe adatte... e non riesco più a far assumere ai piedi la quinta posizione, sono come bloccati.

Devo uscire da qui, prima che mi scopra. Scusarmi, attraversare l'aula in direzione della porta e scivolare immediatamente fuori rischiando di fare una figuraccia e di distrarre gli altri. Tanto restando la farei comunque.

«Dividiamo i gruppi ora... niñas di là nell'angolo, con la mia assistente. Avanzati e intermedi con me.»

Punta il dito su chi per lei è niña. Mi ritrovo così in un gruppetto di otto bambine che sembrano tra i sei e i dieci anni. L'assistente ne dimostra quindici o sedici anche se probabilmente ne ha di più. Ha il fisico esilissimo, i capelli nerissimi raccolti e il collo che sembra più lungo del normale per quanto tiene il mento sollevato. Potrebbe essere la fotocopia vivente della señora con cinquant'anni di meno.

Così trascorro quarantacinque minuti che potrò annoverare tra i peggiori e più frustranti della mia esistenza. In balia di un'adolescente dispotica e di due bambine di circa sei anni che da come si muovono temo minaccino di farsi la pipì addosso, probabilmente per il terrore che incute l'adolescente dispotica. Il che mi rimanda a una particolare scena della mia infanzia e alla macchia di bagnato che si allargava sempre più dalla bambina seduta accanto a me quando stavamo in cerchio con i nastrini legati alle caviglie per distinguere la destra dalla sinistra. E io che costantemente eseguivo i piqué nella direzione sbagliata scontrandomi con le altre. Ero piuttosto testarda in proposito.

Per concludere la lezione ci impone degli esercizi in preparazione della spaccata. Ora ti frego io, stronzetta! In questo sono sempre stata brava. Mentre le povere bimbe si sforzano per stendere la gamba indietro mantenendo dritta quella davanti, io sfoggio una perfetta spaccata laterale sinistra.

Improvvisamente sento uno scroscio di applausi alle mie spalle, dalla vetrata che dà sul corridoio esterno. Lancio uno sguardo con la coda dell'occhio. Ci mancavano solo le mamme che assistono alla lezione! E c'è addirittura anche un papà... Oddio, no!

Mi piego con il busto sulla gamba sinistra in stile morte del cigno. Non voglio guardare. Anzi, non voglio che lui mi guardi! Quindi questo cigno resterà morto finché non sarà tutto finito.

Percepisco il vociare delle bambine che si alzano per correre dalle mammine entusiaste e rimango ferma nella mia posizione di cigno moribondo, con gli occhi chiusi e le braccia dolcemente allungate in avanti. Anche perché mi sento leggermente immobilizzata al momento. Forse è la mente che sta inconsciamente comandando al mio corpo di non muoversi.

«Sono... come dire... impressionato e colpito da tanta abilità...»

Non me ne frega niente se sei entrato nell'aula e mi stai parlando. E nemmeno che tu sia impressionato e colpito. Vattene via! Da una figuraccia del genere non mi riprenderò più in vita mia. Quasi mi faccio un sonnellino nel frattempo, mentre escono tutti dall'aula.

«Faye... va tutto bene?» Mi sfiora appena la schiena. Percepisco il suo respiro, credo si sia inginocchiato al mio fianco.

«No, Derek. Niente affatto. Resterò così fino alla fine dei tempi, contento?»

Cosa diavolo ci fa qui! Non aveva lezione oggi. Ho controllato bene!

«Devo dire che mi stupisci sempre di più. L'altra volta la respirazione tantrica, questa volta la danza classica. E sai pure fare la spaccata, complimenti! Anche le ragazzine ti osservavano ammirate.»

«Mai quanto stupisco io me stessa, credimi...» Cerco di sollevarmi sui gomiti e lo guardo. Ha la sua solita espressione tranquilla, non sembra arrabbiato con me. Cosa devo fare? Mi scuso adesso per il bacio oppure...

«Se ne sono andati tutti, Faye. Tu pensi di restare così ancora per molto tempo?» Sposta lo sguardo e percorre la mia spaccata per poi tornare a fissarmi negli occhi.

«No, suppongo che mi alzerò prima o poi.»

Come ancora non saprei. Potrei anche essermi rotta qualcosa e non ho il coraggio di controllare.

«Allora lascia che ti aiuti, ballerina.»

Si china verso di me e mi afferra per la vita. Mi costringe ad appoggiare le mani sulle sue spalle e mi solleva di peso. Sento qualche osso scricchiolare e il muscolo della gamba dolorante ma mi sforzo per non emettere lamenti e non fare smorfie. Resto aggrappata a lui, con il corpo che aderisce al suo. Il suo profumo mi provoca quasi uno stordimento a cui tento inutilmente di resistere. E mi rendo conto di essere ancora più piccola, sciocca e inutile.

«Derek, io...» Vorrei trovare qualcosa da dire, in fretta.

«Quindi ti interessa la danza classica?»

«No... cioè l'ho studiata tanti anni, ma... Dal nome dell'insegnante credevo che questa lezione fosse altro... Tango, flamenco, qualcosa del genere. Non avevo controllato...» Sospiro cercando di recuperare l'equilibrio e di staccarmi da lui, anche se per farlo devo appoggiare le mani sul suo petto. «Con la danza classica ho chiuso definitivamente.»

«Un vero peccato. Secondo me eri brava.» Sorride e inclina il viso. Siamo completamente staccati ora e quasi mi dispiace.

«Ero troppo pigra, ho lasciato. E non mi andava di sottopormi a troppe restrizioni, esercizi, disciplina...» Mi stringo nelle spalle simulando un certo disinteresse. «Non ero abbastanza motivata insomma. E neanche tanto brava, in realtà.»

«Capisco. Anche io potevo diventare un nuotatore professionista ma ho rinunciato per scarsa motivazione. Era mio padre a volerlo più di me.»

Mi sfiora la spalla con la mano. Non sembra intenzionato ad affrontare l'incidente del bacio al parco. Forse è meglio così. O forse no, perché io sono venuta qui per trovare un altro, non per imbattermi nuovamente in lui.

«Così hai deciso di cambiare sport e iniziare kickboxing...» Preferisco restare nell'ambito sportivo per non rischiare di intraprendere quello più personale.

«Non proprio. Diciamo che è capitato.» Solleva le spalle e sorride. «Ti piace ancora ballare?» Mi prende la mano e mi fa girare su me stessa. Io sono colta alla sprovvista e non riesco a fermarlo.

«Sì... cioè no, non danza classica comunque. Avrei voluto ballare qualcosa di diverso, ecco. Ho sbagliato lezione anche questa volta, sono un disastro.»

Sono debole. Sono sempre più debole e arrendevole. Non distoglie lo sguardo e la sua vicinanza ha un effetto quasi inebriante su di me. Se ha deciso di sedurmi completamente ci sta riuscendo.

«Io oggi non insegno. Sono qui solo per allenarmi un po'...» Si sposta verso una delle pareti dell'aula, dove si trova lo stereo. Inizia a passarsi tra le mani alcuni cd. «Che ne dici di Diana Ross? Il resto è tutta musica classica...»

Senza attendere la mia risposta inserisce il cd nel lettore. Poi si volta verso di me, mentre nell'ambiente iniziano a diffondersi le prime note di *Chain reaction*.

«No, scordatelo Derek. Io non ballo!» Indietreggio mentre lui in pochi passi mi raggiunge e mi afferra per la vita con un braccio. «E soprattutto non ballo con te... Perché tu non saprai anche ballare, vero?»

«Non ti aspettare un professionista o un ballerino classico a cui sarai abituata... ma se non mi chiedi *Il lago dei cigni* posso cavarmela...»

Mi prende la mano, mi fa girare e poi mi riaggancia tra le sue braccia. E io ne ho una gran voglia, improvvisamente. Di ballare. E di ballare con lui. Accarezzo con le mani le sue spalle, le sue braccia, il suo petto mentre mi stringe, mi lascia andare, mi riprende. Non mi importa nemmeno se qualcuno ci sta osservando dalla vetrata. Contano solo i suoi occhi, i suoi movimenti, la sua stretta, le sue mani su di me, il battito del suo cuore così vicino al mio. E le parole di quella canzone che diventano un po' mie, ma soprattutto nostre.

"You took a mystery and made me want it
You got a pedestal and put me on it
You made me love you out of feeling nothing
Something that you do
And I was there and not dancing with anyone
You took a little, then you took me over
You set your mark on stealing my heart away
Crying, trying, anything for you..."

CAPITOLO 21

Ballare con lui ha solo peggiorato la mia situazione. Ed è anche bravo. Non ricordo di aver mai provato una sintonia simile con qualcuno prima. Tanto meno con i ballerini classici.

E per quanto riguarda il bacio non mi ha chiesto spiegazioni. Come se non fosse accaduto. Quando la musica è terminata c'è stato un momento in cui ho creduto che si ripetesse... Invece no, anche se io lo avrei voluto. E questa volta sicuramente non sarei fuggita via. I suoi occhi, le sue labbra così vicine. Lo desideravo. Ma capisco che non è più il caso di replicare qualcosa che è già successo e non ha funzionato.

«Dovremo liberare l'aula, temo...» Derek sposta lo sguardo verso la porta d'ingresso, dove alcune ragazzine con un tutù color verde mela stanno aspettando che noi ci decidiamo a togliere il disturbo. «Le bambine hanno l'aria agguerrita, potrebbero essere pericolose nel difendere il loro territorio. Conviene non farle arrabbiare.»

«Certo. E io di sicuro non sono pronta per un'altra lezione di danza classica oggi.» Sorrido e mi mordo le labbra. Non so nemmeno io se sto cercando di attrarlo o se è una reazione inconscia provocata dalla sua presenza.

Va a spegnere lo stereo, poi torna da me, mi prende la mano mentre usciamo e liberiamo il campo alle piccole danzatrici. E tutto ciò a cui io riesco a pensare è il nostro bacio al parco, il suo profumo, il sapore delle sue labbra.

Come faccio a fermarmi? Come faccio a tornare indietro e a cambiare direzione se lui non me lo permette? Se mi fa questo effetto?

«Vieni nella sala di body building con me?»

Mi sembra davvero una proposta indecente, scuoto la testa decisa.

«No, non mi piace. Quel tuo amico Jim mi fa paura…» Non voglio dire la verità, che mi vergogno delle mie misure troppo sballate in confronto ad Anita, Candice e altre. «Non voglio che mi faccia la scheda, ecco.»

«E se ci pensassi io?» sospira e inclina il viso. «Posso farlo, a volte do una mano anche lì.»

Peggio ancora! Già mi sto sentendo a disagio in questa stupida tutina rosa. Scuoto di nuovo la testa e metto il broncio. Mi sento una ragazzina insofferente e testarda. Forse lo sono. E mi chiedo per quale motivo lui sia così gentile con me. Tutto questo va al di là delle regole del buon vicinato.

«Derek io sono… un disastro. Ormai sto cadendo inesorabilmente a pezzi, non vedi? Non riuscivo nemmeno più a rialzarmi dalla spaccata! Insomma, potrei rompermi in qualsiasi momento e tu…»

«Sono dei pezzi davvero carini, messi insieme.» Sorride incrociando le braccia al petto. Ogni volta che posa lo sguardo su di me il mio già fragile equilibrio vacilla sempre più. «Se può consolarti io mi sarei proprio rotto del tutto con quella spaccata. Mi faceva male solo a guardarti.»

«Derek, ascolta…» Perché inizio sempre i discorsi senza mai sapere come proseguirli? Ce l'ho per vizio, dall'infanzia. Non esageriamo… dalla preadolescenza comunque.

«Faye… possiamo sempre essere buoni amici, okay?» Annuisce e mi accarezza la spalla. «Come se non fosse successo nulla, quindi non preoccuparti. Non sentirti a disagio con me.»

Come buoni amici? Ma io non intendevo… Comunque se così deve essere, che sia.

«Buoni amici, d'accordo.»

Da buona amica lo seguo nella sala di body building. Da buon amico lui mi aiuterà a combinare qualcosa, a fare qualche esercizio. Poi magari con la scusa di un impegno improvviso me ne andrò. Tornerò a casa e mi impegnerò per trovare qualche altra idea. Potrei sempre farmi un'overdose di commedie romantiche, magari riuscirei a entrare nel genere ed estrapolare qualche idea che mi porti lontana da quella originaria di utilizzare come protagonista un vicino tatuato col cane.

Per fortuna Big Jim non è nei paraggi. C'è un ragazzo biondo più giovane e magro, che si presenta come Chris. Però Derek lo liquida in fretta dicendo che ci penserà lui a me. Niente scheda per il momento, solo un giro esplorativo per conoscere qualche attrezzo in base alle mie necessità, per farmi prendere confidenza.

Mi accompagna in un angolo della sala e mi fa stendere sul fianco su un materassino di plastica blu, si stende di fronte a me e mi mostra come sollevare la gamba lateralmente. Dopo tre tentativi sono in uno stato di frustrazione che sconfina con il delirio psicofisico.

«Quanti dovrei farne?»

«Prova con dieci da una parte e dieci dall'altra per tre volte. Se dopo un po' riesci senza problemi puoi aumentare con una serie di quindici o venti.»

Il sorrisetto sadico che gli appare sulle labbra è un'istigazione alla violenza. Gli salterei addosso.

«Sto andando a fuoco, Derek. Brucia da morire, peggio dell'inferno...»

Terminati i primi dieci ricado sul materassino come un sacco di patate.

«Perfetto. Significa che stai eseguendo l'esercizio correttamente.» Si alza e mi strizza l'occhio, mantenendo immutato il sorrisetto sadico. «Prosegui con l'altra gamba e poi ripeti altre due volte. Quando torno proviamo qualche altro esercizio leggero per gli addominali. Poi magari qualche attrezzo.»

«Str...»

Mi volto, girandogli le spalle e ricomincio la sofferenza con l'altra gamba. Percepisco ancora la sua presenza dietro di me.

«Ma io lo faccio per il tuo bene, Faye. Non puoi dire che non sono un buon amico...»

Lo sento allontanarsi verso l'interno della sala. Volto leggermente il viso e percorro con lo sguardo il suo corpo, da capo a piedi. La maglietta stretta sul torace, il tatuaggio che gli attraversa il braccio e la spalla per terminare con uno strano disegno dietro al collo. Non lo avevo ancora notato. Poi scendo ai pantaloni della tuta... Sì, un buon amico con un gran bel culo!

Mi rigiro di scatto, mordendomi le labbra. Devo smetterla. Queste cose non dovrei nemmeno pensarle! Sto diventando davvero una cattiva ragazza. Una mezza assatanata. Ma non è colpa mia, è lui che mi provoca. Il buon amico. Continuo imperterrita i miei esercizi. Andrò avanti fino a bruciare del tutto il grasso sulle mie cosce, non avrò pietà.

Ricado nuovamente sul materassino. Ma io devo proprio fare tutta questa fatica? Evito di rispondere e mi volto, per ripetere il malefico esercizio dall'altra parte.

Sollevo lo sguardo e li vedo. Lui e lei. Derek e Anita. Parlano e sorridono mentre lei seduta su uno degli attrezzi di cui non conosco il nome apre e chiude le braccia mettendo in bella mostra due tette che sembrano plasmate da uno scultore addetto alle statue di Venere. Misura perfetta, forma perfetta. Mi accorgo che altri uomini, oltre al mio buon amico, la stanno fissando con la bava alla bocca.

Decido di smettere di guardare. Abbasso la testa e riprendo la mia tortura personale senza sottopormi anche a quella proveniente dall'esterno. Perdo anche il conto ma non importa, a un certo punto mi volto dall'altra parte per ricominciare.

«Va tutto bene?»

Voce maschile, ma non la sua. Mi rigiro credendo che sia il biondo Chris. Invece è un ragazzo moro, dall'aria sicura, gli occhi castani e le ciglia folte.

«Mmh… potrebbe andare meglio…»

Non so che altro dire e non ho gran voglia di fare conversazione. Sento un inconsueto disappunto salirmi dalla bocca dello stomaco a compromettermi la respirazione. Quasi non mi brucia più nemmeno la gamba durante l'esercizio. Il senso di irritazione vince il dolore fisico.

«Primo giorno?»

Il ragazzo si inginocchia al mio fianco, poi si mette a pancia in giù e si lancia in una serie infinita e rapidissima di flessioni. Vedo i suoi muscoli ben in evidenza, le spalle ampie nella maglietta grigia.

Annuisco e continuo la mia serie di esercizi, ho perso il conto ma credo sia l'ultima. «Sì… ma non fa per me. Ora finisco…»

«Peccato… comunque, io sono Giacomo.»

Si stende sulla schiena e mi osserva mentre termino. Mi sono davvero stancata, voglio andare a casa. Questo posto decisamente non fa per me.

«Ah… io sono Faye.» Devo almeno tentare di non essere maleducata. Questo tizio non c'entra niente.

«Hai finito per oggi?» Si solleva sulle braccia mettendo in bella mostra i pettorali.

«Mmh…» Mi guardo intorno. Ho perso di vista Derek e la rossa Anita. Mi chiedo dove siano finiti. O forse è meglio non chiedermi proprio niente. La risposta potrebbe non piacermi affatto. «Sì, ho finito. Anzi, me ne vado proprio! Buona continuazione, Giacomo.»

Il cuore mi batte a un ritmo incontrollato. Ho difficoltà a deglutire e la tensione mi sale dal petto alle mandibole. Calma Faye, stai calma. È ovvio che sia andato a… insomma, con quella…

«Anche io ho finito per oggi.» Giacomo si alza e mi tende la mano.

Improvvisamente ricordo. Io non ero qui con il proposito di trovare un palestrato qualunque per un romanzo sentimentale qualunque? Ecco, ne ho uno pronto a disposizione. E mi sembra più che perfetto per la mia storia.

Afferro la sua mano e mi alzo. Sorrido o almeno ci provo. Bel ragazzo, aria invitante. Potrebbe fare al caso mio. Molto più del buon amico.

Stranamente trattiene la mia mano e invece di lasciarla si avvicina.

«Ti andrebbe di fare qualcosa insieme a me, Faye. Non te ne pentirai te lo garantisco.»

Mi sfuggono i dettagli dell'offerta. È compreso nel prezzo settimanale della palestra? Sono tentata di chiederglielo, tanto ormai… Arrivata a questo punto della mia vita nulla mi stupisce più. Ragazzi ben dotati che si offrono a povere donne sole e frustrate. Probabilmente anche il buon amico è dello stesso genere… Mi stacco da lui con decisione.

Oddio, sono un'idiota. Mi poso una mano sulla fronte. «No, io… Forse hai frainteso. Io non sono…» Non sono cosa? Abbastanza disperata? In effetti lo sono, sì. Ma non in quel senso.

«Lo so. Ma davvero io non sono quello che credi. Temo che anche tu abbia frainteso.»

«Non so nemmeno più cosa credere, ormai.» Sospiro e abbasso lo sguardo. Ma davvero… Insisto ancora nel guardarmi intorno. Non c'è. Se n'è andato. È davvero andato via con lei e mi ha lasciata qui. Mi stringo nelle spalle. Qualunque cosa è preferibile alla sensazione che provo ora. Anche questo bel ragazzo che probabilmente non ha nulla di meglio da fare oggi. «Va bene. Del resto, nemmeno io sono quella che credi. Sai che ti dico, Giacomo? A volte è molto meglio non credere niente.»

CAPITOLO 22

Il mio telefono cellulare è posato sul comodino. Spesso confondo il suono con quello della sveglia. Dovrei solo allungare il braccio per afferrarlo.

Anche se non avrei nessuna intenzione di rispondere e tanto meno di tornare alla realtà. Era meglio sognare di prendere un aereo per destinazione ignota. Ma ormai mi sono svegliata del tutto. Forse dovrei davvero allontanarmi per un po'.

Mi trascino con i gomiti sul lato del letto e lancio un'occhiata al cellulare per controllare il numero. Brianne. Vorrà sapere a che punto sono.

Brancolo nel buio. Nella storia, nella mia vita. Mi offro al primo uomo che mi capita davanti. Oppure lui si offre a me, ritenendomi disperata probabilmente. Comunque, fa poca differenza. Il mio stato rimane quello di una poveretta patetica che il più delle volte non sa cosa fare di se stessa e compie un passo avanti e tre indietro.

«Brianne... non sono in condizioni...»

Una sorta di nausea mi blocca la parola. Ho bevuto decisamente troppo ieri sera, con Giacomo. Giacomo Gibson si chiama, italo americano. Non ero mai stata con un italo americano.

«Faye, è quasi mezzogiorno! E comunque dimmi che stai scrivendo. O almeno dimmi che sei a buon punto. E dimmi soprattutto che non ci hai inserito qualche atterraggio alieno, qualche processo di metempsicosi o un vampiro millenario che durante il sesso si nutre della sua vittima trasformandola in...»

Accidenti! Brianne mi conosce quasi meglio di quanto io conosca me stessa!

La interrompo. Voglio davvero stupirla con effetti speciali.

«Un italo americano voglioso e superdotato che sa cantare *Strangers in the Night* imitando Frank Sinatra ti va bene?» Mi appoggio allo schienale del letto e sospiro.

Silenzio. Ancora silenzio. «Faye, stai scherzando o sei seria?»

Intende chiedere se è frutto della mia inventiva letteraria del momento o se davvero ho avuto un incontro ravvicinato con l'italo americano voglioso e superdotato.

«Serissima.»

«Quindi… hai combinato…» Ora vorrebbe i dettagli. La conosco.

«Sì, per combinare ho combinato.» Disastri, soprattutto. Emotivi, fisici, mentali.

«E…?»

«E niente. Sono uscita con lui. Mi ha portata in un locale. Poi a casa sua, il locale era solo una scusa per salvare le apparenze e non andare direttamente al dunque… Non avevo nemmeno l'abbigliamento adatto per un ambiente di un certo tipo. E di tornare a casa a cambiarmi non se ne parlava proprio, perché mi sarebbe passato quel minimo di ispirazione e di volontà di fare sesso selvaggio con l'italo americano per tutta la notte…»

Ho bisogno di un caffè. Ma per questo dovrei alzarmi dal letto. Si può avere bisogno di un caffè e allo stesso tempo sentirsi lo stomaco spaccato in due, anzi no… in tanti piccoli pezzi che si prendono a botte tra di loro?

«Quindi?» Brianne sta per spazientirsi. Meglio sputare il rospo.

«Quindi niente. Non mi sono sentita pronta per cotanta magnificenza. Un peccato, ripensandoci. Sarebbe stato il primo italo americano della mia vita e magari anche l'ultimo…»

Ecco, tre disastri in una settimana. Ho battuto ogni record, ne sono certa. Rudolph, Derek, Giacomo. E sono scappata tutte e tre le volte. Forse ho bisogno di uno psicologo, ma di uno bravo. Neanche le occasioni e gli uomini mi piovessero dal cielo.

«Perché, Faye? Non ti piaceva?»

«Per piacermi mi piaceva. Solo a una pazza non sarebbe piaciuto…» Non voglio fornire nessuna risposta implicita, ma è più o meno la verità. «Ma non mi andava… così l'ho lasciato lì e… sono corsa fuori da casa sua. Per fortuna stava al primo piano, perché non mi sentivo particolarmente stabile sulle gambe. Sono stata sottoposta a esercizi massacranti.»

«Va bene, ascoltami Faye. Sei a casa tua ora? Resta dove sei, cerco di arrivare il prima possibile.» Percepisco la sua voce alterarsi. Cosa teme? Che sia ridotta come Tracy? Magari, nel frattempo, chiamerà la casa di cura per sentire se hanno un posto disponibile per me. A questo punto spero che si senta almeno un minimo in colpa, è stata lei a mettermi in questa situazione.

«Brianne, già che ci sei… mi porteresti un pacchetto di caramelle gommose? Mi è venuta una voglia improvvisa. Non quelle con tutto lo zucchero sopra però… gommose e basta. Le mie preferite.» Replica con un monosillabo indistinto. «Ah Brianne mi raccomando… miste, non un solo gusto!»

A questo punto tanto vale lasciarmi andare e comportarmi davvero come una squilibrata. Forse lo sono. Non ho voglia di muovermi da questa casa né da questo letto. Mi sento una stupida. No, peggio. Stupida mi sento sempre, in condizioni normali. Mi sento come una che ha perso per sempre tutte le illusioni. Una a cui non rimane più nulla. Una che si farebbe un bel ragazzo incontrato in palestra per disperazione, perché non ha quello che vuole. Una che in realtà però non sa nemmeno esattamente cosa vuole. Oppure teme di volerlo troppo. Di volerlo al punto da non saperne più fare a meno. Da vergognarsene ad ammetterlo. Perché non è normale. Non è logico. Non è sensato. Stare troppo bene con qualcuno e stare male da averne paura per quanto si sta bene.

Mi passo le mani sul viso. Maledette storie d'amore. Maledetta me che alla ricerca di un'idea mi sono lasciata intrappolare e coinvolgere permettendogli di abbattere le mie difese, le mie riserve. Maledette anche le mie emozioni che non sono più in grado di controllare e mi annichiliscono riducendomi all'ombra di quella che mi sono sempre imposta di essere. E maledetto anche te, vicino tatuato col cane. Maledetto il giorno che ti ho incontrato!

CAPITOLO 23

È stata la storia a fregarmi. Immedesimandomi nella probabile protagonista di una storia d'amore ho abbassato la guardia e sono stata io a cascarci. Certo che anche lui, però… Perché è stato così gentile e premuroso con me? No, non posso incolpare lui. Se ogni donna dovesse perdersi dietro a ogni uomo che si mostra gentile e premuroso con lei il mondo andrebbe a rotoli, credo. Il mio sicuramente.

Dal letto mi sono trasferita sul divano. Ormai è quasi sera ma sono ancora in pigiama, anzi in maglietta extralarge. E mi sono divorata una tazza enorme di caffelatte con muffin al cioccolato e anche biscotti. Così tutta la fatica per bruciare i grassi ieri in palestra non sarà servita proprio a nulla. Ma in realtà non me ne frega proprio niente!

Ho continuato a cambiare canale fino a rassegnarmi e cercare *Misery non deve morire* tra i miei dvd. Lo guardo con un misto di devozione e sadismo. Rivoglio il mio genere o una delle sue diramazioni. Rivoglio me stessa.

Sento suonare il citofono. Sarà Brianne. Mi devo inventare qualcosa da dire quando mi prenderà di mira con il suo terzo grado. Aspetto alla porta che salga le scale. Quando apro mi accorgo che non è sola. Si è portata anche i rinforzi, Kelly e Camille. Dalle espressioni dei loro visi sembrano essere venute a far visita a una moribonda.

Brianne prima di dire qualunque cosa mi lancia il sacchettino di caramelle gommose. Poi scuote la testa, sospira e sgrana gli occhi azzurri su di me.

«Allora? Devo ancora capire a chi è dovuto lo stato pietoso in cui ti sei ridotta, Faye. Italo americano, vicino tatuato… al telefono non mi hai raccontato che fine ha fatto il vicino tatuato. Non era lui il tuo bersaglio?»

«Io voto per il vicino tatuato!» Kelly solleva la mano come per prenotarsi la risposta esatta. La fulmino con lo sguardo.

«Non è dovuto a nessuno in realtà. È solo colpa di questa storia malefica che mi hai assegnato. Mi sono forzata per immedesimarmi troppo e...» Mi butto sul divano e apro il sacchetto di caramelle tornando a concentrarmi sul film.

«Se vuoi ti preparo una cioccolata, Faye.» Camille è l'unica a dire qualcosa di utile e sensato.

«Sì, cioccolata per tutte direi. Ti do una mano.» Brianne annuisce convinta avviandosi verso la cucina. «Ho portato anche delle danish. Però spegni quel film che tra un po' inizia *EastEnders*.»

«È ancora prestissimo per *EastEnders*, faccio in tempo a finirlo... Oppure cambiamo film se proprio non vi sta bene.» Serata in casa con le amiche. Quante ne abbiamo passate. Però... però io ridotta in questo stato è una novità assoluta. Continuo a divorare caramelle gommose, una dietro l'altra. Sono arrabbiata. Con me stessa soprattutto. «Con Rudy come va?» Cerco di deviare il discorso su Kelly e sulla sua storia con Rudolph. Dentro di me mi auguro che anche lei sia in condizioni pietose, proprio come me. Invece no, sembra in splendida forma.

«Finché nessuno dei due avrà pretese sull'altro andrà tutto bene.» Mi risponde con orgoglio, sistemandosi i capelli su una spalla.

«Ah, bene...» Stessa risposta che avrei dato io solo pochi giorni fa. Quanto tempo è trascorso? Poco più di una settimana, mi sembra. No, forse meno. Ho di nuovo perso la cognizione del tempo. Tiro su col naso. Ma che diavolo... Come ho fatto a prendermi il raffreddore?

«Non è che hai anche la febbre, Faye?» Kelly socchiude leggermente gli occhi. «Stai proprio messa male.»

«Sì, forse. Mi passerà.»

Ecco, se avessi la febbre, se fossi malata almeno potrei giustificare tutto. Anzi… forse dipende proprio da questo il mio senso di debolezza. Devo essermi presa qualche virus. Probabilmente la tensione, il caldo, il freddo, la palestra, lo stress. Però sono sempre stressata, quotidianamente. E non mi ammalo mai!

Quando Camille e Brianne rispuntano dalla cucina con cioccolate e danish sono obbligata a lasciare in sospeso le vicende di Annie in *Misery* per sostituirle con quelle della principessa di *The Princess Bride*, uno dei nostri film tipici. Romantico ma con una buona dose di fantasy, quindi accettabile anche per me e per Kelly.

Nessuna accenna più alle mie recenti disavventure. Probabile che provino pietà per me. Brianne non osa neppure riprendere il discorso della storia, della chick lit che mi è stata affidata. Devo sembrare davvero in gravi condizioni vista dall'esterno. Del resto, anche io provo pietà per me stessa.

Terminiamo di guardare il film con tanto di bacio finale tra la principessa Buttercup e il suo Westley. Mi si contorce lo stomaco. Stacco proprio sulla scena, quasi con rabbia. Mi alzo per riporre il dvd nella custodia e lo butto in un angolo del divano.

«Inizia davvero *EastEnders* adesso.»

Mentre cerco di sintonizzare il canale sussulto al suono del campanello. Mi volto verso le mie amiche, sono come paralizzata con il telecomando in mano e non mi decido ad andare ad aprire. Ci pensa Kelly al mio posto, mentre io inizio una tacita e intima preghiera. Che non sia lui… che non sia lui…

È lui. E io sono ancora paralizzata con in mano il telecomando. Con addosso la maglietta azzurra enorme di Titti con lo sguardo incazzato e la scritta "I'm in a bad mood". Sporca di cioccolata, i capelli raccolti in qualche modo, il raffreddore che incombe. Lui è vestito più o meno come una delle prime volte che l'ho incontrato, jeans scuri e felpa. Riesce a essere attraente sempre e comunque. Si è creato intanto uno scambio di sguardi e un silenzio strano, quasi imbarazzante.

«Io sono… solo passato a vedere come stai.» Derek sospira, si passa una mano tra i capelli e accenna un saluto alle mie amiche. Forse è mio dovere fare le presentazioni. «E se possibile dovrei parlarti, Faye.»

«Ah… ragazze, lui è Derek. Le mie amiche…» Le indico meccanicamente una dopo l'altra con il telecomando come se le accendessi invece di presentarle. «Kelly, Camille, Brianne…»

«Sì. E stavamo andando via!» Brianne annuisce e sorride. «È stato un piacere, Derek.» Si ricompone e raccoglie la sua borsa velocemente. Camille e Kelly la imitano.

No, che fanno? Non mi possono lasciare sola! Devo trattenerle. «Ma… sta per iniziare *EastEnders*…» Mi volto verso la televisione, ma invece di sintonizzarla su BBC One la spengo. Sembra quasi una missione impossibile al momento ma impegnandomi riesco a riaccenderla. «Eccolo!»

«A me non è mai piaciuto!» Kelly è già sulla porta.

«Io ho un appuntamento importante…» Camille sorride beata guardando me e poi Derek. «È rimasta un po' di cioccolata in cucina se volete. E anche qualche danish.»

«Io ho del lavoro arretrato da finire entro stasera.» Brianne si stringe nelle spalle.

Così se ne vanno e mi lasciano sola con lui. Ma come si sono permesse? Che amiche sono?

«Se ti va… possiamo guardarlo insieme…» Derek accenna alla sigla di *EastEnders* appena comparsa sullo schermo della mia tv. Poi indica il divano come per chiedermi il permesso di sedersi.

«Mmh…» annuisco e mi siedo accanto a lui mentre le prime scene si inseriscono tra noi.

«Perché sei andata via?» Derek sembra sussurrare appena mentre i personaggi della soap opera alzano la voce sempre più.

«Tu sei sparito.» Tengo gli occhi incollati al televisore anche se percepisco il suo sguardo spostarsi su di me. Mi ritiro sempre più in un angolo aggrappandomi al cuscino laterale del divano. Non voglio dargli la possibilità di trovare una scusa patetica e magari far ricadere la colpa su di me. Non voglio più nulla da lui.

Derek si ritrova tra le mani il dvd di *The Princess Bride* e inizia a giocare nervosamente con la custodia. «Ti sbagli, Faye. Non ti avrei lasciata lì da sola dopo averti detto che sarei tornato. E infatti io sono tornato. Tu sei sparita.»

CAPITOLO 24

«Anita ha avuto uno stiramento alla spalla... ho dovuto accompagnarla in infermeria.»

Ripone il dvd e si volta deciso verso di me. Ormai nessuno dei due sta seguendo le vicissitudini dei personaggi della soap in tv.

«Tu sei libero di fare quello che vuoi, Derek. Non mi devi nessuna spiegazione. E non è nemmeno il caso che ti inventi scuse.»

Stiramento alla spalla? Se anche fosse vero... non poteva andare da sola in infermeria? Aveva bisogno dell'angelo custode? Mi stringo il cuscino al petto fino quasi a stritolarlo e sbuffo.

«Credevo di fare in fretta.» Appoggia il braccio allo schienale del divano e si allunga verso di me per cercare di incontrare i miei occhi. «Davvero mi dispiace, Faye. Avrei dovuto avvisarti.»

«Ti ho già detto che non ha importanza.» Mi stringo nelle spalle. Evito di voltarmi verso di lui. Lo so, sono perfettamente consapevole che quello sguardo dolce e dispiaciuto mi farà cadere in tentazione. Anzi, sto già cadendo senza guardarlo. Mi basta immaginarlo...

«Tu sei... andata via con Giacomo, ho sentito.» Incrocia le braccia e si ritira nella sua sezione di divano. Ah bene... Ora tocca a lui, al buon amico, fare l'offeso?

«È una palestra o è una rivista di gossip?» Ecco, trovo un espediente per non rispondere. E comunque non sono affari suoi. Ognuno può fare quello che vuole con chi vuole.

«Una rivista di gossip non rende l'idea...» Con la coda dell'occhio lo vedo stendere le gambe, accavallare un piede sull'altro e allungare le braccia indietro, per poi passarsi le mani tra i capelli. «Comunque Faye, io non... insomma, non ti consiglierei di frequentare Giacomo. Lui è... come dire...»

«Oh insomma!» Ignoro i miei propositi di mantenere qualunque tipo di distanza tra noi e mi giro di scatto verso di lui. «Lui è? Se devi dire qualcosa, dilla!»

«Va bene. Credo che Anita lo abbia pagato per... No, forse non proprio, ma... temo che gli abbia chiesto espressamente...» Anche lui si volta verso di me. Mi ritrovo con i suoi occhi azzurro verde puntati addosso. Cerco tempestivamente di distogliere lo sguardo ma senza riuscirci. «Gli ha chiesto di portarti via e di venire a letto con te, ecco!»

Rimango in silenzio. Ho bisogno di qualche istante per scandire le sue parole nella mia mente e recuperarne il senso. Sta scherzando? No. Anzi, sembra incredibilmente serio. Davvero è convinto che... La prima reazione istintiva, appena recuperato il controllo di me stessa e delle mie emozioni, sarebbe quella di mettermi a piangere. La seconda, immediatamente successiva e prevalente, è quella di prenderlo a schiaffi.

Evito entrambe. Mi alzo decisa e raggiungo l'ingresso del soggiorno e poi la porta di casa, da cui riesco comunque a scorgere il divano dove lui sta ancora seduto.

«Vai a farti fottere, Derek. Ma prima vai fuori da casa mia!»

Riesco a mantenere la calma e a non urlargli addosso. Ma il nodo in gola si sta espandendo sempre più. Così questo stronzo, questo bastardo, è convinto che un uomo debba essere pagato per provarci con me! Non credo di essere mai stata offesa fino a questo punto in tutta la mia vita.

«Faye, Giacomo è un modello, sta cercando di sfondare come attore ma non gli sta andando molto bene. Gira sempre per la palestra... e alle donne piace, a quanto pare.»

Ah, continua pure! Sta rincarando la dose.

«Ti ho detto di andartene da casa mia Derek!» Sento che la mia prima reazione istintiva, quella di mettermi a piangere, sta prendendo il sopravvento. Tiro su col naso. Ma in questo caso è colpa del raffreddore perché io non piangerò di fronte a questo stronzo tatuato!

«Faye...» Finalmente si alza e mi raggiunge mettendosi proprio di fronte a me. «Io volevo solo avvisarti di non farti... insomma, di non farti coinvolgere troppo da lui... Sì, va bene, potrebbe anche cambiare. Però so che lo ha fatto anche altre volte con altre donne...»

«Quindi tu sei convinto che io debba pagare un uomo perché si interessi a me? Perché ovviamente senza essere pagato o senza la richiesta di Anita, Giacomo o un qualunque altro uomo della tua stronzissima palestra non mi avrebbe nemmeno considerata!»

Ora lo prendo davvero a schiaffi e non se ne parla più. Almeno mi tolgo la voglia. Anche se in fondo forse, dentro di me, penso esattamente ciò che Derek ha tentato di dirmi e io ho appena espresso più chiaramente. È questo che mi fa male. La verità è che non me ne frega proprio niente di Giacomo e degli altri uomini della palestra.

Sospiro e scuoto la testa, amareggiata. Ho alzato anche la voce. I vicini potrebbero sentire, anche se il mio vicino più vicino è proprio qui di fronte a me. Per fortuna gli altri non stanno sullo stesso piano.

«Non ho detto questo, Faye! Ti sto dicendo che Anita ha chiesto a Giacomo di tenerti occupata, mentre lei... teneva occupato me con la scusa dello stiramento alla spalla. L'ho capito quando sono tornato e non ti ho trovata. Chris mi ha detto che lo ha visto avvicinarsi a te appena mi sono allontanato e che poi sei andata via con lui. Per questo ho collegato le cose. So fin troppo bene com'è fatta Anita. Non le piace perdere. E comunque sono convinto che a lui non sia dispiaciuto affatto. Non dipende affatto da te, capisci?» Allarga le braccia e scuote leggermente la testa. Mi oltrepassa per arrivare alla porta, con lo sguardo abbassato. «Mi dispiace di essermi espresso male e che tu mi abbia frainteso. Sicuramente non intendevo offenderti. E sicuramente non credo che tu abbia bisogno di pagare qualcuno, tanto meno gli uomini della mia stronzissima palestra. Anzi… potresti avermi gratis tutte le volte che vuoi se solo io ti piacessi abbastanza!»

Rimango come in trance a guardarlo mentre apre la porta per andarsene. Sono impietrita, mi si è bloccato il respiro, non riesco nemmeno a deglutire. Lotto per riprendermi.

«Comunque… Giacomo non mi piace abbastanza né gratis né a pagamento. Quindi non è successo niente, se questo era lo scopo non è andato a buon fine. Non so come sia andata a te con Anita… e a questo punto non vorrei neanche saperlo, perché già lo immagino, quindi…»

«Immagini male. Niente nemmeno da parte mia. Te l'ho detto che con lei è finita e non ho nessuna intenzione di riprendere.» Sospira e corruccia la fronte, solleva le spalle. Poi stringe gli occhi in quel suo modo unico che mi obbliga a dimenticare qualunque altra cosa. Anche chi sono e dove mi trovo, in questo esatto momento. «Sono preso da un'altra. Ma lei non sembra capirlo… e se l'ha capito evidentemente non ricambia.»

Mi sposto e chiudo con un colpo la porta lasciata semiaperta, poi spingo lui contro posandogli le mani sul petto. Sollevo lo sguardo su di lui.

«Credo di avere dieci sterline nel portafogli al momento. Ti bastano?»

«Forse possono bastare… per ordinarci una pizza più tardi…» Mi afferra per le spalle e rigirandomi sono io a finire con la schiena contro la porta.

«Improvvisamente credi di piacermi abbastanza, buon amico?» Gli sfioro la nuca mentre lui mi accarezza i fianchi con entrambe le mani.

«No… diciamo che sto correndo il rischio di prendermi uno schiaffo. Ma almeno questa volta non riuscirai a scappare, buona amica…»

Scendo ad accarezzargli le spalle mentre preme il corpo contro al mio. Aspetto che sia lui a baciarmi ma sembra esitare e rimane così, a distanza ravvicinata da me, con gli occhi nei miei, facendomi fremere di impazienza e desiderio. Forse mi sta punendo per l'altra volta. Sono io a baciarlo per prima, afferrandogli la testa mentre lui percorre con le mani il mio corpo sotto la maglietta. Mi stacco per un attimo e lo guardo negli occhi.

«Infatti non mi piaci poi tanto... Non sono affatto presa da te, quindi...» Riprendo a baciarlo cercando nel frattempo di slacciargli la zip della felpa.

«Questa maglietta di Titti incazzato mi fa impazzire...» Lui è molto più veloce di me e riesce a sfilarmela con un gesto sollevandomi le braccia. «Ma per ora sono più interessato a quello che c'è sotto...»

Scende a baciarmi il collo e il petto. In un istante perdo completamente il controllo delle mie azioni e mi ritrovo in braccio a lui, ho l'impressione che le sue labbra e le sue mani percorrano ogni frammento del mio corpo.

No, non mi piace poi tanto. Non è il mio tipo. Non sono affatto presa da lui. Non mi piace il suo tatuaggio che gli attraversa il braccio, la spalla e il collo. Non mi piace come mi tratta. Non mi piace come mi guarda. Non mi piace come mi bacia e come mi accarezza. Nemmeno mi piace come mi trasporta nella mia camera e mi stende sul letto, mentre io gli impedisco di staccarsi da me cercando nel contempo di spogliarlo della felpa e della maglietta e di slacciargli i pantaloni. No, il vicino tatuato non mi piace poi tanto. Però mi serve per la storia che devo scrivere. Si tratta di lavoro. Quindi per una volta, solo per una volta, si può anche fare. Posso anche abbassare la guardia e cedere, lasciarmi andare.

CAPITOLO 25

Ho perso la cognizione del tempo. Per la prima volta posso osservarlo senza che lui parli o si muova, steso nel mio letto. Senza che mi guardi con quegli occhi che mi scatenano un fuoco proprio al centro del petto. Quegli occhi che lui stringe appena quando si sofferma con lo sguardo su di me. Che in pochi istanti sono stati in grado di scatenare in me una furia incontrollata e subito dopo una passione inarrestabile. E, se devo essere sincera almeno con me stessa, continuo a detestare i tatuaggi ma il suo non mi dispiace affatto. Addosso a lui non sta tanto male. Perché se non ci fosse... ecco, se non ci fosse non sarebbe più lui. Non sarebbe più Derek.

Decido di lasciarlo dormire ancora un po' e di andare a farmi una doccia. Devo capire quale sarà la prossima tappa del piano. Ora ho abbastanza elementi per scrivere, senza dubbio. Chiudo la porta del bagno e mi infilo sotto la doccia. Sicuramente questa storia non avrà futuro. Anzi, non è nemmeno una storia. Il fatto che abitiamo così vicini potrebbe compromettere tutto, però... Però ho una gran voglia di tornare di là, svegliarlo e saltargli addosso di nuovo. Mi devo controllare. Ecco, regoliamo la temperatura della doccia da calda a ghiacciata.

Altro che italo americano... Non credo che qualcuno possa essere più focoso di lui. E di me. Di noi insieme. Ma visto che io di solito non lo sono mai particolarmente la colpa deve essere tutta sua. È lui che mi provoca. Ecco, ho bisogno di raffreddare un po' i bollenti spiriti.

Non ho nemmeno idea dell'ora. Sarà notte o è già mattina? O magari è addirittura pomeriggio. Non è da me comportarmi così con uno sconosciuto. Anche se è il vicino di casa. E adesso che accadrà? Magari quando tornerò di là in camera non lo troverò più, lui si sarà svegliato e se ne sarà già andato approfittando della mia assenza. Forse è meglio così per entrambi. Soprattutto per me. È stato solo un episodio. Poteva accadere con Rudolph, con Giacomo… è accaduto con lui.

Mi passo le mani sulla testa mentre l'acqua scorre su di me bagnandomi i capelli. Litigo con i flaconi del gel per la doccia e dello shampoo mentre cerco di percepire i movimenti nella mia stanza, adiacente al bagno. Uscita dalla doccia mi ritrovo davanti allo specchio. Che orrore. Sembro distrutta. Come dopo una notte di follie e sesso sfrenato. Sì, in effetti questa volta è anche vero. Mi mordo le labbra e sogghigno tra me. Potrebbe essere qualcosa da raccontare alle amiche infarcendo la nottata di dettagli piccanti, se non fosse che non ne ho proprio voglia. Preferisco tenere tutto per me.

Mi decido finalmente a uscire dal bagno con addosso solo la mia biancheria intima. Entro in camera e il letto è vuoto. Sparito lui e spariti i suoi vestiti. Come mi aspettavo. Ne ha approfittato per svignarsela. E per non essere costretto a dire qualcosa. Vigliacco, come tutti gli uomini del resto.

Questo però non lo devo mettere nel romanzo. Devo raccontare la balla che lui è andato in cucina a preparare la colazione che le servirà su un vassoio a letto accompagnata da un bacio. E magari anche da una rosa rossa. No, niente rosa rossa, non esageriamo. Troppo kitsch. Le rose rosse a colazione sono sopravvalutate. E poi io ce l'ho in casa un vassoio da colazione a letto? Non ricordo… magari sepolto da qualche parte. Non ricordo di averlo mai comprato, comunque.

Mi infilo una maglietta a caso presa dal cassettone. Un'altra di Titti, questa volta con il Gatto Silvestro e con la scritta "Best Friends Forever". Mi avvio scalza verso la cucina. La cioccolata di ieri ormai non sarà più buona. Mi farò un caffè forte da spaccare lo stomaco e da svegliare gli zombie come me, poi più tardi andrò da Camille alla crêperie. Sbadiglio, mi sento distrutta. Avrei davvero bisogno di un bel massaggio, dalla testa ai piedi…

Tengo la testa abbassata, non so nemmeno definire con precisione come mi sento. Non ha importanza. Presto mi passerà. Anzi, mi è già passata. Sono grande, ormai. E ho un lavoro da portare a termine, soprattutto. Quindi…

«Quella è per farmi intendere che resteremo amici?» Sogghigna indicando la mia maglia, poi increspa le labbra. È lui, è ancora in casa mia. Tiene in mano il barattolo del caffè. «Sto cercando di preparare la colazione Faye, ma dovresti fare la spesa ogni tanto.»

«Ci sono i muffin e… i biscotti nell'armadietto più in basso… li tengo ben nascosti per non vederli troppo spesso.» Sospiro, non so cosa pensare esattamente. Resto ferma sulla porta della cucina, in uno stato a metà tra vegetativo e confusionale. Non è scappato. Sta preparando la colazione. Mi avvicino a lui, ripongo il barattolo del caffè che tiene in mano sulla mensola più vicina e lo bacio sulle labbra accarezzandogli la guancia coperta da un filo di barba. «E le danish che hanno portato le ragazze ieri, anche se non saranno più tanto fresche…»

Ricambia il bacio cingendomi la vita con le braccia. «Devo portare a spasso Pongo, prima che si vendichi distruggendomi l'appartamento. Preparargli da mangiare anche. Poi lavoro in tarda mattinata. Ho alcuni corsi di judo per i bambini dai cinque ai dodici anni, sarò impegnato fino alle sei di sera.» Sorride e riprende a baciarmi. «Se vuoi poi sono libero…»

«Ti aiuto a preparare la colazione» annuisco, mi allontano un po' da lui e smetto di baciarlo, anche se controvoglia. Gli accarezzo le spalle e scendo poi alle braccia. Derek mi afferra le mani intrecciando le dita con le mie. Mi perdo nei suoi occhi, di nuovo. Ma devo resistere, devo assolutamente resistere. Mi stacco completamente da lui, questa volta in modo più deciso.

Niente colazione a letto e niente rosa rossa. Però… non se n'è andato. E poi del resto, come la rosa rossa, anche la colazione a letto è sopravvalutata. Certo, probabilmente non sarebbe scappato molto lontano, solo dall'altra parte della parete. Ma è rimasto qui. Può andare bene per un romanzo sentimentale o chick lit? Non mi importa. Per oggi non lavoro, non ho voglia di pensare alla storia. Non accendo nemmeno il computer. E tengo staccato anche il telefono.

«Ho una collezione completa, comunque.» Mi mordo le labbra e indico la mia maglietta con Titti e il Gatto Silvestro. Poi lo oltrepasso alla ricerca dei muffin nell'armadietto.

«E hai intenzione di sfoggiarle tutte per me, in modo che io te le tolga di dosso?» ride e mi afferra da dietro. Mi scosta i capelli mentre io inclino la testa lateralmente. Sento le sue labbra sul collo, la sottile barba del suo mento mi fa il solletico. Mi giro e lo bacio con più impeto saltandogli in braccio e intrecciando le gambe intorno alla sua vita. I miei propositi di resistenza sono già crollati.

«Certo… e poi devo ancora capire fino a che punto tu non mi piaci per niente…» Faccio una smorfia e poi rido restando aggrappata a lui. Riprendo a baciarlo mentre mi trasporta in camera. Sospiro appoggiando la fronte alla sua. Ormai ho deciso, gli resisterò un'altra volta. Domani, magari. «Quindi vedi di impegnarti, amico.»

CAPITOLO 26

Considerato il fatto che ho deciso di prendermi la giornata libera ho deciso anche di accompagnare Derek e Pongo per il giretto mattutino al parco. Poi gli abbiamo dato da mangiare. Infine, io e Derek abbiamo preso l'autobus 14 per raggiungere il centro.

Tiene il braccio dietro alle mie spalle mentre siamo seduti al piano superiore. Mi bacia sulle labbra di tanto in tanto, mentre parliamo. Tutto ciò continua a non convincermi, ma mi ci sto quasi abituando. Ecco, il mio problema forse è proprio l'abitudine. Non sono abituata a questo. E non sono sicura di volermi abituare. Anche se magari non sarà nemmeno necessario.

«Fronte molto aggrottata… Troppi pensieri, amica?» Derek sorride e inclina il viso passando il dito indice sulla mia fronte.

Sospiro e piego la testa appoggiandola sulla sua spalla. Evito di rispondere alla sua domanda. «Così insegni anche judo… Com'è insegnare ai bambini?»

«Divertente, direi. Anche se non mi ritengo un ottimo insegnante, faccio del mio meglio.» Appoggia la tempia alla mia testa. Cerco di trattenermi per non stringerlo tra le braccia.

«Non male come lavoro, allora. Non rimpiangi di non essere diventato un nuotatore professionista?»

Mi attacco a qualunque discorso pur di non lasciarmi andare troppo con lui. Mi chiedo anche cosa potrebbe sembrare vedendoci dall'esterno? Che stiamo insieme? Che sono irresistibilmente attratta da lui?

«No, per niente. Per me il nuoto era soltanto un gioco, non una professione. Quando è diventato troppo impegnativo e mi sembrava di subire troppa pressione ho lasciato. Mio padre non era molto d'accordo...» Sospira e guarda fuori dal finestrino, come a controllare dove siamo arrivati. Abbiamo appena oltrepassato South Kensington. «Faye, ci sarebbero alcune cose che dovrei dirti...» Si volta nuovamente verso di me e mi fissa serio.

«Non dirmelo! In realtà sei un agente segreto! Un killer professionista... o una spia con una missione impossibile...» No, no. Non va bene. Sto rivelando troppo di me stessa. Devo ridimensionare l'entusiasmo da thriller spionistico. «Sto scherzando, ovviamente.»

«In realtà... sono solo un semplice tecnico informatico oltre che un insegnante di kickboxing e arti marziali. Mi dispiace deluderti.» Si stringe nelle spalle e mi passa le dita sulla fronte per scostarmi una ciocca di capelli.

«Ah...» Non sono delusa. Nemmeno sorpresa. È qualcosa di normale. Io stavo dando libero sfogo alla fantasia, come al solito. Invece ho deciso di controllarla, almeno per oggi. Non mi serve, non ne ho bisogno.

«Collaboro ancora con alcune aziende. Ho lasciato il mio lavoro principale perché ci lavorava anche la mia ex e la situazione stava diventando davvero troppo sgradevole e difficile per me... Poi mi sono trasferito qui a Londra.»

Torna a guardare fuori dal finestrino, come se ci fossimo persi in un territorio ignoto e ostile.

Ho la sensazione che stia arrivando la fase dei discorsi seri. "Cara Faye, sei tanto simpatica e con te mi sono divertito, ma non occuperai mai il posto della mia meravigliosa, megagalattica ex. Nessuna donna sarà mai come lei. È ancora la donna della mia vita. La sogno ogni notte, ogni giorno. Con il sole, con la pioggia, con la luna piena, a tre quarti, a spicchi. La rivorrei accanto e lotto contro il dolore della perdita." Robaccia del genere che non ho nessuna voglia di sentirmi raccontare perché mi si contorce lo stomaco soltanto all'idea. Nessuno al mondo ama davvero così. Ma è quello che lui mi racconterà per tenermi a distanza. Tutte balle da romanzo sentimentale per illudere e frustrare le aspettative dei poveri comuni mortali. È ciò che dovrei scrivere anche io, in effetti. Magari ce le metterò queste frasi a effetto e la nostra cliente sarà soddisfatta ed entusiasta.

«Mi dispiace...» Mi aggrappo al salvagente del "mi dispiace" solo per dire qualcosa, anche se io so e probabilmente anche lui sa che non me ne frega proprio niente.

«Non è vero.» Mi bacia la fronte e poi scende a baciarmi le labbra. «Non cercare qualcosa di gentile da dirmi, Faye. Sto benissimo così, al momento.»

«Mi dispiace che tu abbia sofferto. E mi dispiace che sia stato costretto a lasciare il lavoro. Ecco, questo è vero.» Sì, questa volta è vero, sono sincera.

«Faye, io dovrei dirti...»

Blocco le sue parole con un bacio. Non voglio più ascoltare nulla in proposito. Non mi va di deprimermi oggi. E non mi va nemmeno di pensare troppo al passato, mio e suo.

«Se sei bravo come informatico, dovresti dare un'occhiata al mio pc. Mi fa sempre disperare!»

«Certo, quando vuoi...»

«Mmh... ecco, bravo amico.» Sorrido e socchiudo gli occhi, tornando ad appoggiare la testa alla sua spalla. «Svegliami se mi addormento... è stata una notte molto intensa.»

Sento le sue labbra sulla mia fronte e poi il suo respiro sul viso. Non so quanto possa piacermi lui o la situazione. È la sensazione a piacermi, a farmi stare bene. La vicinanza, il calore. Non ricordo mi sia mai successo prima, nemmeno da adolescente. Ho sempre considerato l'eccessiva vicinanza come invasiva nei miei confronti e per questo motivo il più delle volte ho tentato di evitarla. Ora non so come affrontarla.

Preferisco davvero non pensare, preferisco chiudere gli occhi e lasciarmi trasportare. Così quando arriveremo a destinazione dovremo obbligatoriamente scendere, muoverci, intrattenerci con altre persone, entrare a diretto contatto con il resto dell'umanità. E io non sarò più costretta a stare così vicina a lui e soprattutto non sarò più costretta a interrogarmi su quello che sto provando ora, a dispetto delle mie intenzioni.

CAPITOLO 27

«Quindi vuoi venire a far concorrenza ai ragazzini di judo?» Derek sorride e mi appoggia le mani sulle spalle, premendo leggermente.

«Mmh… no, potrei far vergognare il loro insegnante con la mia tecnica insuperabile.»

Dopo un pranzo veloce siamo arrivati in palestra. Inizio a sentirmi più a mio agio qui anche se non sopporterei l'idea di vedermi sbucare davanti Anita. E nemmeno Giacomo. Lo prenderei a calci nelle palle. Gratis ovviamente. Ecco, con quei due metterei in pratica tutte le tecniche di lotta libera che conosco… o meglio, ne inventerei di nuove. Tutte mie. Mi sento ispirata.

Derek aggrotta la fronte. Una volta tanto tocca a lui. «Molti pensieri, amico?» Ci passo sopra il dito e sorrido.

«No…» Le sue dita salgono a sfiorarmi il collo. Sembra preoccupato, ma non capisco per quale motivo. «Mi sto solo chiedendo a quale lezione ti troverò oggi.»

«Mi inventerò qualcosa per sorprenderti, tranquillo. Però credo che la maggior parte del mio allenamento lo trascorrerò leggendo e mangiando barrette energetiche nella sala relax.»

«Non scapperai con il primo bel ragazzo che ti gira intorno?» Sorride avvicinando le labbra alle mie.

«Non credo potrei, nemmeno volendo… Ho ancora solo dieci sterline nel portafogli.» Lo bacio ridendo. «Non mi posso permettere i ragazzi qui dentro. Tranne uno che è tanto buono e ha deciso di concedersi gratis…»

Ride accarezzandomi piano i fianchi. «Me la rinfaccerai per sempre questa storia, vero?»

«Certo, non perderò occasione!» annuisco circondandogli il collo con le braccia. Sento il suo respiro sul viso e chiudo gli occhi. Mi ero preparata un'altra frase ad effetto per prenderlo in giro, ma ad un tratto mi sembra sciocca, fuori luogo. Non ha più importanza. Voglio solo il sapore delle sue labbra sulle mie, il contatto con la sua pelle.

Mi sposto leggermente per guardarlo, sta ancora sorridendo. Poi all'improvviso mi afferra per la vita attirandomi a sé e diventando inaspettatamente serio. Mi fissa negli occhi come se dovesse rivelarmi qualcosa di importanza vitale.

«Devo andare...» mi sfiora le labbra con un rapido bacio.

«Mmh... potrei volerti trattenere qui...» Muovo le mani sulle sue spalle e inclino il viso, mordendomi le labbra in un modo che in teoria dovrebbe essere invitante.

Siamo fuori dallo spogliatoio femminile. Ho indossato ancora una volta la mia tutina nuova. Mi sento più sicura. O forse è lui, la sua presenza, le sue braccia intorno a me.

«Mi stai facendo tardare dai ragazzini, lo sai?» Mi cinge la vita mentre io gli circondo nuovamente il collo con le braccia. Sorride, poi torna serio. Ancora quella sua espressione un po' vaga, incomprensibile. «Aspettami, Faye. Non scappare via questa volta.»

Quando cambia così improvvisamente mi viene davvero il sospetto che sia un agente segreto, una spia o chissà che altro. Magari un investigatore privato. Ma no, devo essere pazza io. La mia è solo deformazione professionale. A uno stadio molto avanzato.

Lo guardo uscire dalla porta della saletta relax mentre io prendo posto a un tavolino. Mi faccio portare un latte macchiato e prendo davvero una barretta energetica ai cereali.

Non ho voglia di lezioni e di palestra. Lo aspetterò qui. E considerato il fatto che ho veramente necessità di una pausa dal lavoro e dallo stress, mi sono portata dietro *Shining* di Stephen King. Il "re" nei suoi romanzi accarezza tutte le varie divagazioni e sfaccettature di quelli che considero i miei generi letterari preferiti. Ho bisogno di ritrovarmi e di rilassarmi con un libro che conosco. Posso sempre immaginare un horror ambientato proprio qui, in questa palestra. Avrei già i personaggi ideali. No, meglio non pensare e lasciarmi trascinare e cullare nell'oblio. Oggi ho detto che non lavoro, devo essere coerente con me stessa almeno per questa volta! Anche la mente deve andare in pausa!

Nonostante mi sforzi di allontanarmi dalla storia che mi è stata commissionata non riesco a distogliere il pensiero da lui. Sta oltrepassando i miei confini. Quelli che gli ho imposto. Eppure sto bene. Ci sarà qualcosa di male, di sbagliato nello stare bene? Certo, mi rendo conto che non ha alcun senso. Lo conosco appena. E non dovrebbe trattarmi così, anzi fin dall'inizio non avrebbe dovuto. Insinuarsi nella mia vita, nei miei sensi, come se ne facesse già parte.

Cosa diavolo sto pensando? A una storia con lui, mia però, tutta mia. Non alla storia che sono obbligata a scrivere, ma a una storia vera, vissuta. Alle sensazioni che mi provoca avendolo vicino… e a quelle che cerco di reprimere vedendolo allontanarsi da me. No, non va bene. Non per me. Io non sono così, non lo sono mai stata. E soprattutto non voglio esserlo.

Cerco di tranquillizzarmi e mi metto a leggere, isolandomi dal mondo. Però nel frattempo inizio anche a tenere d'occhio l'orologio aspettando che lui torni da me. Sempre peggio. Lo tolgo dal polso quasi con rabbia e lo nascondo nella borsa. Mi lascio prendere dalla storia, dalle parole magistralmente allineate una dopo l'altra, mentre sorseggio il mio latte macchiato e sgranocchio la barretta. A un certo punto poso il libro sul tavolino e chiudo gli occhi. Cerco di regolare la respirazione per rilassarmi. Mi tornano in mente vecchie tecniche apprese attraverso qualche registrazione comprata anni fa mischiate a quel poco che ho imparato dalla mia unica lezione di respirazione tantrica.

«Bella addormentata…» Un lieve bacio sulle labbra mi risveglia.

«Mmh… Ah, sei tu. Sei tornato davvero… I bambini non ti hanno distrutto?» Apro un solo occhio fingendo di controllare che sia proprio lui, poi lo richiudo. «Non stavo dormendo comunque. La mia era una seduta meditativa di respirazione tantrica. Prima o poi però inizierò anche kickboxing, conosco un istruttore particolarmente dotato…»

«Se è per questo possiamo iniziare anche subito.» Mi prende la mano attirandomi a sé per farmi alzare. «La mia solita aula è vuota al momento.»

«Stai scherzando, amico? Forse tu non sei a conoscenza del mio potere!» Mi alzo all'inizio svogliatamente, poi con eccessivo slancio. Tanto da finirgli addosso, tra le braccia e sbattere quasi la testa contro la sua. «Non sei stanco nemmeno un po'?»

«Andiamo pigrona!»

Mi prende la mano e mi trascina con sé. Non la lascia nemmeno mentre saliamo le scale e lungo i corridoi. Io sento fremere un'inconsueta agitazione nel petto mentre incontriamo altre persone che salutano Derek e accennano un vago sorriso a me.

Non riesco ancora a capire come e se riuscirò ad abituarmi a questa situazione. Non so nemmeno se sarà necessario che io mi abitui, perché potrebbe anche finire stasera, domani. Magari anche adesso, oggi stesso. Però devo ammettere che è una sensazione gradevole. Non solo fisica. Averlo intorno. Sapere che lui c'è. Sapere che sarebbe tornato da me. Ed è qualcosa di completamente diverso da quello che ho provato per altri ragazzi. È come se inconsciamente sentissi di potermi fidare di lui più che degli altri che lo hanno preceduto. Un po' come so di potermi fidare di Alex e di Sean perché sono per prima cosa miei amici. Anche se con Derek è tutto diverso. Mi sento forte e fragile allo stesso tempo. Perduta e ritrovata. Sicura ma allo stesso tempo terrorizzata all'idea di essere lasciata sola. Esattamente quello che mi è accaduto quando era sparito insieme ad Anita e io non riuscivo più a trovarlo.

Arriviamo nella sua aula, apre la porta e mi fa cenno di entrare. Non starà parlando seriamente... Invece sì. Mi indica le varie protezioni da indossare. E ci sono anche i guantoni.

«Tu allora sei proprio deciso a prendermi a botte!» Incrocio le braccia e aggrotto la fronte intenzionalmente.

«Non credo di farcela... lascerò che sia tu a prendere a botte me, almeno sfogherai un po' di rabbia repressa.» Sorride e mi colpisce leggermente sulla fronte con il guantone. «Ieri sera sembravi averne tutte le intenzioni.»

«Potrei davvero farti male, Derek. Sicuro di voler rischiare?» rispondo accennando un pugno nel suo petto.

«Se è tutto qui quello che sai fare non mi devo preoccupare troppo...» ride mentre mi aiuta a indossare guantoni e paratibie. «Ecco, per il momento basta così. Facciamo un allenamento leggero.»

Mi spiega come colpire il sacco sollevando la gamba. Non è molto difficile per me, sono abbastanza agile grazie alla danza. Certo, se si tratta di colpire con energia è tutta un'altra questione. I miei pugni muovono appena il sacco, trattenuto da Derek.

«Oh insomma...» All'improvviso perdo la pazienza e sferro un calcio un po' più potente e rabbioso, sfiorando per poco la testa di Derek.

«Faye... vuoi farmi veramente perdere la testa?» Si tira indietro appena in tempo.

«Sì, amico. Ci conto.» Gli tiro un altro calcio, questa volta meno potente ma rivolto direttamente a lui e all'altezza del sedere. Però lui è più rapido e afferra la mia gamba.

«E adesso come la mettiamo, amica?» Gira intorno al sacco, sempre trattenendomi la gamba a livello del polpaccio, e si avvicina a me.

«Mmh... mi potresti restituire la gamba, per favore? Credo di averne bisogno.» Ammicco rivolgendogli uno sguardo dolce e innocente.

«Non saprei... mi piace molto questa gamba. Anzi, sto proprio pensando di tenermela.» Mi accarezza il fianco con l'altra mano. Io piego il ginocchio e gli cingo la vita con la gamba che ancora trattiene.

«Allora io mi tengo questo braccio!» Afferro il suo braccio tatuato con entrambe le mani. «Mi piace, è molto...»

«Non è vero, stai mentendo spudoratamente Faye. Tu detesti i miei tatuaggi.» Ride attirandomi ancora di più a sé. «Sei sempre una pessima bugiarda...»

Sbuffo spazientita e arriccio il naso. «E da cosa lo avresti capito che detesto i tuoi tatuaggi?»

«Da come mi hai guardato la prima volta che ci siamo incontrati al parco.» Inclina il viso e punta gli occhi nei miei. «Avevi l'aria disgustata, anche se cercavi di nasconderlo.»

«Okay, hai colpito nel segno. Non sono una fan dei tatuaggi.» Mi stringo nelle spalle, avvicino la fronte alla sua. «Però... tutto il resto non mi dispiace poi tanto, lo trovo accettabile...»

Gli lascio andare il braccio e gli circondo il collo. Cerco le sue labbra, avidamente. Derek libera la mia gamba per cingermi la vita. «Quindi... stai per caso dicendo che io ti piaccio, amica?»

«Non esageriamo... hai sempre questi tatuaggi così sfacciati, che...» Scuoto la testa, poi lo bacio ancora.

«Li ho fatti da ragazzino, ero giovane e incosciente...» Increspa le labbra, poi scende a baciarmi il mento e il collo.

«Vuoi dire che ora hai cambiato idea?» Mi stacco un attimo per incontrare il suo sguardo.

«No. Se mi trovassi ancora in quel momento credo che li rifarei. Non sono pentito. Avevano un significato allora suppongo... pace, amore, libertà soprattutto. Ma... li ho fatti anche per aiutare un amico che aveva appena aperto uno studio e aveva bisogno di pubblicità, quindi forse la mia motivazione non era abbastanza seria...» Sorride appena scostandomi i capelli dalla fronte.

«Per aiutare un amico ti sei fatto imprimere sul corpo dei marchi indelebili?» Gli sollevo il braccio e ispeziono con attenzione i tatuaggi che lo percorrono. «Sono fatti bene, questo devo ammetterlo… Ma sei stato un irresponsabile, Derek.»

«Sì, in effetti è quello che è accaduto. Però avevo diciotto anni, Faye. Te l'ho detto che ero giovane e incosciente. Ero nella mia fase ribelle, cerca di capire.»

Mi guarda con espressione innocente, gli occhi più luminosi e dolci del solito. Mi sta prendendo in giro e ci sta riuscendo anche benissimo perché non posso fare a meno di intenerirmi.

«Certo, povero bambino…» Mi libero dei guantoni che ancora indosso e gli accarezzo il viso con entrambe le mani. «Io invece da ragazzina ero brava, docile e ubbidiente. Mi trovo ora nella mia fase ribelle… chissà che cosa potrei fare!»

CAPITOLO 28

Sono estremamente seria nella mia intenzione di prendermi una pausa dal lavoro e dallo stress. Ho acceso il telefono e il computer solo per comunicare che va tutto bene e sono ancora viva. Poi ho spento immediatamente, prima di essere tentata di rispondere a qualcuno e restare "intrappolata nella rete". Per quanto ne abbia bisogno per lavoro non ho più intenzione di permettere che mi condizioni la vita. Probabilmente il mio "grido di libertà" sta diventando troppo forte, inarrestabile.

Queste due ultime giornate sono trascorse a un ritmo estremamente lento. Tutto sembra essersi amplificato. Il tempo trascorso insieme, lo spazio in cui ci muoviamo... e le mie sensazioni, soprattutto.

Forse per la solita questione della mia ormai ben nota deformazione professionale, mi viene in mente una storia sfruttata in molti libri sui vampiri. A quanto si racconta, a quanto io stessa ho raccontato più volte, i vampiri sentono tutto molto più intensamente rispetto ai comuni mortali. Questo impedisce loro di tenere a bada la brama di sangue. Quindi forse mi sono trasformata in un vampiro senza accorgermene. Io non bramo sangue, ma il mio desiderio per Derek è ugualmente intenso, febbrile. Io stessa scherzerei sulla situazione in cui mi sono ritrovata, se non fosse per una parte di me che tendo a nascondere, a tenere ben celata. Quella parte di me che mi comunica, insistentemente, che presto questa breve vacanza dalla mia vita quotidiana avrà termine. E mi ricorda anche che arriverà il momento in cui dovrò fare i conti con la realtà.

Tra me e Derek... non ho idea di cosa stia accadendo. Forse non lo voglio nemmeno sapere e mi sto sottraendo da qualsiasi comunicazione esterna per evitare che qualcuno si intrometta in questa sorta di "relazione pericolosa" che intrattengo con il mio vicino di casa. Pericolosa per la mia stabilità emotiva, più che altro.

È come se il mondo in cui ho vissuto finora, che poi è quello che circonda la Ghostly, e Derek non potessero coesistere. E io inizio a non capire più quale dei due sia reale. Mi sono avvicinata a Derek a causa di un lavoro per la Ghostly, in effetti.

Perché il mio è un lavoro reale anche se mi condanna a sparire. Io esisto davvero. Io non sono un fantasma. Sono reale, sono umana. Ci sono io dietro a quelle parole. Le mie sensazioni, la mia energia mentale e fisica. Io, non colui o colei il cui nome risalta in copertina. Forse non ne sono mai stata tanto consapevole fino a questo momento. Però anche la mia avventura con Derek sta diventando sempre più reale. Sono io a stare con lui. Io, non il personaggio di una storia. E per lui io sono Faye. Non una ghostwriter, una che cela il proprio nome per necessità. Per Derek non sono la stessa che sono per gli altri. Anche se ancora ho qualche perplessità su chi sia davvero lui.

Ho deciso di smettere di pensare e lasciarmi andare. Trascinarmi nell'avventura, insomma. Suppongo che presto Brianne si farà sentire con una scadenza da rispettare. E se continuo a non rispondere me la troverò sotto casa. Ma alla storia non voglio pensare ora. Quanti giorni mancano alla fine del mese? Ci penserò domani.

Derek è assolutamente deciso a trovare il modo perché io riesca a rilassarmi. Il fatto di abitare così vicini sta intensificando il nostro rapporto, la conoscenza. Anche se ci sono un'infinità di cose che non sappiamo l'una dell'altro. Io so poco della sua vita precedente al nostro incontro e lui… lui non sa nemmeno che lavoro faccio realmente. Viviamo l'attimo. Un attimo amplificato per cui pochi giorni sembrano mesi. Io vivo la sensazione di benessere che provo insieme a lui. Tanto da continuare a seguirlo anche in palestra, per fare in modo che l'attimo non si interrompa. Prima o poi finirà, lo so. Ma appena l'idea mi assale io la rimuovo con la risposta che mi accompagna da quando ho iniziato a frequentarlo. Ci penserò domani. Sì, ci penserò domani. Perché oggi è solo nostro, appartiene solo a noi.

CAPITOLO 29

«Hai mai praticato lo yoga?» Derek inclina il viso e mi scruta in quel suo modo intenso e provocante insieme, come se tentasse di estrapolarmi la risposta dalla mente.

«Sì, anni fa. Era un tipo di yoga basato sulla danza. Ma non mi è mai stato chiaro a cosa servisse. A rilassare i muscoli credo. In modo tale da evitare strappi e incidenti di questo tipo.»

Evito di raccontargli che avevo partecipato a due o tre lezioni, non di più. Avevo iniziato seguendo una delle mie compagne di corso, lo avevo trovato interessante. Poi però non avevo proseguito, un po' come accade per tutte le attività che ritengo interessanti ma a cui per un motivo o per l'altro evito di dare un seguito.

Lo seguo verso un'aula. Mentre camminiamo mi accarezza il fianco, poi lascia scivolare il braccio e mi prende la mano, trattenendola nella sua. Mi sento più sicura, più fiduciosa. Anche se non so ancora interpretare i suoi gesti e, se devo essere onesta, nemmeno i miei.

«Ti aiuterà a rilassarti, vedrai.» Sorride e mi strizza l'occhio. Inizio a sospettare che mi stia prendendo in giro per la mia propensione a non essere rilassata mai, nemmeno quando dormo. Anzi, soprattutto quando dormo.

«Speri di evitare i calci che ti do nel sonno, vero Derek?» rido e lo circondo con le braccia mentre ci ritroviamo di fronte all'aula al terzo piano della palestra.

«No, trovo stimolanti le tue agitazioni notturne…»

Apre la porta. Il mio sguardo si sofferma su gente in meditazione. L'atmosfera è simile a quella del corso di respirazione tantrica.

«Finalmente ti fai rivedere, Derek!» La donna che sopraggiunge alle nostre spalle con l'aria un po' affannata appoggia la mano sulla testa di Derek e scende ad accarezzargli il collo.

«Ti ho portato una nuova allieva, Frances…» Derek si piega e saluta la donna con un fuggevole bacio sulla guancia. «Eccola, la mia cara amica Faye. Ha bisogno di rilassarsi, è sempre tesa.»

Cerco di controllare le varie sensazioni che mi ha suscitato il contatto di Derek con Frances. Da un'emozione molto simile alla gelosia quando lei lo ha accarezzato passo alla curiosità per poi scivolare nell'imbarazzo che una scolaretta proverebbe nei confronti di persone serie e responsabili. Gli occhi chiari di Frances mi osservano e io mi sento arrossire.

Cerco di definirla, di darle un'età, senza riuscirci. Il suo viso, lievemente solcato dalle rughe, esprime una pace interiore che non so inquadrare. Sembra l'esatto opposto di me da questo punto di vista.

«Ti auguro di trovare quello che cerchi, Faye.» Mi sorride congiungendo le mani, con un mezzo inchino.

Faccio appena in tempo ad accennare un sorriso di circostanza. Frances si allontana per posare la sua borsa in un angolo, salutare gli allievi allo stesso modo e iniziare la lezione.

Anche io e Derek ci sistemiamo. Io propendo, come sempre, per l'ultima fila. Ma lui mi trascina davanti, in prima fila, proprio di fianco a Frances.

«Non ti fa bene questa tua tendenza a nasconderti, Faye. Comunque non puoi sparire come vorresti, non sei un fantasma.»

Mi accarezza la schiena con un gesto tenero, che sta diventando abituale tra noi. Se solo sapesse quanta verità si nasconde dietro alle sue parole. Sparire come un fantasma. In effetti, in un certo senso, è sempre stata la mia aspirazione. Forse per questo ho finito per nascondermi dietro alle mie stesse parole cedendole ad altri?

Mi sento inquieta invece di rilassarmi. Mi siedo a terra, sbirciando Derek con la coda dell'occhio. Frances inizia la lezione facendoci stendere e chiedendoci di respirare semplicemente. Comprendo il motivo per cui le tecniche di rilassamento non hanno mai funzionato con me. Non si tratta del mio corpo. È la mia mente che non si placa, è in costante fermento e agitazione. Non riesco nemmeno a mantenere gli occhi chiusi.

«Stai tranquilla, Faye. Va tutto bene.» La voce di Frances mi giunge come un sussurro. La guardo e sospiro scuotendo leggermente la testa. Si trova in ginocchio di fianco a me. Gli altri continuano tranquillamente a respirare e sembrano aver raggiunto uno stato di equilibrio e di pace perfetti.

«Non ci riesco...» sospiro appena, chiudo gli occhi per un istante. Quando li riapro Frances è ancora accanto a me.

Sono un fantasma. Sto mentendo a tutti, compresa me stessa. Sto ingannando Derek. Non riuscirò a portare a termine il mio lavoro. Mi licenzieranno. Non riuscirò più a pagare l'affitto. Cosa ne sarà allora di me?

Non so esattamente cosa voglio. Forse... forse ho sempre creduto di volere qualcosa che invece non faceva parte di me, della mia personalità. Forse ho sempre negato la vera me stessa. Temo di sbagliare. Temo di perdere. Temo di essere sconfitta e di non riuscire a reagire, a tornare indietro.

Tutto questo si nasconde dietro a tre piccole parole. Quelle che in fondo ho sempre raccontato a me stessa. "Non ci riesco." Ma devo comunque tacere. Non posso esprimermi liberamente.

«Lascia andare tutte le preoccupazioni, almeno per un po'...» Frances mi accarezza delicatamente la fronte, poi si alza e mi sorride. «Tanto ti assicuro che alla fine saranno ancora tutte lì, ad aspettarti.»

Tento di ricompormi, sorrido e annuisco sforzandomi di apparire più serena. «Va bene, ci proverò...»

Una cosa posso fare. Immedesimarmi in Frances, seguire i suoi gesti, i suoi movimenti, il suo atteggiamento. Imitarla insomma. Come se lei fosse un personaggio e io mi impegnassi a descriverla, a interpretarla.

Il suo corpo esile e flessuoso, plasmato dallo sport, dalla danza probabilmente. Il viso aperto, spontaneo, gli occhi grandi. I capelli castano chiaro, lisci e raccolti in una coda. L'abbigliamento comodo, una tuta leggera e una maglietta azzurro cenere larga che le cade sulla spalla da cui si intravede un body di colore più scuro, ma allo stesso tempo estremamente curato.

Sì, Frances potrebbe essere un personaggio perfetto per la mia storia. E io seguendo lei mi estraneo da me stessa. Forse riesco davvero a rilassarmi per tutta la durata della lezione. Forse faccio solo finta. Ma non importa.

«Stai meglio?»

Ritrovo Derek inginocchiato al mio fianco. Torno me stessa. Il fantasma che non sa come confrontarsi con la realtà. Ma con una vocina che ora mi impone di raccontare la verità il prima possibile. Non è una verità così sconvolgente. Sufficiente per perderlo? Magari no. Il vero dilemma è tentare di capire quanto perdere quest'uomo potrebbe essere un problema per la solita Faye.

«Sì, credo di sì. Un po' meglio.»

Quando si alza mi porge la mano e io l'afferro. Lo sto solo usando per una storia. Non è un delitto. Tra noi non c'è comunque nulla di serio. Non è come nascondere al fidanzato o al marito una doppia vita da spia, agente segreto o serial killer.

Frances congiunge le mani e saluta gli altri allievi con un inchino yoga, non so se sia al sole o alla luna considerata l'ora, e con alcune parole in una lingua a me sconosciuta.

Si avvicina a noi sorridendo. «E così il nostro Derek Einstein si è trovato una ragazza!»

Einstein? Perché tutti lo chiamano Einstein qui dentro? Insomma, non tutti. Ma anche Big Jim lo aveva chiamato così. Questa volta non riesco a trattenere l'espressione un po' stranita.

«Frances, hai appena svelato il mio segreto!» Derek sbuffa e fa una smorfia contrariata per poi scoppiare a ridere. «Sono riuscito a mantenerlo finora per non farla scappare!»

«Cioè… il segreto è che tu sei un genio, tutti lo sanno tranne me?» Incrocio le braccia e guardo lui, poi Frances.

«No, amica. Mi chiamo veramente Einstein. Origine tedesca, non so quale grado di parentela. Una sorta di condanna che mi trascino da una vita.»

Derek Einstein. Ovviamente a me non era proprio saltato in mente di indagare sul suo cognome. Nemmeno di chiederlo. Tanto me lo sarei inventato insieme a un nuovo nome per la storia. Oppure li avrebbero cambiati comunque in base alla preferenza della cliente.

«In effetti se il tuo quoziente intellettivo è al di sotto della media portare quel nome potrebbe essere una tragedia.» Sorrido e lo colpisco all'altezza dello stomaco con un gomito.

«Lo dico sempre io che la sincerità è alla base di ogni rapporto.» Frances annuisce e passa lo sguardo da Derek a me.

Ecco. Colpita e affondata. Lui mi ha tenuto celato il suo geniale cognome. O più semplicemente non è mai uscito nel corso delle nostre conversazioni. Io gli ho raccontato che, come lavoro, faccio la decoratrice di uova di Pasqua, anche se a questo punto la decoratrice di palle natalizie sarebbe stato più appropriato.

«Io sono di origine svizzera, ma la puntualità non è il mio forte.» Cerco di sdrammatizzare, ma mi sento ancora troppo tesa. In effetti è la sincerità a non essere il mio forte, al momento. E mi sento sprofondare di fronte ai loro sguardi. «Comunque… è stata una lezione davvero molto interessante, Frances.» Da brava mi conviene cambiare discorso. Con la sincerità mi sento davvero troppo a disagio. Mi invento qualcosa di più adatto sul momento. «Sono quasi riuscita a rilassarmi, di solito non mi capita mai. Ci ho provato diverse volte, ma io e le varie tecniche di rilassamento proprio non andiamo d'accordo.»

«Derek può aiutarti. Ha la certificazione come insegnante di yoga, anche se è meno esperto di me.»

«Altro segreto?» Mi rivolgo a Derek mentre Frances va a raccogliere la sua borsa per liberare l'aula.

«No, questo non è un segreto. Solo che non è capitato di parlarne e comunque non sono degno come insegnante di yoga, anzi sono piuttosto scarso. Preferisco spaziare in altre discipline.» Derek si stringe nelle spalle e abbassa lo sguardo, sembra quasi imbarazzato, intimidito. Come se le sue qualifiche e abilità lo mettessero a disagio. Fa tenerezza la sua tendenza a sminuirsi.

Ci incamminiamo insieme a Frances fuori dall'aula e sostiamo nel corridoio. «Se vuoi ti posso inviare i messaggi dei maestri dello yoga, ci sono anche alcune registrazioni e video ispiranti. Basta che mi lasci il tuo indirizzo e-mail, te le inoltro al più presto.»

Annuisco simulando gratitudine. «Certo. Grazie Frances.»

Le detto il mio indirizzo e-mail che lei registra sulla sua modernissima agenda elettronica. Solleva lo sguardo che lascia scivolare da me a Derek, per poi tornare a me. «Vi vedo profondamente connessi. Percepisco molta sintonia tra voi, una sorta di affinità elettiva.»

Che connessione e sintonia riesca a percepire tra una bugiarda e un tizio che ha un nome da scienziato, non lo comprendo. Parlare di affinità elettiva mi sembra addirittura esagerato e fuori luogo. Mi rendo conto che conviene salutare Frances e allontanarci prima che decida di organizzarci un matrimonio mistico in perfetto stile yoga su un'isola zen. Ma quel che mi spaventa di più è l'idea che potrei anche essere spinta ad accettarlo solo per mettere a riposo e a tacere il fantasma della solita Faye Lizzy Sandstrom.

CAPITOLO 30

Stranamente Anita non ha più turbato la mia presenza in palestra. Probabilmente mi sta evitando. Un altro giorno. Un altro giorno in cui io rispondo ai messaggi a monosillabi e sto attaccata a Derek per la maggior parte del mio tempo. Lo seguo in palestra nei suoi orari di lavoro, quasi come se ormai fosse diventata un'abitudine consolidata.

Invece sono solo pochi giorni. Pochissimi. Inizio a credere che chi si lamenta delle storie che nascono in breve tempo e le considera irreali sia in errore. Non che mi sia mai accaduto, né nella vita reale né nella finzione. Ma mi rendo conto che non ci sono limiti a una storia per quanto riguarda una certa dose di credibilità o incredibilità. Tutto può accadere nei limiti della nostra umanità.

Non può accadere che Derek sia un alieno mandato da un universo parallelo per prosciugarmi la volontà e le facoltà intellettive. Oppure un vampiro millenario succhiasangue con l'abilità di leggermi nella mente. O forse sì. A questo punto, considerata la mia scarsa ragionevolezza, nulla mi stupirebbe.

«Anita si è dissolta in questi giorni?» Mi informo cercando di non dare troppa rilevanza alla mia curiosità.

«Probabile che ci sia il marito a casa. Oppure che sia impegnata altrove.» Si stringe nelle spalle facendomi cenno di continuare con gli esercizi per gli addominali.

«Schiavista...» sbuffo e riprendo, ma lui mi sorprende con un bacio improvviso sulle labbra.

Sorrido e continuo con più energia. Inizio a sentirmi in forma, ma credo che non dipenda soltanto dalle mie condizioni fisiche. In realtà sto facendo ben poco, non avrò un grande futuro come sportiva o palestrata. È l'umore e lo stato emotivo che cominciano a sentirsi meglio. Anche se il "piccolo problema" della storia da scrivere è sempre lì, pronto ad aggredirmi quando per un attimo abbasso le difese. Allora cerco semplicemente di spostarlo, di arginarlo in un angolo del cervello e lo lascio a riposo facendo in modo che stia buono e zitto.

So che devo iniziare al più presto, ne sono consapevole. Come so che non posso continuare a evitare il resto del mondo persistendo in questa sorta di limbo afrodisiaco. Comunque, ho anche accumulato abbastanza materiale su cui lavorare. Ecco, posso far finta che questo periodo, questi giorni siano stati quelli dedicati alla necessaria e indispensabile ricerca delle fonti. Prima di iniziare il lavoro vero e proprio di raccolta delle idee, poi di stesura dell'abbozzo di trama e infine di scrittura del testo stesso.

Quindi ancora un giorno o due… Quanto manca alla fine del mese? Brianne non mi ha ancora fissato una data di consegna. So per esperienza che devo necessariamente essere veloce, però… di certo non si aspetterà che consegni il 30 settembre se non abbiamo concordato una data precisa. O forse sì? Mi sono persa qualcosa. Nessuno riuscirebbe a scrivere una storia in un mese, insomma! A parte me e pochi altri. L'ho già fatto del resto, anche in meno di un mese. Anche in meno di due settimane.

Devo parlare con Brianne e fare in modo di prendere più tempo, cercare di convincerla a non mettermi fretta. Non vorrei che lei credesse che io abbia quasi finito quando in realtà non ho ancora iniziato, a parte qualche pagina buttata giù senza organizzazione, lasciando scorrere liberamente le dita sulla tastiera.

E devo parlare anche con Derek. Non so quale delle due situazioni sia la peggiore. Mi provoca ansia questo stato di inadeguatezza in cui lui non sa chi sono io esattamente. Non è nulla di importante. Forse nemmeno la nostra storia lo è e io non vorrei legarmi. Soprattutto non dovrei.

Ma per raccontargli davvero chi sono e cosa faccio conviene attendere il momento dei discorsi seri e importanti. Non ne abbiamo avuti recentemente. Non ne abbiamo mai avuti davvero, in realtà.

In ogni caso, cosa cambierebbe? Nulla. Proprio nulla. Non userò Derek per quella storia, mi inventerò altro. Imiterò altro e consegnerò un prodotto ben confezionato alla Ghostly. L'attrice sarà contenta. Ma dopo… che ne sarà di me? Che ne sarà della mia vita reale, della mia storia? È davvero la mia storia quella che sto vivendo con il vicino tatuato?

CAPITOLO 31

«Sarò fuori città per qualche giorno, partirò domani mattina…»

Derek, steso nel mio letto, incrocia le braccia dietro alla testa e si volta a guardarmi.

«Mmh…» Non ribadisco oltre. Forse questo mi costringerà a riprendere finalmente a scrivere. Non che ne abbia voglia. La presenza di Derek mi ha resa più pigra del solito. Con lui mi sono anche inventata di essermi presa delle giornate di ferie dal lavoro per non aver esaurito ancora quelle dell'anno precedente. Un'altra balla a cui ha creduto. Del resto, perché mai avrebbe dovuto dubitarne?

«Mi hanno chiesto una consulenza come tecnico informatico. Sarò a Liverpool ma non starò via molto, solo due o tre giorni. Porterò Pongo con me.» Passa la mano sulla mia testa e poi scende al viso.

«Certo.» Non so che altro dire. Si sta giustificando come se fossimo una coppia ma io non ho ancora capito cosa siamo. Come sempre mi imbatto in questi tentativi di definizione con cui non so come rapportarmi. Meglio non pensarci.

Due o tre giorni senza di lui. Ancora meno voglio perdermi a pensare se mi mancherà. Non mi è mai mancato nessuno dei miei ex. Non sul serio. Per la verità non manco nemmeno io a me stessa. Quella che ero e che in qualche modo devo riafferrare se voglio tornare al lavoro. A questo punto non posso più rimandare. Mi sono riposata abbastanza e ho raccolto abbastanza ispirazione con Derek. Di giorno. Di notte. Ovunque. Bé… quasi ovunque.

Qualche ora dopo la partenza di Derek, osservo il mio computer con circospezione, come se mi trovassi di fronte un'entità sconosciuta e allo stesso tempo famelica. Devo recuperare la storia. Il file di *Il vicino tatuato*. Modificarla completamente in modo tale da far sparire il nome e l'aspetto di Derek e mettere al suo posto… chi? Uno qualunque. Non importa chi. Un bel ragazzo. Ce ne sono tanti al mondo di bei ragazzi. Ma a questo punto non conta nemmeno più il soggetto. Conta la storia che io non so come organizzare. Cosa può accadere? Perché quando mi metto a pensare mi ritrovo a fantasticare su vampiri, licantropi, mutaforma, creature degli abissi… Insomma, è come pescare nella borsa di Mary Poppins. Esce di tutto tranne quello che cerco. Solo che quella borsa è la mia mente e ciò che esce sono idee che al momento non mi servono!

Dopo un giorno e mezzo di riposo ho bisogno assoluto di una dose di romanticismo, dolcezza, emozioni d'amore. Ma io non sono romantica, non sono dolce e non sono innamorata… Sì, forse lo sono stata ai tempi della scuola materna. Di un bambino che indossava sempre un passamontagna di colore rosso sangue. Stimolava la mia curiosità infantile probabilmente già deviata. Ricordo che aveva un visino dolce, tolto il passamontagna. I capelli biondi che ricadevano in morbidi ricci. Insomma, un angioletto travestito da piccolo diavolo. Torna così alla ribalta la mia vena urban fantasy e non va bene. Ferma, ferma Faye. Un passo indietro. Romanticismo, dolcezza, amore. Cosa chiedeva Brianne? Frizzante, divertente… Nemmeno ricordo più. L'ho rimosso.

Mi connetto a internet e successivamente a Facebook e al sito della Ghostly aspettandomi di trovare almeno cinquemila notifiche e trecento messaggi in attesa di risposta. Decido di rispondere ai più importanti, ma sempre senza sbilanciarmi. A Brianne lascio intendere che il lavoro procede a pieno ritmo. Lei allo stesso modo mi lascia intendere che mi saranno concesse altre settimane e che la consegna per la revisione è fissata intorno alla metà del mese prossimo. Bene. Anzi no, neanche tanto. Significa che ho meno di un mese. Ma almeno è decisamente meglio che avere circa dieci giorni.

Kelly promette che passerà a trovarmi anche se momentaneamente è impegnata. Ci credo, frequentare attivamente Rudolph Valentine deve essere davvero impegnativo. Io certo dovrei starmene buona e zitta perché con Derek sto facendo lo stesso. Inaspettatamente siamo piombate entrambe nella tipologia di donne che dimenticano le amicizie quando hanno una relazione. Cosa che ci eravamo promesse non sarebbe mai accaduta. Relazione? Meglio non pensarci!

Ho davvero bisogno di una dose. Una dose potente e massiccia. Mi sorbisco due commedie romantiche, una dopo l'altra, quasi senza riprendere fiato. Poi mi collego a youtube dal computer e avvio una ricerca di canzoni d'amore in successione.

Ecco, vengo sommersa dalle note di *I don't want to miss a thing*, poi di *Always*, *Wonderful tonight*, *When you say nothing at all*, *I will always love you*, *Angels*… Arrivata a *My heart will go on* ormai sono in uno stato psicologico sempre più labile, tanto da mettermi a cantare quasi a squarciagola. E mi chiedo davvero se il mio cuore reggerà oltre o scoppierà di passione amorosa incontrollata. Potrei affondare, proprio come il Titanic di cui rievoco le scene nell'impeto dell'interpretazione canora.

Sono costretta a fermarmi quando sento squillare, in modo talmente insistente da risultare quasi furioso, il campanello della mia porta. Possibile che sia già tornato?

Sorrido e sfreccio come una saetta verso il bagno prima di andare ad aprire. Torno indietro ad abbassare la musica. Anzi, spengo del tutto. Mi precipito alla porta e la apro con un gesto plateale, degno di una diva di Hollywood. Non ricevo mai visite dagli altri vicini. Se suona direttamente alla porta e non al citofono non può essere che lui! Non è ora per il postino.

«Faye… ti si sente cantare *My heart will go on* fin da fuori! Non hai sentito nemmeno il citofono. Per fortuna c'era il portoncino principale aperto.» Come ho fatto a dimenticarlo? Eppure mi aveva detto che sarebbe arrivato! Forse mi sono persa qualche suo messaggio! Meglio non indagare. «Allora sei più grave di quanto credevo e di quanto si dice in giro…»

«Mmh…» Mi sento improvvisamente piccola, stupida e indifesa. Cosa che non mi era mai accaduta con lui. O meglio, non era mai accaduto alla solita Faye. «Ciao, Alex…»

CAPITOLO 32

Riassunto veloce per Alex. Tralasciando i particolari piccanti. E quelli imbarazzanti soprattutto. Compresi i miei dubbi amletici sulle sensazioni provate insieme a Derek Einstein. Anzi, meglio tralasciare Derek Einstein nella sua totalità e parlare solo di un tizio qualunque che vive in un appartamento qualunque accanto al mio.

«Quindi? Hai già scritto qualcosa di buono?»

Alex appoggia a terra il borsone, arriccia il naso e si accarezza il mento con la mano. Devo prendere confidenza con il pizzetto che si è lasciato crescere a contornare le labbra e con i suoi capelli castani leggermente più lunghi del solito.

«In realtà più che scrivere ho preso molti appunti mentali.» Che è un modo carino per dire che non ho fatto niente e nemmeno ci ho provato.

Con un cenno invito Alex a sedersi sul divano. Non mi sono mai sentita così a disagio con lui. È il mio migliore amico. Indiscutibilmente. Anche Sean lo è, anche le ragazze. Ma Alex è sempre stato unico per me. Unico e insostituibile, una sorta di anima gemella. Gli ho sempre raccontato tutto. E ora mi sembra di nascondergli qualcosa, una parte della mia vita da tenere celata, segreta. Non solo mi sembra. Gli sto effettivamente nascondendo qualcosa.

«Hai sete o fame? Se vuoi ordiniamo una pizza. O preferisci il cinese?» Ecco, brava Faye. Cambia discorso.

«No, grazie. Ho già mangiato durante il viaggio.» Alex si siede sul divano, si stira e poi mi guarda. Anzi, mi osserva attentamente. «Per quando è la consegna?»

«Metà del prossimo mese, più o meno. Brianne è stata magnanima, considerando che non è proprio il mio genere.»

Cerco di aggrapparmi ad altro da aggiungere, senza riuscirci. La mia mente riesce a richiamare solo immagini di Derek. Nudo, vestito, nel mio letto, in palestra. Tanto che quasi mi obbliga a dimenticare le mie abituali conversazioni con Alex. Forse dovrei chiedergli come sta. Lui, Sally e i gemelli. Ecco, trovato un meraviglioso argomento di ripiego! «Alex, come…»

«Faye, sei strana.» Mi interrompe prima che io possa formulare la domanda. «Ma strana in un modo… Sei insolita, ecco. Strana lo sei sempre stata. Mi nascondi qualcosa?»

Si guarda intorno con aria sospettosa. Come se avessi nascosto il qualcosa a cui allude, o meglio il qualcuno, nella credenza delle stoviglie o nel frigorifero.

«Ma no. È questa richiesta della Ghostly che mi ha presa alla sprovvista. E poi ho avuto un po' di influenza, raffreddore, tosse, febbre… quasi un principio di bronchite.»

Ma sì, aggiungiamo ed eccediamo a volontà! Tanto gli uomini di fronte alle malattie reagiscono prendendo sempre le distanze, per quanto ne sono terrorizzati. Si dichiarano moribondi solo al pensiero. Alex non fa eccezione.

«Capisco.» Dall'occhiata che mi rivolge invece non sembra capire. Per quanto io sia strana, anzi insolita, anche lui non scherza. O forse sono stata io a contagiarlo. Invece della malattia inesistente gli ho attaccato la stranezza.

«Comunque… preparo un caffè, ne vuoi? Io ne ho bisogno.»

Più che averne bisogno devo tenermi occupata. Alex annuisce, si alza e mi segue in cucina. Non riesco a comprendere cosa stia accadendo tra noi. Ma forse non dipende da Derek. Ora che ci penso è la prima volta che ci ritroviamo completamente soli dal suo matrimonio. Sembriamo quasi tornati indietro, agli anni in cui eravamo sempre insieme, vivevamo insieme. Ma allo stesso tempo tutto è cambiato, tutto è diverso. Non c'è solo Derek tra noi. Ci sono anche Sally e i bambini. Anzi, tra tutti direi che quella di Derek è la presenza meno "ingombrante".

Dopo il caffè propongo un film con la scusa di aver bisogno di riposare la mente. Oppure un giro in centro. Invece è come se sentissi la necessità di mettere altro tra noi. Alex concorda per il film e gli concedo libertà di scelta. Così ci ritroviamo a guardare *L'attimo fuggente*, il film preferito di entrambi. È andato sul sicuro.

Restiamo in silenzio mentre scene che conosciamo ormai a memoria scorrono sullo schermo. Nonostante tutto mi lascio coinvolgere dalla storia, dalle parole, dalla splendida interpretazione di Robin Williams. Dimentico me stessa per un po'.

Solo lo squillo del campanello, quando ormai il film è arrivato alle scene finali, mi distrae. Mi volto verso Alex. Nella sua espressione riconosco la mia, anche se non ho uno specchio davanti. Abbiamo la tipica aria da: "Come, aspettavi qualcuno?"

Per quanto riguarda lui ha più senso, considerato che ci troviamo a casa mia. Mi alzo quasi a fatica, tanto che gradirei una mano tesa a sollevare il peso che sembra essermi piombato addosso impedendomi il movimento.

Penso che potrebbe essere Kelly. Se anche lei ha trovato il portoncino aperto… Ma dentro di me, nel profondo, so che non si tratta di lei.

«Ehi… ti sono mancato?» Mi afferra per la vita, attirandomi a sé. Con un bacio profondo esplora la mia bocca. No, decisamente non è Kelly.

«Mmh…» Riesco a fatica a riprendere fiato, appoggio le mani sul suo petto. «Mmh… sì…»

Ci ritroviamo in soggiorno. Alex si è alzato dal divano. Io punto lo sguardo sullo schermo e mi focalizzo sulla scena in cui i ragazzi si alzano sui banchi per dimostrare la loro solidarietà e la loro stima al professore. La mia scena preferita in tutto il film.

«Derek… lui è Alex…» Lo indico con un cenno della testa.

I due rimangono in silenzio. Per un istante che mi sembra eterno, senza stringersi la mano, senza parlare. Torno a lanciare un'occhiata alle scene del film. Altro che attimo fuggente! Carpe diem. Questo attimo non passa proprio. Sento un'oscura tensione intercorrere tra l'amico del cuore e l'amico di letto.

«Vuoi un caffè, Derek? O hai fame?» Sì, lo so. Ultimamente sono molto originale. E sento il profondo desiderio di sfamare chiunque mi capiti.

«No, grazie.» Finalmente almeno lui si scuote dallo stato di immobilità e tende la mano ad Alex che ricambia accennando un sorriso un po' forzato, almeno per me che lo conosco bene.

«Alex è qui di passaggio.» Che sto dicendo? E soprattutto… perché? «Sai lui è… è sposato. Ma non come…» Come Anita. Come una che tradisce, ecco. Oddio… che qualcuno mi blocchi la parola, ora! Devo rimediare o Derek penserà davvero di avermi sorpresa con l'amante approfittando della sua assenza. Anche se… con un amante non avrei certo guardato un film, almeno credo. «È il mio capo…» Perché un capo non può essere anche l'amante? Ma poi insomma… Perché diavolo mi sto giustificando e mi preoccupo di quello che può pensare?

«Ah quindi… è il capo decoratore di uova di Pasqua?» Derek gli rivolge un sorriso più aperto, amichevole.

Alex si stringe nelle spalle e annuisce. «Sì. E abbiamo molto lavoro arretrato, siamo rimasti indietro. Decoriamo anche torte nuziali e dolci natalizi. Ci tiriamo avanti.»

Per fortuna mi regge il gioco o almeno spero. Sicuramente non starà capendo nulla di quello che accade e in un prossimo futuro mi farà il terzo grado, oltre a prendermi in giro per il resto della vita.

«Sono passato per parlarti, Faye. Ma sei impegnata...» Il sorriso di Derek è diventato davvero forzato ora. Altro che capo decoratore di uova di Pasqua! Dall'espressione che ha in questo momento sono certa che stia pensando che Alex sia il mio amico di letto di ricambio.

«Magari più tardi.» Che devo fare? Invitarlo a restare per dimostrargli che tra me è Alex non c'è quello che potrebbe credere? «Però possiamo guardare un altro film, oppure…»

«No, io devo lavorare, Faye.» Derek guarda la porta come se volesse essere già fuori e lontanissimo da qui. E io ho la certezza che la sua sia una balla raccontata male. Ormai me ne intendo abbastanza.

Così se ne va. Un cenno del capo ad Alex e un'occhiata azzurro verde a me. Conosce già la strada verso la porta. E io non riesco a identificare un "colpevole" di questo stato di disagio. Non ho effettivamente una relazione con Derek, Alex è arrivato qui in un momento inaspettato che però mi aveva preannunciato. Io forse non ho ricevuto il messaggio. Siamo come sospesi su un filo sottilissimo. Oppure solo io lo sono e il disagio è soltanto mio.

«Insomma, stai con lui?» Sono le prime parole che Alex mi rivolge sottovoce appena richiusa la porta d'ingresso. Sembra perplesso. O meglio, incredulo.

Mi chiedo perché non potrebbe essere. Forse ritiene che un tipo come Derek non possa accorgersi di me. Evito di discutere, tanto sarebbe inutile.

«No, è solo il mio vicino di casa. Sì, insomma… lo sai anche tu…»

Lo sanno tutti, probabilmente. Ho messo l'annuncio su Facebook in modalità pubblica. Che poi non sia accaduto nulla quella notte è un dettaglio.

«Quindi ci sei stata. E allora dovresti aver preso ispirazione per la storia.» Alex sospira, sembra quasi spazientito. Non comprendo quale sia il suo problema. In realtà non comprendo nemmeno perché sia venuto a Londra. Forse l'ha spedito qui il suo giornale. Sì, così mi aveva detto credo.

«Non mi sento pronta in realtà. È un genere nuovo per me.» Sì, decisamente. In entrambi i casi. Genere nuovo di storia. Genere nuovo di uomo.

«Hai deciso di avere una relazione con lui?»

Alex incrocia le braccia e i suoi occhi castani non si staccano da me. E io non comprendo più se è cambiato qualcosa in me oppure in lui. In passato abbiamo sempre parlato senza problemi delle nostre relazioni. Forse perché non erano così importanti da produrre cambiamenti tra noi.

Questo almeno finché Alex non ha iniziato a frequentare Sally. Probabilmente perché è accaduto tutto in fretta, Sally non viveva a Londra e quindi non ho avuto molto tempo di abituarmi a vederla con lui, di conoscerla. Per questo spesso mi dimentico anche della sua esistenza. Ecco, forse è proprio questo il punto. Riconosco in Alex un atteggiamento simile al mio quando la sua storia con Sally è diventata improvvisamente seria, quasi senza preavviso.

«Io non lo so Alex. Non so cosa voglio.» Scuoto la testa e sospiro. Decido che è meglio tentare di essere sincera, almeno con lui. «È iniziata per caso, c'era quella storia da scrivere. E io devo ancora scriverla, mi sono rimaste tre settimane di tempo. E se per riuscirci devo frequentare Derek senza sapere dove mi porterà la mia relazione con lui... Bene, allora frequenterò Derek. Il più possibile.»

«Più che "devo" dovresti dire "voglio" frequentare Derek.» Non capisco se la sua sia un'accusa o una constatazione.

«E va bene! Mettiamola così. Voglio frequentare Derek, perché... insomma, perché ne ho voglia. Mi sarà concesso avere voglia...»

E non capisco nemmeno se la mia sia una sorta di vendetta per essere stata abbandonata o una presa di posizione dettata da quello che percepisco quasi come un divieto. Ho anche alzato gradualmente la voce, il suo atteggiamento mi sta innervosendo.

«Sì, capisco. Forse è meglio che io me ne vada allora, non vorrei essere di intralcio alla tua... voglia. Posso stare da Sean o da un altro amico.»

In altre circostanze avrebbe scherzato in proposito. Perché ora no? Ma anche io del resto ho sbagliato. Avrei dovuto dire a

Derek che Alex è mio amico da anni, non inventarmi quella stupida scusa del capo. Avrei dovuto dirgli che si sarebbe fermato da me per un po'. Ma forse la verità è che Derek è ancora qualcuno che voglio gestire da sola, non condividere con gli altri. Come se fosse la mia storia proibita da mantenere segreta.

«Ma no, Alex... Non è il caso...»

Sono poco convincente. Me ne rendo conto io stessa. La verità mi terrorizza ma non posso negarla. Sto allontanando Alex, in questo momento. Perché comunque so che Alex ci sarà sempre come c'è sempre stato, mentre Derek... Temo di perderlo. Ecco, la terribile verità. Temo di perderlo per un fraintendimento e un po' anche per l'incomprensibile ostilità di Alex. Quindi una parte di me, una parte che non riesco più a controllare e a gestire, vorrebbe che Alex se ne andasse davvero al più presto per correre nell'appartamento accanto e stare con Derek.

CAPITOLO 33

«Allora, ci sarai alla festa anni '80 della Ghostly?»

Impiego qualche istante a riprendere consapevolezza di me stessa e a riconoscere la voce di Kelly al telefono. Altri secondi di silenzio per riuscire a comprendere di cosa sta parlando.

Dopo aver quasi forzato Alex ad andarsene ed essermi sentita tremendamente in colpa nei suoi confronti, sono andata a suonare alla porta di Derek. Che non c'era. Oppure ha preferito non rispondermi. Così sono rientrata nel mio appartamento e ho deciso di impiegare il resto della serata e della nottata a scrivere. Forse per evitare di pensare troppo. O forse, al contrario, per immergermi ancora di più nei dettagli, negli sguardi, in tutto ciò che di noi non vorrei perdere. Sono rimasta sveglia quasi fino alle cinque. E, nonostante abbia cercato di apportare qualche cambiamento, ho continuato a scrivere la nostra storia. Semplicemente perché di questo genere maledetto non riesco a inventarmi altro al momento, non mi viene in mente niente. Niente di niente oltre a una mia personalissima interpretazione della realtà. Apporterò in seguito le modifiche necessarie, durante la revisione prima della consegna. Per il momento è così. L'alternativa è non riuscire ad andare avanti e ricominciare il lavoro dal principio con una storia totalmente inventata. E non posso permettermelo! Anche perché la mia immaginazione sembra essersi totalmente prosciugata in questa circostanza.

«Non ne ho idea, Kelly… non ne ho voglia. Anzi, non ho voglia di pensarci adesso. E poi non mi piacciono gli anni '80.»

«Sei sicura, Faye? Io ricordo che ti sono sempre piaciuti! Non è la prima festa che organizzano e poi…»

«Mmh... sì, forse hai ragione. Sono solo stanca, sto tentando di lavorare...»

Spero di concludere così la telefonata, il prima possibile. Controllo l'ora intanto. Sono le otto appena passate. Quanto ho dormito? Circa tre ore. Non importa, mi devo alzare.

«E poi, stavo dicendo... non pensi che potremmo finalmente scoprire quella cosa che vorremmo tanto sapere...» La voce di Kelly si assottiglia e assume il tono da grande mistero insoluto.

«Mmh...» Scoprire chi è The Voice. Tanto non ci riusciremo mai. Potrebbe davvero essere chiunque. Sono anni ormai che brancoliamo nel buio. Siamo arrivate addirittura ad accusarci reciprocamente. Io ho creduto che fosse lei e lei che fossi io. Ma io di sicuro non mi sarei mai messa in un guaio tale. Non mi sarei mai imposta di scrivere un romanzo sentimentale. A meno che soffra di sdoppiamento di personalità come il Dottor Jekyll e Mister Hyde. Potrebbe anche essere. «Tanto non lo sapremo mai...»

Non riesce a convincermi riguardo alla festa e non mi interessa saperne di più. La saluto con la scusa di una doccia per svegliarmi. Che comunque non mi aiuta molto. Nemmeno il caffè mi aiuta. Cerco di ricompormi al meglio e mi presento nuovamente alla porta di Derek.

Apre in boxer e maglietta, con l'espressione un po' sorpresa.

«Sei qui... sei davvero qui...» Inaspettatamente mi accoglie con un bacio, stringendomi a sé. Da come se n'era andato ero convinta che avrebbe preteso qualche spiegazione da parte mia.

«Sì, sai... abito qui accanto. Difficile che sia altrove, anche perché...»

Non so più cosa dire, ogni parola tra noi sembra insensata. Allora decido di tacere. Ricambio il suo bacio, mi avvinghio a lui e sorrido. Non sembra arrabbiato e non mi chiede di Alex. Io invece mi sento una stronza. Con Alex, con lui, con Brianne, con Kelly... insomma, con il mondo intero.

Continua a baciarmi mentre mi accarezza i fianchi e sollevandomi mi trascina in camera. Ripercorre più volte il mio corpo, come se dovesse memorizzarlo. Annulla così tutti i miei pensieri, tutte le mie domande, tutte le mie preoccupazioni. Infilo le mani sotto la sua maglietta e gliela sfilo mentre lui dalle labbra scende a baciarmi il collo. Anche io mi muovo allo stesso modo, imitandolo. Come se temessi di perderlo da un momento all'altro e avessi il timore di smarrire per sempre le sensazioni che ho iniziato a provare insieme a lui. Sì, mi è mancato. Mi è decisamente mancato. Addirittura, anche il suo tatuaggio mi è mancato.

«Mi sei mancato...» Esprimo a voce il mio pensiero prima di riuscire a trattenermi.

Ricado sul suo letto con i suoi occhi chiari nei miei. Mi sorride afferrandomi le mani, spingendole indietro mentre scivola su di me.

«Anche tu mi sei mancata, Faye. Sono tornato appena ho potuto. Non volevo più starti lontano.»

Non chiedo niente per evitare domande. Forse le domande nemmeno servono. Su una cosa Alex ha perfettamente ragione. Io non devo frequentare Derek. Io voglio.

CAPITOLO 34

Voglio stare con lui. Non so come andrà a finire. E non si tratta più nemmeno della storia da scrivere. Quella storia che dovrò cambiare completamente appena riuscirò a concluderla in qualche modo. E non so nemmeno io come e quando. Ma la parte più incosciente e irresponsabile di me sembra non preoccuparsi più di questo. Sembra non preoccuparsi più di niente e di nessuno, ormai.

Usciamo per la passeggiata serale con Pongo. Ci incamminiamo verso il parco. Siamo diventati entrambi stranamente silenziosi. E Derek ha sempre quel gesto protettivo mentre attraversiamo la strada. Il senso di colpa nei confronti di Alex e degli altri amici mi sfiora per un momento ma riesco a mandarlo via e ad annullarlo senza eccessivo sforzo.

«Domani sarà l'ultimo giorno con Pongo. Mia sorella è tornata e verrà a riprenderlo.»

«Mmh… potresti prenderne un altro» sospiro stringendogli la mano mentre raggiungiamo l'ingresso del parco. Derek ricambia la mia stretta, intrecciando per un attimo le dita con le mie. Poi toglie il guinzaglio a Pongo e lo lascia correre libero. «Voglio dire… uno tutto tuo.»

«No, non penso sia il caso.» Solleva le spalle e poi scuote la testa. «Non sarei in grado, comunque, di tenerlo per sempre. Per poche settimane è diverso. Ho dovuto portarlo a Liverpool quando ci sono andato per lavoro e viaggiare non è stato facile, costringerlo in macchina per tante ore…»

«Avresti potuto lasciarlo a me.» Gli accarezzo la schiena appoggiandomi a lui, che mi circonda le spalle con il braccio. «Me ne sarei occupata io.»

«Credo di avere un problema, Faye. Tendo ad affezionarmi. Quindi prendermi un cane non è una buona idea.»

Mi sfugge la connessione tra la tendenza ad affezionarsi e il cane. A meno che il suo timore sia quello di non riuscire a tenerlo e di essere quindi costretto a cederlo a qualcun altro che se ne occupi.

Comunque, ripensando alle mie idee per la storia... Derek mi sta sconvolgendo completamente la tipologia di personaggio bello, dannato, problematico e stronzo che avevo in testa inizialmente. Mentre cerco qualcosa di sensato da dire per rispondergli il suono di un messaggio, proveniente dal mio cellulare nella borsa, interrompe il nostro silenzio.

Sean. Ancora con questa festa anni '80 della Ghostly. Ma ne sono tutti ossessionati? Settimana prossima? Come settimana prossima? Mi avevano avvisata che sarebbe stata così presto? Non ricordo. O forse lo hanno scritto da qualche parte sul sito dell'agenzia e io non l'ho letto. Forse Sean mi sta prendendo in giro e vuole mettermi in agitazione per obbligarmi a rispondergli. Sarebbe tipico di lui!

«Qualcosa di importante?» Derek mi massaggia la spalla premendo delicatamente sul muscolo contratto. Stringe leggermente gli occhi, sembra preoccupato. Forse a causa della mia espressione perplessa e un po' sconvolta.

«No, proprio per niente. Solo una cena di lavoro, nulla di importante.»

«Con questo intendi dire che non ci andrai?»

Continuiamo a passeggiare, fino a ritrovarci davanti alla nostra panchina, quella dove ci siamo incontrati. Restiamo però in piedi mentre Pongo si lancia nel prato all'inseguimento della pallina che Derek gli ha appena lanciato.

«Non lo so. Tanto non è una cosa che mi riguarda...» sorrido circondandolo con le braccia. «Preferisco consolare te nei prossimi giorni. Anche se non sarò in grado di sostituire Pongo.»

«Faye... quella cosa che ti ho detto... è vera.»

Lo bacio e non indago oltre. Che cosa è vero? Che tende ad affezionarsi? Intendeva Pongo, quasi sicuramente. Per questo preferisco non indagare oltre. Non indagare in me stessa. Perché io, Faye Lizzy Sandstrom, non sono mai stata vittima di questa assurda tendenza. Con gli amici sì. I soliti amici, soprattutto. La mia cerchia ristretta che poi pensandoci bene è composta da pochissime persone. Ma con gli uomini con cui ho avuto una relazione… non proprio, direi. Non avevo messo in conto che Derek potesse diventare un'eccezione. Per cui meglio continuare a vivere senza esprimermi, senza rovinare tutto con le parole. Perché il problema delle parole, sia scritte sia espresse a voce, è sempre lo stesso. Si rischia sempre di dire troppo… o troppo poco.

CAPITOLO 35

«Quindi Faye… a che punto sei esattamente?» Brianne è seduta proprio di fronte a me. Il pranzo al "All you can eat" in Piccadilly Circus con Kelly, Sean e Alex è stato una sua idea.

«Mmh… a buon punto. Quasi finita la prima stesura.» La prima stesura di palle che continuo a raccontare.

«Quindi, frittellina… per la festa cosa farai?» Non perdono Sean quando mi chiama così in pubblico, anche se gli amici più intimi ormai lo sanno. Questa però non si aggiungerà alla lista delle volte in cui non lo perdonerò mai solo perché mi sta togliendo dall'impiccio di proseguire il discorso riguardante la storia. «Porterai il vicino tatuato come accompagnatore?» Anzi, no. Come non detto. Questa volta va direttamente in cima alla lista!

«Ma non credo proprio. Lui non sa nulla di ciò che faccio.»

E non capisco perché mi sto ponendo il problema di dover confessare una cosa così innocua. In fondo scrivo soltanto, non ho mai ucciso nessuno! Non nella realtà, almeno.

Mi ritrovo gli occhi di Alex puntati addosso. Per fortuna non è seduto direttamente di fronte a me ma di lato, accanto a Sean. Addento il mio trancio di pizza al tonno con un gusto spropositato. In realtà mi si sta bloccando lo stomaco. Cosa inaudita, la pizza è sempre stata il vero grande amore della mia vita. Mi sento sempre più la tipica ragazza che molla gli amici per trascorrere tutto il tempo con un uomo. Però a mia discolpa c'è da dire che l'uomo in questione mi vive accanto, quindi anche se non volessi…

«Non è arrivato il momento di raccontarglielo e di introdurlo nella nostra diabolica setta?» Sean mi strizza l'occhio e mi punta addosso una patatina fritta, forse come arma di persuasione, prima di addentarla. Kelly e Brianne annuiscono entusiaste.

«Derek non ha nulla a che fare con noi...» E viceversa. Mi sento messa alle strette. E sento anche una strana tensione che mi sale dal petto, come se avessi i giorni contati. Anzi, i minuti. «Comunque, preferisco prima terminare la storia, non so come andrà a finire. Meglio evitare distrazioni.»

Mai mi sarei aspettata di essere costretta a riprendere un argomento scomodo per deviare l'attenzione da un altro ancora più scomodo.

Ho voglia di scappare via. In palestra, forse. No, nemmeno. Altrove. Ho voglia di scrivere una bella storia di vampiri, mostri e streghe. Mi trovo meglio nell'oscurità. Mi sento più al sicuro che trovarmi ad avere a che fare con qualcuno che tende ad affezionarsi e con i miei amici che improvvisamente hanno delle pretese su di me.

Anche Alex che non partecipa all'entusiasmo degli altri. Soprattutto Alex. Sembra impegnarsi per farmi pesare di averlo mandato via o comunque costretto ad andarsene, in qualche modo. Si trova a Londra per alcune interviste. Ora ricordo, mi aveva accennato qualcosa quando ero ancora lucida, ricettiva e cosciente delle mie azioni.

Fremo sulla sedia. Ho bisogno di isolarmi. Di tornare a casa e provare a scrivere qualcosa di sensato, anche se ormai ho perso sia il senso sia il ritmo delle parole. Mi si confondono in testa, come se si intralciassero l'una con l'altra facendosi lo sgambetto.

Penso a Derek. Al cane husky Pongo. Alla storia. A me stessa. Non so se riuscirò a sostituire un cane. Non so nemmeno se riuscirò a sostituire Derek con un altro nella storia che sto scrivendo. Aspetto solo che il pranzo finisca per tornare a casa. Se non sono più nemmeno in grado di stare bene ed essere in sintonia con i miei amici che ne sarà di me?

Mi sento circondata da un clima di nevrosi e quasi di ostilità, di ansia. Ma temo di essere io, solo io, a crearla. Lui tende ad affezionarsi. È sfuggito così ostinatamente alla tipologia di personaggio che gli avevo disegnato intorno, tanto da trascinare anche me. Anche io mi sto dibattendo, sto sfuggendo da me stessa.

Dovrei lasciarmi andare per scrivere davvero, cedere le armi. Non si tratta più di un genere non mio, di una storia che non sento. Dovrei cedere le armi anche se si trattasse di vampiri, di mostri, di alieni, di creature oscure e misteriose. Abbandonare il velo dietro cui mi nascondo per diventare un'altra, per vendere le mie parole ad altri. Ma essendo quello il mio lavoro, questo dilemma mi pone di fronte a una serie di problemi e di interrogativi non indifferenti. Tutto questo perché mi ritrovo schiacciata tra Derek e gli altri. I miei amici, a cui non so rinunciare. Invece è come se fossi costretta a scegliere.

Ci alziamo da tavola e torniamo ognuno al proprio lavoro e alle proprie occupazioni. Mi sento ancora addosso lo sguardo di Alex che sembra volermi dire qualcosa senza pronunciare una sola parola. Forse non comunichiamo più come prima. Bastava un'occhiata tempo fa. Forse ci siamo persi e nessuno dei due ha colpa. È accaduto e basta.

«C'è qualcosa che non va tra te e Alex?» Kelly sale sull'autobus 14 insieme a me, diretta a Knightsbridge.

«Niente, va tutto bene…» sospiro appena ci sediamo al piano superiore. «No, anzi. Avevo dimenticato il suo arrivo. Poi… insomma Derek ha bussato alla mia porta. Era andato via per qualche giorno… C'è stato questo fraintendimento e Alex ha preferito andare da Sean.»

Guardo fuori dal finestrino. Lascio a Kelly il privilegio di trarre delle conclusioni che io preferisco non esprimere.

«Alex e Derek hanno litigato o qualcosa del genere?» Conclusione sbagliata, Kelly.

«No, hanno fatto gli strani. Hai presente gli uomini quando fanno gli strani?» Mi sforzo di creare sul mio viso un mix tra l'espressione di Derek e quella di Alex.

«Del tipo "chi è questo estraneo che arriva a invadere il mio territorio?"» Ecco, forse Kelly si sta avvicinando a qualcosa di simile alla conclusione. Ma non ne sono certa nemmeno io in realtà. «Perché in effetti Alex ti stava guardando proprio in quel modo, poco fa.»

«Ma non saprei… mi sembra assurdo. Alex è il mio migliore amico e Derek è… insomma, Derek.» Mi stringo nelle spalle e muovo la testa a destra e a sinistra piegando il collo. Esercizi per le spalle che sono tornate a farmi male prepotentemente.

«Alex è… Insomma Faye, tra te e lui non c'è mai stato proprio niente? Voglio dire… davvero mai?»

Ecco che Kelly non mi ha fatto una domanda. Ma la domanda. Almeno per quanto riguarda la situazione attuale. Forse la domanda che io non ho mai osato porre a me stessa e che ho sempre eliminato dalla mente, come se fosse stata d'intralcio al nostro rapporto.

«L'ho appena detto che è il mio migliore amico, Kelly.» Mi rendo conto che la mia non è una risposta. E improvvisamente mi sembra di aver ingurgitato un po' troppa pizza al "All you can eat". Ho proprio preso in parola il nome del ristorante questa volta. La sensazione è anche quella di un pugno, bello potente, nello stomaco. Dato da un kickboxer professionista. «Se vuoi sapere la verità non mi è piaciuto che si sia sposato con Sally, una che alla fine nessuno di noi conosce bene. Non mi è piaciuto che si sia trasferito a Leeds. Non mi è piaciuto perderlo. Ho solo fatto finta di essere contenta. Ma che altro potevo fare? Sono stata contenta per lui, saperlo felice rendeva felice anche me. Però…»

Ecco, detto anche questo. Espresso ad alta voce, una volta per tutte. Almeno mi sono tolta il pensiero.

«Sei innamorata di Alex…» Kelly lascia la frase in sospeso, in bilico tra affermazione, sorpresa e domanda. E il pugno nello stomaco del kickboxer diventa davvero micidiale questa volta, oltre che insistente e ripetuto.

Sono innamorata di Alex? Non mi ero mai posta il problema, avevo semplicemente rimosso la sensazione di perdita quando se n'è andato via da Londra. Ora invece si ripresenta con un'energia e un vigore che non sono preparata a combattere o ad archiviare.

«Non ne ho proprio idea, Kelly. Spero di no.»

CAPITOLO 36

Nuovo blocco con la storia, dannazione! E pensare che sono tornata a casa apposta! Anzi, dopo che Kelly è scesa a Knightsbridge per vedersi con Rudolph a quanto mi ha detto, io per il resto del tragitto sono rimasta talmente trasognata da saltare la mia fermata. Per poco non arrivavo a Putney. Sono tornata a piedi per non rischiare di ripercorrere l'itinerario del 14 ritrovandomi nuovamente a Piccadilly.

Ora il protagonista mi si confonde tra Derek e Alex. Sto creando un ibrido insomma, metà amante metà amico. No, no… via idee fantascientifiche di due uomini fusi in uno! Qui rischio seriamente di finire nella clinica di Tracy a sbavare dietro all'infermiere biondo.

Picchio un pugno sul tavolo. Perché solo a me devono succedere queste cose? Non sono il tipo che si innamora di un amico dopo così tanti anni, non è nella mia tipologia di essere umano. Credo. Un bel sospiro profondo. Ora mi siedo a terra e provo un po' di yoga.

Non ho nemmeno la solita fame nervosa che mi prende quando scrivo, quando sono in ritardo per la consegna e quando arrivo agli ultimi capitoli di una storia e pianifico un finale ad effetto.

Sono tentata di andare a vedere se Derek è in casa. Magari potrei seguirlo in palestra. E comunque so che oggi aveva in programma di riportare Pongo dalla sorella. Potrei tentare di consolarlo. Almeno smetterei di pensare sciocchezze riguardo Alex.

Anzi, forse dovrei pensare seriamente a cambiare lavoro. Troppa tensione, troppo stress. Potrei correggere più saggi filosofici o fare a tempo pieno la consulente per le tesi di studenti svogliati. Una noia ma non avrei il coinvolgimento emotivo che comporta la creazione di una storia. Con personaggi che solitamente hanno una personalità e troppo spesso una volontà propria. Soprattutto non mi accadrebbe mai più, mai più di essere costretta a trovarmi un soggetto tra persone reali, amici, vicini di casa.

Di tornare a fare l'interprete per uomini porci non se ne parla nemmeno. E poi ho quasi completamente dimenticato il mio francese e il mio italiano, per non parlare del mio tedesco che è sempre stato un po' scarso. Potrei provare come traduttrice o correttrice di bozze. Magari correggere le storie degli altri ghostwriter per la Ghostly. O tentare con qualche casa editrice. Oppure chiedere a Frances informazioni su un corso per prendere l'abilitazione come insegnante di yoga. Sì, certo. Ottima idea! Insegnante dopo una sola lezione. Poi non riesco a stare calma io come posso pretendere di far rilassare gli altri?

Chiudo momentaneamente il file di *Il vicino tatuato* e accedo alla mia posta elettronica. Frances mi ha mandato alcuni video che non ho ancora guardato per mancanza di tempo. Credo sia arrivato il momento giusto. Non ci riesco, maledizione. Li ho scaricati ma non riesco ad aprirli, si bloccano. Mai niente che mi vada per il verso giusto! Questa la posso interpretare come una risposta. Anche lo yoga non è nel mio destino. Nel mio karma anzi, per restare in tema.

Quindi le mie opzioni, esclusi i video che non si aprono e la fame che non ho, restano continuare la storia o andare a cercare Derek. Se non è in casa posso sempre telefonargli. Per chiedere come sta. Osservo il mio cellulare come se fosse il portale per un universo parallelo. Lo poso ma continuo a tenerlo d'occhio.

E se usassi Kelly per la mia storia? Kelly e Rudolph. Mi ucciderebbe se lo scoprisse. Se, appunto. La dark lady cinica e lo sciupafemmine incallito coinvolti in una storia di sesso, amore, oscuri segreti. Mmh... ma una trama così sarebbe più adatta a un dark e non è quello che mi è stato richiesto. Potrei però interpellare Brianne in proposito. Un dark mi sembra molto adatto a un'attrice. L'alternativa rimane il vicino tatuato. Ma ora che si è aggiunto anche l'amico del cuore a confondermi le idee non so più cosa fare. Insomma, oltre a Derek ora sto usando anche Alex come personaggio di una storia, coinvolgendolo addirittura in un triangolo. Non mi era mai accaduto prima. E la cosa peggiore è che sto usando anche me stessa!

Il suono del campanello mi toglie il dubbio su cosa fare. Per fortuna, ero a corto di opzioni! Sogno già il mio letto disfatto e Derek nudo tra le lenzuola. Filo di corsa in bagno per un ritocco istantaneo e per controllare lo stato delle occhiaie. Pessimo, come sempre. Ma ormai credo si sia abituato. Del resto non ho tempo per sistemarmi alla perfezione, preferisco non farlo aspettare. Magari un giorno di questi potrei sfruttare uno dei vestitini che ho comprato alla boutique di Sean e truccarmi bene per lui. Ecco sì, ci voglio provare. Magari riesco a colpirlo, magari…

Altra corsa per raggiungere la porta. Come non detto. Mi posso pure rimangiare tutti i sogni proibiti, gli addominali scolpiti e le acrobazie erotiche. E anche i vestitini sexy.

«Ciao, Alex…»

«Noi dobbiamo parlare, Faye.»

Apro la porta e lo invito a entrare con un cenno della testa. Sul fatto che dobbiamo parlare non ci sono dubbi. Che ne abbia voglia proprio ora, invece…

«Ci sono cose che…» Si volta verso di me, sospira e si morde le labbra. Sembra esausto e anche un po' pallido. Combattuto, anzi, smarrito. È spettinato e ha gli occhi lucidi. L'ho visto in condizioni peggiori, ma è stato in circostanze diverse, dopo una delle nostre uscite notturne, in seguito a una sbornia colossale.

«Che cosa devi dirmi, Alex?»

Decisamente la situazione è cambiata tra noi. O sta cambiando proprio ora. E io mi sto rendendo conto, in questo momento più che mai, che non si tratta soltanto di me.

«Io credo di aver commesso un errore, Faye. Me ne sono accorto da un po', in realtà.» Vorrei poterlo fermare. Vorrei non sentire ciò che invece è intenzionato a dirmi. Vorrei uscire da casa e andare ovunque. Ovunque, ma non restare qui ad accogliere la sua confessione. Ed essere costretta, di conseguenza, a rispondere. «Io ci ho provato, sono mesi che ci provo.»

«Alex, ascolta…»

Ascolta cosa? Non ho la più pallida idea di come proseguire la frase che ho appena iniziato. Vorrei solo che smettesse di parlare. Vorrei che tutto tornasse come prima. Ma non per avere una possibilità. Mi rendo conto soprattutto, soltanto ora che è di fronte a me, di non desiderare assolutamente che qualcosa cambi tra di noi rispetto a ciò che siamo sempre stati. Ho troppa paura.

«No, Faye. Ascoltami tu! Mi sento un mostro… ma non riesco più ad andare avanti. Mi manca tutto questo. Mi manca la mia vita. E più di ogni altra cosa… mi manchi tu.»

CAPITOLO 37

Abbasso gli occhi e scuoto la testa. Gli manco. Ma è ovvio. Anche lui mi manca. Mi manca da quando se n'è andato.

«Suppongo sia normale...» Sollevo la testa e lo guardo negli occhi. «Siamo stati sempre insieme.»

Forse fin troppo. Oltre il normale. Al di là del rapporto che si dovrebbe instaurare tra due amici, soprattutto se si tratta di un uomo e di una donna. Ma la verità è che non mi sono mai posta domande, non l'ho mai considerato un problema.

«Faye, io non sopporto di saperti con...»

Anche io non sopporto. Non sopporto più nulla di questa situazione.

«Non rovinare tutto, Alex.»

Gli giro le spalle. Non voglio che lui rovini tutto. Tutto il nostro passato. Mi scorrono davanti scene di noi. Scene felici, scene spensierate che però fanno male in questo momento, in questa circostanza. Perché hanno il sapore di una perdita definitiva. Non voglio lasciare che lui prosegua e ancora meno voglio rischiare di assecondarlo. Preferisco non sentire, preferisco non vederlo. Non sapere niente.

«L'ho capito troppo tardi. All'inizio credevo fosse normale. Tanto tempo insieme, ma poi...» Esita anche lui. Forse si sbaglia. Sarà solo un momento di confusione, di nostalgia. Magari è tra lui e Sally che non funziona, indipendentemente da me.

«Io non credo...» Prendo il coraggio e mi volto. In qualche modo dovremo uscirne. Meglio esprimere chiaramente quello che penso. «Alex, io non credo che dipenda da me.»

«Ascoltami, Faye. Non è solo questo. Tu devi sapere...» Si avvicina a me e mi afferra per le braccia, stringendole più del necessario. È così vicino che sono costretta ad appoggiare le mani sul suo petto. «Quello che c'è sempre stato tra noi, io credo di aver frainteso. Forse non abbiamo mai affrontato il discorso come avremmo dovuto. Ma tu non ti puoi buttare via con il primo venuto... Io sono certo che quell'uomo non fa per te. Ti sta solo usando.»

«Cosa?» Lo osservo confusa. Di cosa sta parlando? Anzi, di chi? Di Derek? Cosa c'entra ora Derek? Involontariamente alzo la voce. «Quindi in realtà è questo il tuo problema?»

Non capisco. Ho frequentato anche altri ragazzi durante tutti gli anni della nostra amicizia. Non ha mai fatto problemi, non l'ha mai presa sul personale come ora.

«No, Faye! Non è solo per questo.» Alza la voce anche lui, ancora più di me.

Avvicina la fronte alla mia. Si avvicina talmente che potrebbe quasi baciarmi sulle labbra. E io so che se oltrepassassimo quel limite tra noi non ci sarebbe ritorno. E non voglio. Anzi, non sono sicura di volere. Non so nemmeno io quello che voglio, in realtà. L'idea da una parte mi attrae ma dall'altra mi terrorizza. Alex è sempre il mio migliore amico. Come potrebbe essere altro?

Accarezzo piano il suo viso con le mani mentre resto intrappolata tra le sue braccia.

«Alex, non è quello il motivo. È per me stessa, per noi.» Cerco di respingerlo spostando le mani sulle sue spalle. «È meglio che tu vada. È meglio che ci prendiamo un po' di tempo, forse.»

«Va bene, ma...» Mi sfiora il viso con le dita. Io non abbasso la testa ma chiudo gli occhi per evitare il suo sguardo.

Non me lo aspetto, ma Alex sfiora le mie labbra con le sue, solo per un istante. Sento un brivido ignoto che non sono in grado di interpretare. Non so definirlo. Non so nemmeno se sia bello oppure no. Per il momento è solo strano. Resto immobile, non lo respingo ma evito di ricambiare intensificando il bacio.

Intanto dentro di me qualcosa si spezza. E mi rendo conto che, nonostante l'incertezza sui miei sentimenti, nulla tornerà più come prima.

Quando riapro gli occhi Alex si è ormai staccato da me. Si avvia alla porta e io non lo trattengo. Non posso. La situazione tra noi è davvero troppo complicata ormai. Se fosse accaduto prima, forse…

Forse niente. Mentre se ne va, senza dire una parola, mi viene in mente quella discussione che avevamo avuto sulla necessità di frequentare Derek per usarlo in una storia. Sul fatto di dovere. Devo. No, non devo. Voglio.

E ora, con Alex. Non posso. E mi rendo conto che non è solo un "non posso" dovuto alle inevitabili complicazioni. Non voglio. Nonostante tutti gli anni, tutto l'affetto, tutto il tempo che abbiamo trascorso insieme.

«Non voglio, Alex.» Ormai è uscito dalla mia porta ma io lo dico ugualmente, a me stessa. «Non voglio.»

CAPITOLO 38

Non sarebbe dovuto accadere. Mi sento sporca. Poi non è successo nulla di davvero grave, in effetti. Allora perché mi sento così sporca? Come se avessi macchiato la mia amicizia con Alex. Eppure sono rimasta immobile, ho solo subito. Avrei dovuto impedire che accadesse, questa è la verità.

C'è qualcosa che vorrei fare ora, con tutte le mie forze. Andare a cercare Derek. Non so se si trova in casa. Potrei chiamarlo al telefono o mandargli un messaggio. Da quando Alex è arrivato in città la situazione tra noi non è più stata la stessa. Ma ovvio, anche io non sono più stata la stessa. E ho percepito un cambiamento anche in lui.

Magari è in palestra e Anita è tornata all'attacco, visto che da un po' io non lo seguo. Visualizzo la scena di tutti i possibili tentativi di seduzione che Anita potrebbe attuare nei confronti di Derek in questo preciso istante. Mi sforzo di rimuoverli dalla mente.

Non comprendo il senso delle parole di Alex a proposito di Derek. Ma sono convinta che il problema tra noi non sia lui. Anzi, non credo proprio che ci sia un problema tra noi. Ora ne sono più convinta che mai. C'è qualcosa che non va tra Alex e Sally e io ci sono finita in mezzo perché ricordo ad Alex un determinato periodo della sua vita, forse più felice, indubbiamente più spensierato e libero. Sono il legame più forte che ha con la sua vita passata.

Ecco, mi sono fatta da sola l'analisi della situazione. Si tratta di una crisi di coppia, non della scoperta del sentimento sbocciato nei confronti di un'amica. Insomma, se ne sarebbe accorto prima, credo. E anche io... No, io davvero non capisco più cosa provo. Sono ricaduta nella storia che io stessa ho creato. Lo stronzo destino mi sta punendo per le mie malefatte.

Resisto alla tentazione di cercare Derek. Provo a scrivere, l'unica cosa sensata al momento. E cercarlo sarebbe così facile, abita qui accanto. Forse aspetto che sia lui a cercare me. Sono sempre ossessionata dal pensiero di essere troppo invadente con lui, appunto perché abitiamo così vicini. E non abbiamo una vera e propria relazione. Quindi non riesco a delineare il confine tra la voglia di stare con lui e il timore di invadere eccessivamente i suoi spazi.

Non essendomi venute altre idee per il tipo di romanzo che mi è stato richiesto continuo a scrivere la storia che conosco. La mia. La mia con Derek, la mia con Alex. In parte anche la mia con tutto il resto del mondo. Sta diventando una sorta di storia nella storia. Avevo studiato qualcosa del genere tempo fa. Cerco di rammentare cosa, mi aggrappo al ricordo ma mi sfugge. Comunque, so che non va bene e sarà tutto da rifare, da revisionare. Ma ci penserò dopo, una volta arrivata alla conclusione. Per il momento l'importante è finire, anche se non so ancora come.

Vado avanti a scrivere tutta la notte, mi concedo un riposo di sole due ore. Nonostante la stanchezza accetto di incontrarmi con Kelly alla crêperie.

«Quindi con Rudy? Tutto bene?» Attacco io ancora prima di sederci al tavolino per deviare il discorso su di lei impedendole di chiedermi ciò di cui non mi va proprio di parlare.

Inaudito! Non ho nemmeno fame. Non ho neanche voglia della mia deliziosa crêpe al cioccolato fondente. La ordino lo stesso, solo per non destare troppi sospetti in Kelly e anche in Camille che ci raggiunge al tavolo per prendere le ordinazioni.

«Sì, tutto bene. Fin troppo.» Kelly sorride, sembra quasi in estasi.

Inconcepibile! Kelly e Rudolph Valentine. E io non sono nemmeno nelle condizioni di fare dell'ironia e prenderla in giro. Ho lo stomaco bloccato. Come se il kickboxer professionista si fosse accanito contro di me non concedendomi tregua.

Cosa diavolo mi sta succedendo? Non mangio, non dormo... Lo stress non mi aveva mai tolto l'appetito.

Brianne entra affannata, sembra sempre dominata dalla necessità assoluta di correre da qualche parte. In questo momento mi ricorda più che mai il Bianconiglio di Alice nel paese delle meraviglie, sempre in ritardo e sempre indaffarata. Si siede al nostro tavolo nel momento in cui anche Camille arriva con le nostre crêpe.

«Allora? Come va con il vicino tatuato? Ti sei messa con lui? Hai deciso se portarlo alla festa? La storia come procede? Quando me la consegni? Posso iniziare a leggere qualcosa? Il tempo passa, tic-tac!»

Ci sono anche le altre a questo tavolo. Perché se la deve prendere con me?

«No, non mi sono messa con lui. No, non lo porterò alla festa. Non so neanche se porterò me stessa alla festa. La storia procede. Appena inizierò la revisione ti manderò la prima parte.» Ho dimenticato qualcosa?

«E Alex?» Brianne si siede e appoggia la borsa e tutti i suoi sacchetti e cartellette.

«Non saprei... ma credo che se resterà a Londra ci verrà.» Non intendo affrontare altri discorsi in proposito. Restiamo sulla festa di cui in questo momento non mi importa proprio niente.

«Non fare la finta tonta, Faye. Non parlavo della festa. Lo abbiamo capito tutti che tra te e Alex...»

Brianne non desiste. Fulmino Kelly con lo sguardo che però solleva le mani con l'intenzione di dimostrare la sua innocenza.

«Non guardare me, io non ho detto niente.»

Quindi è stato così evidente. Ma ciò che mi sconcerta, anzi mi sconvolge... è diventato evidente solo ora?

«Non ne ho davvero idea. Sono confusa.» E detesto il fatto che ne sto parlando con le amichette come la protagonista di un romanzetto rosa. Provo un immenso, incommensurabile disgusto per me stessa. E sento lo stomaco contorcersi. Non solo non ho fame. Ho la nausea.

Allontano il piatto con la mia adorata crêpe, appena assaggiata. Non riesco più a ingoiarne nemmeno un altro pezzo. Brianne, al contrario, l'accoglie con favore.

«Io se devo essere sincera l'ho sempre pensato che ci fosse qualcosa di più tra voi. Anzi, credevo che stessi con lui ma per chissà quale motivo non volessi renderlo pubblico. Poi certo, quando si è sposato…» Brianne con nonchalance si mangia la mia crêpe e confessa la sua opinione segreta su me e Alex.

«Ma davvero io non credevo…» Non riesco nemmeno a concludere la frase. E non ne ho nemmeno l'intenzione. «Non ci voglio pensare. Andrò a casa a lavorare, voglio concludere la storia prima possibile così potrò finalmente dedicarmi alla revisione.»

Ecco, almeno questa è la verità. Incrocio gli sguardi di Brianne, Kelly e Camille. In questo momento leggo nei loro occhi una profonda compassione nei miei confronti. Mi sento davvero una povera donna senza speranza. Forse non è quello che intendono comunicarmi ma è proprio ciò che percepisco.

E comunque non è che io debba per forza provare qualcosa per qualcuno. Non sono costretta. Niente e nessuno mi convincerà o mi farà sentire inferiore perché non c'è un uomo nella mia vita. O perché ce ne sono due che mi stanno attualmente confondendo le idee. Magari si sono anche messi d'accordo… Magari è un complotto. No, Faye fermati! Niente tesi complottistiche in questa storia.

«Probabilmente il rapporto tra te e Alex è rimasto… come dire… indefinito… inesplorato.» Quindi anche Camille segue la stessa linea di pensiero. Inesplorato? Ma se non c'era proprio nulla da esplorare! Mi chiedo come mai non mi abbiano mai fatto presente prima che tra me e Alex sembrava ci fosse qualcosa, se era così evidente agli occhi di tutti tranne che ai miei.

«Se non è mai stato definito ed esplorato prima, sicuramente non è il caso di definirlo ed esplorarlo ora. Vado a casa a scrivere, ci vediamo quando avrò finito. Forse.»

Mi alzo, quasi con uno scatto. Odio le definizioni. Ancora più del solito. Afferro la mia borsa, appesa allo schienale della sedia. Le mie amiche mi stanno osservando come se fossi un'aliena o come se fossi posseduta dallo spirito della commedia romantica con la protagonista impegnata in un triangolo amoroso che le logora il cuore e la mente.

In realtà a me non importa proprio niente. Vorrei solo tornare come prima. La stessa Faye Lizzy Sandstrom che si abbuffava di patatine e pizzette da mezzanotte in poi. La stessa con l'avatar di Mercoledì Addams come foto del profilo di facebook, con lo stesso atteggiamento provocatorio, irreverente e cinico. La solita me, insomma!

Alla stazione di South Kensington non so se prendere l'autobus che mi arriva di fronte quasi in contemporanea o se andare a casa a piedi. Chissà come mi è venuta tutta questa voglia di camminare ultimamente. E non devo nemmeno smaltire perché non ho mangiato niente.

L'autobus riparte e io rimango immobile e apatica a fissarlo mentre si allontana. Lo seguo con lo sguardo. La scelta è tra aspettare il prossimo o andare davvero a casa a piedi. Di solito l'attesa non è mai troppo lunga, ma io inizio a camminare.

Arrivata a Fulham, invece di andare a casa decido di prendere la direzione del parco. Mi siedo su una panchina, non la solita, non quella mia e di Derek. E nemmeno quella dove ci siamo baciati per la prima volta. Sento una profonda ostilità nei confronti del mondo intero. In questi ultimi giorni tutto è stato messo in discussione. Chi sono io, che cosa voglio fare della mia vita. Mi sembra un po' tardi per essere costretta ad affrontare questi problemi esistenziali. Ho paura e ho la sensazione che il mio tempo stia volando via, mi stia sfuggendo tra le mani.

Mi riscuoto allo squillo di un messaggio al cellulare.

"Scusami. È stato un momento di nostalgia che non so come spiegare. Ero confuso. Torno a casa."

Grazie Alex. Grazie infinite per avermi trascinata nel tuo "momento di nostalgia" confondendo anche me! Sai cosa? Anche io l'ho avuto il mio dannato "momento di nostalgia" quando è apparsa quella tua Sally che non conoscevo e non mi è mai nemmeno stata particolarmente simpatica. Ma ho lasciato perdere. Ho rispettato la tua scelta. Mi sono detta che se andava bene a te... Invece tu, tu hai dovuto interferire tra me e Derek. Perché a me doveva per forza andare bene Sally, ma tu su Derek hai avuto da ridire per chissà quale motivo! Tu, per il tuo fottuto "momento di nostalgia" mi hai fatto pensare a qualcosa... trascinando con te anche me, tutti gli altri...

Butto il cellulare nella borsa con rabbia, senza rispondere al messaggio. Non so nemmeno io se il mio stato sia dovuto alla storia che mi è stata affidata o a una concatenazione di eventi. Forse sarebbe accaduto comunque, anche se avessi iniziato a scrivere un thriller o un horror. Derek si sarebbe comunque trasferito nell'appartamento accanto al mio. Probabilmente ci sarei inevitabilmente finita a letto. O forse no. Ormai nemmeno mi importa.

Mi alzo per avviarmi verso casa. Lancio un'occhiata al Sainsbury's riflettendo sul fatto che non mi è rimasto quasi più nulla di commestibile ma che comunque non mi servirebbe perché ho lo stomaco chiuso. Decido di rinunciare. Oltre allo stomaco chiuso mi sta venendo anche un gran mal di testa.

Mi mordo le labbra mentre percorro il breve tratto di strada che mi separa dal mio appartamento. Mi sento offesa, tradita. Come se fossi diventata la valvola di sfogo di chiunque, come se non importasse a nessuno quello che penso, quello che voglio. Mi sento usata dal mondo. Le mie parole non saranno mai veramente mie, non sarò mai degna di considerazione, qualunque cosa io decida di fare di me stessa. Sarò sempre un ripiego, quella da usare perché non c'è niente di meglio intorno. Quella a cui dire "sei stata brava, ma gli altri sono meglio."

Apro il portoncino, mi passo le mani sul viso salendo le scale. No, anche un principio di lacrime proprio no. Non è giusto, non me lo merito. Non sono il tipo di persona che si mette a piangere senza un motivo veramente serio e ragionevole.

Potrei trasferirmi, andare altrove almeno per un po'. Ma dove?

«Faye...»

Lo vedo proprio davanti alla mia porta. Che poi si trova a poca distanza dalla sua.

«Ciao, Derek.» Non so come proseguire. Sembra stanco, meno vitale e sorridente del solito.

«Faye, ascoltami. Qualunque cosa ti abbia detto...» Anche molto teso, nervoso. Non capisco di cosa stia parlando. Ah, sì... deve aver restituito Pongo alla sorella. Per questo si sentirà giù di morale e ha quell'aria così abbattuta.

«Derek...» Mi sforzo di sorridere e lo bacio sulle labbra. Gli accarezzo le braccia. «Va tutto bene, ora sono qui. Posso aiutarti a stare meglio, forse?»

Mi cinge per la vita e ricambia il mio bacio con tenerezza mista a passione. Qualcosa in me si ricompone, torna al suo posto. Mi sento improvvisamente bene. Mi sento salva, viva, al sicuro.

«Casa mia o casa tua?» ride sollevandomi mentre mi aggrappo a lui e lo circondo con le gambe. «Il pianerottolo mi sembra disdicevole.»

«Mmh... certo, i vicini potrebbero parlare...» Lo afferro per la nuca immergendo le dita tra i suoi capelli. Mi stacco un istante e lo guardo negli occhi. «Mi sei mancato.»

«Mi era sembrato di intuirlo, Faye.» Mi trattiene in braccio accarezzandomi la schiena con entrambe le mani. «Quindi non sono il solo. Anche tu tendi ad affezionarti...»

CAPITOLO 39

Dove siamo finiti? Quasi non ricordo. Apro gli occhi e mi guardo intorno. È la mia camera. Il mio letto. Casa mia, dunque.

Resto immobile dando solo uno sguardo con la coda dell'occhio. Sta ancora dormendo, accanto a me. Sorrido e mi mordo le labbra. Sì, decisamente mi è mancato. Deve per forza finire tra noi appena terminata la storia? No che non deve!

Mi sollevo leggermente per guardarlo meglio. Non l'avevo mai visto dormire. Non così, almeno. Sembra molto tranquillo, sereno. Molto bello soprattutto. Penso di alzarmi per andare a fare la doccia. Poi magari potrei preparare la colazione.

Mentre mi volto e sto per appoggiare i piedi a terra mi sento trattenere per il polso. Giro la testa e gli sorrido.

«Buongiorno… vado a preparare la colazione.»

Credo che mi lasci andare, invece mi trattiene ancora. Anzi, mi attira e sé quasi con forza, con vigore e finisco su di lui. Gli accarezzo il petto con le mani, mentre lui mi cerca le labbra quasi ansiosamente.

«Infatti ho molta fame, ma la colazione può aspettare Faye.»

Poco mi importa di cosa dovrei o non dovrei fare. Mi lascio guidare dalle sensazioni, da ciò che provo. Sto bene. Con Derek sto bene e non voglio che finisca tra di noi. Indipendentemente dalla storia. Indipendentemente da tutto e da tutti.

Mi afferra per i fianchi trascinandomi completamente sopra di sé. Sospiro accarezzandogli le spalle mentre le sue labbra scendono a baciarmi il collo e il seno.

«Derek…»

In un attimo tutto svanisce, completamente. Mi prende, mi piace, lo voglio per me. Non lo lascerò andare. Troverò il modo. Chi se ne frega della storia. Posso anche inventarmene un'altra.

Sì, ora che sento il suo corpo gemere con il mio mi sembra di potermi inventare tutte le storie di questo mondo. Fantascientifiche, fantasy, thriller, romantiche, chick lit. Mi sembra di essere diventata una fonte inesauribile, la mia immaginazione potrebbe non avere più limiti. Potrei anche decidere di scrivere per la gioia di scrivere, non solo per un lavoro che sono costretta a portare a termine per un'altra persona che da sola non è in grado di farlo.

Resto con la fronte appoggiata alla sua. Mi cinge forte con le braccia, come se non volesse lasciarmi andare mai. Nonostante tutto è proprio questo che percepisco in lui, come se temesse un allontanamento, un improvviso distacco. Forse è davvero triste per aver riconsegnato Pongo alla sorella. Non ne abbiamo nemmeno parlato.

Gli accarezzo il viso e lo bacio dolcemente. «Va tutto bene?»

«Sì… solo credevo che…» sospira e mi bacia la spalla. «Ero convinto che non volessi più…»

«Sono stata un po' impegnata, mi dispiace… e poi…» E poi cosa? Sono stata confusa. Lo sono ancora in parte. La storia, Alex, le bugie che ho raccontato. Innocenti forse, ma pur sempre bugie. Devo trovare il modo di dire la verità e vedere che cosa succederà.

«Non dire niente, non voglio sapere niente…» sorride, si gira e mi fa ricadere sul letto, afferrandomi le braccia. Mi guarda negli occhi, improvvisamente serio. «Mi basta solo che sei qui adesso. E sei mia.»

"Sei mia." Due piccolissime, enormi parole. Sua. Sì, sua. In questo momento ha ragione. Sono sua. Con il corpo, con la mente. E forse anche con un pezzo d'anima.

CAPITOLO 40

«Voglio qualcosa di nuovo nella vita, Derek. Mmh… magari potrei prendermi qualche diploma e poi l'abilitazione per insegnare yoga come te.» Sorrido e appoggio la testa sul suo petto, cerco la sua mano e intreccio le dita con le sue per poi sollevare lo sguardo su di lui.

«Allora non insegnerai affatto yoga, amica…» Mi strizza l'occhio e mi bacia la fronte.

«Okay, come Frances allora. Anche se ne ho ancora tanta di strada da fare… Lo so, amico.» Gli mordo il collo per gioco. «A proposito, mi ha mandato dei video. Ho scaricato i file sul pc ma non sono riuscita ad aprirli, c'è come un blocco… boh, non ci capisco nulla, non so come fare.»

«Se vuoi poi posso provare ad aprirli.» Mi sfiora il viso con le dita mentre mi sistema i capelli che piovono sul suo petto. «Così diventerai una grande insegnante di yoga.»

«Dopo però… ora sto morendo di fame! Ho bisogno di energie. I miei muffin al cioccolato ipercalorici che tengo nascosti nell'armadietto.»

Sì, ho proprio fame. Mangerei di tutto in questo momento, non solo i muffin ipercalorici al cioccolato. Sempre che ci decidiamo ad alzarci.

Derek sorride e mi sfiora le labbra. Se va avanti così l'unica certezza della mia vita sarà che non mi muoverò mai più da questo letto.

Invece no. Il telefono… chi sarà a rompere? Lo squillo del mio cellulare proviene dalla borsa, abbandonata per terra in qualche angolo della stanza che al momento non riesco a identificare. Sbuffo e mi stacco dalle labbra di Derek per sollevare la testa e guardarmi intorno. La intravedo ai piedi del letto e mi allungo per raggiungerla.

Riesco a recuperare il cellulare. Brianne. Cosa vorrà adesso? Continuo a fissare lo schermo indecisa. Non mi va di rispondere ora, proprio no.

«C'è qualcosa che non va?» La voce di Derek è dolce, carezzevole. Come il richiamo di una sirena tentatrice. No, un tritone diciamo. Anche se un tritone come idea sembra meno seducente della sirena.

«Mmh… no. Insomma, lavoro…» Nulla contro Brianne, ma non mi va assolutamente di rispondere. Pessimo tempismo, Brianne.

«Tranquilla, rispondi pure.» Si alza e recupera i suoi vestiti. «Io vado a preparare la colazione intanto.»

Mi accarezza i capelli passandomi accanto, io afferro la sua mano e annuisco. Sistemerò la situazione con Brianne, mi inventerò qualcosa.

«Grazie. Dammi qualche minuto e ti raggiungo.»

Finalmente mi decido a rispondere. Forse per telefono non riuscirò a dire a Brianne tutto quello che penso.

«Brianne…» Non so nemmeno io da che parte iniziare. «Ascoltami, non posso parlare adesso…»

«Perché stai bisbigliando, Faye?» Sto bisbigliando? Non lo so, ma intanto bisbiglia anche lei forse imitando il mio tono di voce. «Sei impegnata? Ho interrotto qualcosa…»

«Mmh… no, no…» sbuffo e mi rimetto seduta sul letto. «Però… insomma per quanto riguarda la storia, ne parliamo dopo. Io farò del mio meglio te lo prometto…»

Farò del mio meglio. Tutto dal principio in meno di tre settimane. Tenendo conto della revisione, direi due settimane per un abbozzo di trama e la scrittura vera e propria. Un suicidio, insomma. Ma ce la posso fare. Mi è già capitato di scrivere romanzi piuttosto lunghi in meno di un mese, anche se erano del mio genere. Mi sento fiduciosa.

Mi trattiene ancora. È incredibilmente curiosa. Vorrebbe sapere tutto, dettagli indecenti compresi. Anzi, mi suggerisce di inserirli tutti quanti nella storia e di non preoccuparmi di scrivere cose troppo spinte. Tanto sono la moda del momento.

Sì, sì certo. Lo so bene che sono la moda del momento. Ma io non ci penso proprio. Non ho intenzione di condividere Derek con quell'attrice di cui non conosco nemmeno il nome. C'è già Anita che gli gira intorno. E Candice e tutte le donne della palestra. Mettiamo poi che questa ignota cliente attrice si prenda una sbandata per il mio personaggio e lo venga a cercare! Anzi, viene a cercare proprio Derek e lo vuole per sé portandomelo via. Essendo un'attrice, magari famosa, bellissima e potente, potrebbe anche riuscirci. E non mi sta bene! Oppure potrebbe essere ossessionata da lui, come la donna di *Attrazione fatale*. Anche se ci vedo più Anita in quel ruolo. Comunque, ecco sfornata una trama. Ma non intendo sfruttarla. Perché comunque il mio personaggio maschile non sarà mai Derek.

Riesco finalmente a liberarmi di Brianne, promettendole di farmi sentire nel primo pomeriggio per metterci d'accordo e incontrarci. Ho la sensazione che mi abbia trattenuta al telefono un'eternità. Secondo me è interessata anche ai retroscena piccanti e vorrà sapere anche com'è andata a finire con Alex. In realtà non lo so nemmeno io… Se n'è andato, è tornato a Leeds e io non ho nemmeno risposto al suo messaggio. Non sapevo cosa rispondere. Non lo so neanche ora. Più tardi ci penserò con calma e gli risponderò. Spero che tutto si sistemi. Purtroppo, non torneremo più come prima, ma questo già si sapeva. Non siamo più come prima già da tempo, ormai.

Mi infilo la maglietta per raggiungere Derek in cucina. Non lo trovo. Allora vado a cercarlo in soggiorno. E lo trovo. Seduto al mio tavolo. Di fronte al mio computer. Il mio computer che avevo lasciato aperto, in standby ieri, prima di uscire.

Mi guarda e io capisco. Anzi, temo di capire. Spero ancora di sbagliarmi. Spero che lo sguardo che mi rivolge non sia dovuto a ciò che può aver trovato.

«Volevo solo provare a farti funzionare quei file...» Il suo tono di voce è asciutto, distaccato. Non sembra nemmeno appartenere a lui.

«Derek... io...» Cerco di riorganizzare i pensieri per trovare qualcosa da dire, senza riuscirci.

«Io non volevo...» Si alza e prima osserva un punto indefinito oltre me, oltre la mia testa. Poi abbassa gli occhi e li socchiude leggermente. «Il file era aperto.»

«È una cosa che io...» Questi stronzi di pensieri, devo organizzarli in fretta! Invece sono come bloccata, imprigionata nelle mie stesse parole. L'unica opzione che mi rimane è la verità. «Ascolta, Derek. Io sono una scrittrice. Non una...» Lasciamo stare le uova di Pasqua. Finirei per peggiorare la situazione. «Non proprio una scrittrice. Sono una ghostwriter, non so se sai cosa faccio esattamente. Forse è un po' complicato da spiegare come lavoro ma per farla breve, nel mio caso... scrivo romanzi per conto di altri, ecco.»

Rimane in silenzio. Perché non risponde? Perché non rimane sorpreso alla notizia? Forse perché ha visto anche il sito della Ghostly? Non so se lo avevo lasciato aperto...

«Hai usato la nostra storia. Il nostro incontro...» Ora mi fissa con aria circospetta, stringendo gli occhi. Mi arrivano come dei lampi di luce azzurro verde.

Maledizione! Non riesco a interpretare il suo sguardo, il suo atteggiamento. Sembra aver annullato qualsiasi emozione. Non riesco a capire se è sorpreso, leggermente arrabbiato, completamente incazzato... oppure indifferente. Però con un po' di fortuna potrebbe anche trovare la cosa divertente e scoppiare a ridermi in faccia. Perché a questo punto qualunque cosa è possibile. E io lo spero... spero tanto, forse anche troppo, che la sua reazione sia proprio questa.

«È soltanto una storia...» sospiro e mi stringo le mani. «Ed era una cosa nuova per me, perché...» Mi chiedo fino a che punto avrà letto. Inizio a temere che si sia beccato solo il peggio. Non che ci sia granché di meglio, purtroppo.

«Hai usato me.» Non mi sembrano le parole di uno particolarmente divertito. «Mi hai usato per una storia. Fin dal principio.»

Ecco, detto in poche parole. È proprio così. Negare non posso. Confermare non voglio. Perché poi... insomma...

«Mi hai raccontato balle fin dall'inizio, quindi.» Si avvicina a me. Allungo la mano verso di lui, intenzionata a sfiorare il suo braccio. Ma lui mi evita e si sposta lateralmente. Non lo aveva mai fatto. Non aveva mai evitato un contatto con me, prima d'ora. «Credo sia meglio che io vada.»

«No, Derek. No, ti prego ascoltami...» Afferro il suo braccio e lo trattengo con forza per evitare che lui si liberi facilmente della mia stretta. «Quello che hai letto... è solo una sciocchezza. Non ha alcun valore, davvero. Anzi, la cancellerò proprio tutta. La cancello immediatamente! Guarda, ora ti faccio vedere che la cancello! E non l'ho salvata da nessun'altra parte...»

Mi dirigo decisa verso il mio pc. In questo momento lo scaraventerei fuori dalla finestra accanto al tavolo.

«Non è il caso, Faye. Non cambierebbe nulla.» Mi guarda serio e scuote la testa. «Fanne pure quello che vuoi. Usala, vendila... Resta il fatto che mi hai mentito quando ci siamo incontrati e hai continuato a mentirmi. A usarmi per una storia senza dirmi niente. Mentre io...»

Qualcosa lo turba. Qualcosa che va oltre me, la storia, noi. Non capisco. Forse non ha più nemmeno senso che io capisca.

«Mi dispiace. Per quel che può contare, Derek.» Mi riavvicino a lui. Appoggio le mani sul suo petto e poi sulle sue braccia. Mi mordo le labbra cercando di attirarlo a me, di incrociare il suo sguardo. «L'inizio è vero, è stato così. Io dovevo scrivere questa storia da consegnare a un'attrice che ha deciso di sfondare anche come scrittrice. Non sapevo come fare, poi sei comparso tu... Quindi io ho provato a immaginare una storia, senza rendermi conto che giorno dopo giorno è diventata la nostra storia...»

«Tutto quello che hai fatto con me l'hai fatto in funzione di una storia che dovevi scrivere per lavoro...» Sfiora le mie braccia e poi prende le mie mani. Ma solo per allontanarmi. «Ho capito, Faye. Mi è chiaro ora. Se ne hai avuto abbastanza è davvero meglio che vada ora. Non credo di servirti ancora.»

CAPITOLO 41

Mi serve ancora, invece. Ma serve a me. Non alla mia stupida storia. Però ha deciso di andarsene e io non so come fare per trattenerlo. Temo che non mi crederebbe. Starà comunque qui accanto. Magari dandogli un po' di tempo e di spazio…

Accidenti, perché non capisce? Sì, va bene. All'inizio l'ho usato. Anche un po' dopo l'inizio. Fino a pochi giorni fa, insomma! Quanto può aver letto, maledizione? Magari scorrendo rapidamente le pagine ha visto tutto.

Dovrei incontrare Brianne, come d'accordo, ma non ne ho voglia. Fortunatamente mi avverte che nel primo pomeriggio avrà degli impegni, quindi è costretta a rimandare. Dovrei spiegarle che non avrà la storia. Quella storia per l'esattezza.

Ricevo un messaggio da Kelly. Accetto di vederla alla crêperie. Non me la sento di parlare di quello che è successo con Derek, ma forse un punto di vista esterno mi sarà utile.

C'è sempre qualcosa che va storto nella mia vita. Mi preparo per uscire. Respiro profondamente una volta fuori, muovo qualche passo verso la sua porta. Sono trascorse alcune ore, magari mi vorrà parlare adesso. Mi rendo conto che potrebbe pensare che sia stata tutta una farsa, ogni momento passato insieme, ogni attimo in cui abbiamo riso, scherzato. Ogni volta. Ogni bacio. Forse anche io lo penserei. Ma non è stato così. Nemmeno quando lo stavo davvero usando per la mia storia.

Provo a suonare il campanello e attendo. Aspetto i suoi passi. Che venga ad aprirmi. Che mi attiri a sé per stringermi, per baciarmi fino a togliermi il fiato. Invece niente. Riprovo a suonare ma sono già consapevole che non accadrà ciò che vorrei. Così evito di aspettare e me ne vado. Scendo le scale per percorrere la solita strada verso la fermata dell'autobus. Non salgo al piano superiore come al solito. Resto giù per evitare di pensare. Le volte che siamo andati in palestra. Il braccio che mi passava intorno alle spalle. Avrei dovuto approfittare di un momento tranquillo per raccontargli cosa facevo realmente nella vita. E in ogni caso ci sono stati così tanti momenti... Non potrà restare arrabbiato con me per sempre per una stupida storia che non ho intenzione di consegnare. Mi perdonerà. Certo, mi dovrà perdonare.

«Digli chiaramente che sei interessata a lui! Non solo che butterai la storia perché ti ha beccata!» Kelly addenta la crêpe salata che abbiamo ordinato per pranzo. Non mi sono mai resa conto prima che la nostra dieta si basa quasi esclusivamente su crêpe, pizza e patatine. Muffin al cioccolato ogni tanto.

«Interessata a lui...» ripeto come un automa, con un tono di voce piatto e con lo sguardo fisso su Kelly che appoggia la forchetta e solleva su di me gli occhi castani, spazientita.

«Sì, perché è proprio di questo che si tratta Faye. Sei interessata a lui. Ti piace e molto! Sei completamente cotta, andata!» Annuisce convinta e io non so se stia tentando di spingermi a reagire al mio stato di apatia o di convincermi di qualcosa di cui non sono ancora del tutto consapevole. «Alex se n'è tornato a Leeds e tu te ne sei fregata e sei andata a cercare Derek. Non lo avresti mai fatto prima. Alex è sempre stato il tuo punto debole. Più di chiunque altro.»

«Probabilmente hai ragione» sbuffo e cerco di scuotermi, inclino la testa massaggiando la mia solita spalla dolorante. «Non mi sono neanche occupata di sistemare la situazione con Alex per stare con Derek. Anzi... in realtà non ho nemmeno risposto al messaggio che mi ha mandato avvisandomi che partiva. Ce l'ho con lui, perché...»

Perché, forse involontariamente, si è intromesso tra me e Derek. Perché mi ha confessato qualcosa che non volevo sapere. Non ora. Mi sono sentita in trappola, obbligata a scegliere.

«Quindi la soluzione resta solo una, Faye. Parla con Derek. E non aspettare troppo tempo!»

Sì, certo! Dice bene lei. Fosse facile!

«Ma io… non so come fare. Non mi vuole parlare, non mi apre la porta…» E soprattutto… come faccio a dirglielo?

«Allora lo perderai.» Kelly si stringe nelle spalle e addenta di gusto la sua crêpe, mentre la mia è rimasta intatta. «Se invece lo vuoi, troverai il modo per parlargli. Magari invitalo alla festa, così saprà esattamente con cosa hai a che fare. E perché hai tentato di usarlo per una storia. Mi sembra una buona opportunità.»

«Sì, immagino. Tu sei brava in questo. Ma si tratta di un uomo, non di marketing. Non posso convincerlo di qualcosa se non vuole essere convinto!» Scuoto la testa e mi decido a mangiare. Tanto vale sfogare il dispiacere sulla crêpe. «E poi io comunque non ho intenzione di partecipare alla festa.»

«Ma come no?» Si appoggia con la schiena alla sedia e mi guarda seria, incrociando le braccia. «Ci andrò anche io che odio le feste!»

«Kelly… io non consegnerò la storia alla Ghostly, quindi mi licenzieranno, quindi niente festa per me! Inutile partecipare, ecco! Sarò fuori, esclusa, dimessa, esiliata, cancellata…» Cerco altre parole che esprimano più chiaramente il concetto ma alla fine mi rassegno.

Perso il lavoro, perso l'amico, perso l'uomo che mi piace. Ecco la fine della storia, la mia almeno. Quei dannati romanzi sentimentali invece, a meno che non si pianifichi intenzionalmente fin dall'inizio di strappare l'anima e spezzare il cuore ai lettori, finiscono sempre meravigliosamente bene!

«Perché non gli scrivi una bella lettera?» Camille, che è stata impegnata finora con la preparazione delle crêpe, a quanto pare non si è persa nemmeno una parola della nostra conversazione. «Questo potrebbe modificare l'esito della storia, almeno con Derek. Credo che al momento la cosa più importante per te sia sistemare le cose con lui. Il resto si aggiusterà in un modo o nell'altro...»

«Gli ho già spiegato tutto a voce» sospiro agitandomi sulla sedia. «Non ne vuole più sapere di me. Si è sentito preso in giro. Pensa che sia stata tutta una farsa e la verità è che non posso dargli torto. La lettera non cambierebbe nulla... e poi non le so scrivere belle lettere io, mi uscirebbe un disastro. Ho problemi anche con i biglietti di auguri natalizi!»

«Sai come si dice, Faye? Verba volant, scripta manent.» Camille prende una sedia libera e occupa un altro lato del nostro tavolino. «Se tu gli parli e lui si ostina a non volerti ascoltare, continuerà a non volerti ascoltare. Se gli scrivi, invece... dovrà almeno fare lo sforzo di leggere. Poi leggerà ancora magari... e ancora. Se userai parole dolci e affettuose potrai fare breccia nel suo cuore e scalfirlo poco alla volta.»

«Tu sei davvero troppo romantica, Camille!» La indico con la forchetta con cui ho infilzato un pezzo di crêpe. «Potrebbe rifiutarsi di leggere la lettera, strapparla, farla a pezzi... quindi niente breccia e niente cuore scalfito.»

Torno a casa. Rimpiango la mia vita. La mia vita stressante, monotona ma relativamente tranquilla. La mia scrittura sempre uguale a se stessa. Le mie occhiaie. Va bene, quelle in realtà sono rimaste, indelebili come sempre. Ma ora sembrano essersi intristite pure loro! Prima erano occhiaie felici... no, forse non proprio felici ma almeno serene.

Non so più cosa pensare. Non so nemmeno più se valga la pena pensare. Mi siedo al tavolo di fronte al mio computer. Forse dovrei cancellare davvero quel file, eliminarlo dalla faccia del pianeta.

Parlare con Derek. Di nuovo. Dirgli che sono interessata a lui. Sono interessata a lui? Accidenti. Devo spogliarmi del mio rivestimento cinico e non è affatto semplice. Sono stata cinica tutta la vita. La mia vita da Mercoledì Addams dalla battuta sarcastica e pungente sempre pronta.

Scrivergli una lettera in cui raccontargli tutto. Com'è stata la mia vita fin dall'inizio. Sì, va bene, non esageriamo! Non dall'infanzia. Perché ho scelto lui. Che poi in realtà non l'ho scelto, mi è capitato. Dopo l'ho scelto. Anzi, adesso l'ho scelto. Lo sceglierei se me ne desse la possibilità. Okay, meglio non sbilanciarmi. La cinica che ancora alberga all'interno della mia coscienza mi striglia richiamandomi indietro. Di certo non posso mostrarmi troppo patetica.

Allora, tiriamo le somme. Il suggerimento di Kelly non è attuabile se lui non mi vuole parlare e non mi apre la porta. Chiamarlo al telefono, forse. No, peggio. Odio il telefono. Di solito evito anche di rispondere. Un messaggio su facebook mi sembra fuori luogo considerato il primo post che avevo scritto su di lui… No, no. Rabbrividisco al solo pensiero.

Non mi resta che seguire il consiglio di Camille. La lettera. Se voglio recuperare il mio rapporto con lui. Anche se… accidenti, io mi vergogno! Io non le ho mai fatte queste cose. Però lo voglio, dannazione! Mi manca. Voglio le sue braccia intorno, voglio i suoi baci. I suoi occhi azzurri tendenti al verde.

Tamburello le dita sul tavolo. Ormai ho esaurito anche i consiglieri. Kelly e Camille si sono già espresse. E sono abbastanza certa che Sean e Brianne mi direbbero le stesse cose, anche se magari con parole diverse. Sospiro profondamente. Una, due, tre volte.

Ho bisogno di allontanarmi per un po' per fare il punto della situazione. Non ho intenzione di usare la storia che ho scritto per il mio incarico. Quindi i casi sono due: o riesco a scriverne un'altra nel tempo record di due settimane, oppure ammetto la disfatta, non rispetto la scadenza e rischio di perdere il mio lavoro.

Qui però non posso restare. Ho davvero bisogno di allontanarmi. Magari andare a stare un po' dai miei nello Yorkshire. Potrei anche cogliere l'occasione per chiarirmi con Alex e sistemare le cose con lui.

Ma resta l'altro problema. Il problema. Derek.

Cerco il file di *Il vicino tatuato* sul mio pc. È ancora lì. Rimasto aperto da quando lui lo ha visto. Anzi, ancora da prima. Scorro le pagine word dalla prima all'ultima e inizio a scrivere. Una parola dopo l'altra. Dimenticando il mio dovere nei confronti della Ghostly, rimuovendo dalla mente l'obbligo di scrivere un romanzo sentimentale, un chick lit romantico, divertente e frizzante.

Scrivo di noi riprendendo da dove avevo lasciato. La nostra storia. La verità. Le sensazioni che ho provato, senza esagerare e senza usare paroloni che non mi appartengono. Non sono una persona dolce. Non lo sono mai stata e non posso fingere di esserlo. Ma una cosa è vera. Derek mi interessa, molto. Vorrei continuare con lui. Qualunque cosa sia vorrei che restasse nella mia vita. Far parte della sua. Provare a capire.

Così scrivo, scrivo. Vado avanti per ore senza rendermi conto che intanto fuori si è fatto buio. Me ne accorgo solo quando ho finito la mia storia, quella vera, voltando il viso verso la finestra.

Apro il piccolo astuccio che ho accanto al mio pc e cerco una chiavetta usb che tengo di scorta, completamente libera. Ecco *Il vicino tatuato* ora è rinchiuso in questa piccola cosa di plastica che stringo nella mano. Dopo l'operazione elimino il file dal mio computer e svuoto anche il cestino. Cancellato per sempre.

Mi alzo e raggiungo la stampante. Prendo un foglio bianco e una busta dal pacchetto appoggiato di fianco. Recupero anche una penna e torno a sedermi al mio tavolo, allontanando il portatile. Fisso il foglio e sospiro incerta. Vorrei quasi che le parole si scrivessero da sole, vorrei essere in grado di esprimermi con l'aiuto del pensiero. Sospiro di nuovo e chiudo gli occhi. La verità. Non è poi così difficile, ce la posso fare. Ce la devo fare.

"Ciao Derek,

in questa chiavetta c'è il file della storia che hai letto sul mio computer. L'ho conclusa. Lì non esiste più, l'ho cancellata definitivamente. E non ne ho salvata un'altra copia, l'unica è questa. Non ho intenzione di consegnarla all'agenzia per cui lavoro, non ho intenzione di usarla mai, in alcun modo. Nemmeno in parte. Avevo intenzione di usare te, questo è vero. Mi è stata richiesta una storia di un genere diverso da quelli che sono abituata a scrivere e non sapevo da che parte cominciare. Sei capitato tu quel giorno al parco, insieme a Pongo. Io non sono brava a dire certe cose, non sono brava nemmeno a scriverle. Però non è stata tutta una finzione, tra di noi. Mi sono lasciata ispirare perché avevo bisogno di scrivere una storia. Poi la storia ha preso il sopravvento sul mio lavoro, sui miei amici, sulla mia vita, su di me. Ora la consegno a te. Fanne quello che vuoi. Io me ne vado per un po'. Qualsiasi cosa tu deciderai di fare, sia della storia sia di noi, mi starà bene. Spero di trovarti quando torno, lo spero davvero. Ho appena scoperto che anche io tendo ad affezionarmi.

Faye."

CAPITOLO 42

Ho sorpreso anche i miei tornando a casa da un momento all'altro. Dopo aver scritto "la lettera" e averla messa nella busta insieme alla chiavetta, ho prenotato un treno per Bradford. Il primo del mattino. Non ho quasi dormito per non rischiare di perderlo, non sono mai stata brava a svegliarmi e comunque non avevo sonno. Non sono riuscita ad addormentarmi. Ho continuato a immaginare tutte le possibili reazioni di Derek leggendo la mia lettera. Sono arrivata addirittura a visualizzarmi la scena. Nel migliore e nel peggiore dei casi.

Uscita dal mio appartamento mi sono fermata davanti alla sua porta. Non ho suonato il campanello. Ho semplicemente lasciato scivolare la busta nella fessura destinata alla posta. Poi mi sono voltata e scendendo le scale ho pensato che una parte della mia vita restava lì. Ho resistito alla tentazione di voltarmi ancora una volta.

È stato mille volte peggio che consegnare o inviare i file delle mie storie a Brianne per la Ghostly. Forse perché temo il giudizio di Derek più del suo. Più di quello dell'eventuale cliente. Addirittura, credo di temerlo ancora di più di quello di The Voice in persona. Il giudizio di Derek non riguarderà solo la storia, la mia capacità di scrivere. Anche perché non mi importa ciò che pensa della mia scrittura. Il suo giudizio riguarderà me. E io in me stessa ho davvero scarsa fiducia.

Arrivata a casa dei miei, lavoro seduta alla scrivania che si trova ancora nella mia stanza, esattamente come quando ero adolescente. Mia madre mi porta il tè alle cinque esatte. Mio padre legge una quantità inaudita di giornali e corregge i suoi articoli per la gazzetta locale. Sembra quasi che il tempo non sia mai trascorso qui. Tutto è scandito con un ritmo lento ma regolare che aiuta la mia mente a ricomporsi, a tornare in sé osservando ogni cosa dalla giusta prospettiva. Almeno credo. Non ho mai avuto un concetto molto chiaro né di giustizia né di prospettiva. Mi sono sempre affidata per lo più al caso. Tutto è per me molto soggettivo. Ma alla fine non è così per ogni essere umano? Probabilmente questa è la giusta prospettiva dal punto di vista di Paige e Darryl Sandstrom, i miei genitori. Io mi adeguo, ogni volta.

Sto solo fingendo di lavorare. Sto solo fingendo di mettere insieme una nuova storia da consegnare a Brianne al posto di quella che ho "buttato via". Ecco, quella è stata la definizione di Brianne quando, appena arrivata a Bradford, l'ho chiamata per confessarle il mio operato. O, dalla sua prospettiva, il mio peccato.

«Perché l'hai buttata via, Faye?»

«Non volevo usarla, Brianne. Ne sto scrivendo un'altra più adatta. Abbi fiducia in me.»

Sì, certo. Fiducia in me. Tre piccole enormi parole. Non ho nemmeno io fiducia in me stessa.

In ogni caso, Brianne mi ha accordato la sua fiducia. Forse perché non ha avuto alternativa. Quindi mi ritrovo qui, cercando di mantenere la calma e sorseggiando il tè con i biscotti che mia madre mi ha appena portato. Sa che ho molto lavoro e devo restare serena e concentrata.

In realtà dentro sono in fermento e controllo il mio cellulare ogni due minuti. In attesa di un suo messaggio. Invece niente. Nulla. Il deserto. Deve per forza aver già trovato la mia lettera. A meno che si trovi fuori città, fuori casa. Questo giustificherebbe la sua mancata risposta, alimentando le mie speranze.

Mi sono decisa a rispondere ad Alex, al messaggio che mi aveva lasciato quando è partito da Londra. Leeds è molto vicina. Insiste per incontrarmi, per parlarmi. E del resto anche io vorrei provare a chiarire le cose, almeno con lui. Spero solo di non peggiorare la situazione perché non lo sopporterei.

Ci accordiamo per vederci il giorno seguente per pranzo. Vorrei evitare sia casa dei miei sia casa sua. La presenza di sua moglie non mi sembra indicata per parlare liberamente. Alla fine, decidiamo per un piccolo ristorante in centro a Bradford.

C'è imbarazzo tra noi, già da quando lo vedo avvicinarsi mentre lo aspetto fuori dal locale.

«Scusa il ritardo, Faye.»

Non mi bacia sulla guancia come al solito, nemmeno mi sfiora. Sembra stanco e ha gli occhi un po' segnati.

«Non ti preoccupare.»

Faccio cenno con la testa di entrare. Ci lasciamo guidare dalla cameriera verso un tavolo e ci ritroviamo seduti di fronte con il menù del ristorante tra le mani. Alex ordina un piatto di pasta ai formaggi e io lo imito perché non ho nemmeno voglia di leggere ciò che è proposto nel menù.

«Quindi… ora sei qui.» Misero tentativo di Alex di rompere il ghiaccio.

«Sì, per un po'.» La mia replica è ancora più misera. Sto cercando di mettere insieme ciò che devo dire. Posso riuscirci. «Alex… mi dispiace non averti risposto subito. Sono stata molto confusa.»

«Lo so. Anche io. E davvero Faye, scusami per aver incasinato le cose tra noi. Non era mia intenzione. Forse non sapevo cosa stavo facendo. O se lo sapevo è stato comunque un pessimo tempismo il mio. Ma tu non sai tutto e devi sapere… per poter capire.»

Annuisco giocherellando con le posate. Ricordo improvvisamente un film in cui una donna disegnava righe sulla tovaglia con la forchetta. Mi era rimasto impresso da ragazzina. Mi concentro tentando di ricordare il titolo e la trama del film e inconsapevolmente ripeto lo stesso gesto.

«*Io ti salverò*.» La voce di Alex mi richiama al presente.

«Come?» Lo guardo confusa.

«Il film a cui stai pensando. È *Io ti salverò* di Hitchcock» ripete con un sorriso.

«Non ti sfugge niente...» rispondo al sorriso e annuisco. Mi sento ancora un po' nervosa ma la tensione tra noi si sta sciogliendo.

«Non ti saresti data pace fino ad arrivarci, ma non riuscivi a ricordarlo. Ti conosco bene, Faye. Da come stringi gli occhi e corrucci la fronte...»

Il discorso viene interrotto dalla consegna dei nostri piatti fumanti di pasta. Forse mi sta tornando un po' di appetito. In ogni caso sono contenta di trovarmi qui insieme a lui.

Non osiamo affrontare discorsi seri però. Non ancora. Lui parla delle notizie locali. Cosa voleva dirmi? Cosa dovevo sapere? Forse non ha così importanza. In ogni caso io cerco di evitare anche la questione riguardante la storia che dovrei consegnare alla Ghostly perché se iniziassi a parlarne dovrei dire proprio tutto. Cosa mi resta? Il tempo? Il freddo pungente che inizia a invadermi il corpo, le ossa, ma che trovo in fondo confortante.

Finito il pranzo ci ritroviamo fuori. Ho rifiutato il dolce e Alex si è dimostrato sorpreso, forse esagerando un po' la sua espressione meravigliata.

«Probabilmente mi licenzieranno dalla Ghostly, Alex. Quella storia che stavo scrivendo... non va bene. L'ho cancellata e dovrei ricominciare tutto da capo. Ho circa due settimane e nemmeno uno straccio di idea o di trama. Già avevo avuto difficoltà...»

Ecco, l'ho detto. Ci siamo incontrati per parlare. Non per mangiare insieme un piatto di pasta e parlare del tempo. Ma probabilmente non siamo bravi a discutere a tavola. Io personalmente non so esprimermi, non so affrontare i discorsi. Non che in piedi in mezzo alla strada sia meglio.

«Perché l'hai cancellata, Faye? Non c'è modo di recuperarla?» Alex incrocia le braccia e mi scruta dubbioso. Immagino già cosa sta pensando.

«Non andava bene.» Mi mordo le labbra abbassando lo sguardo a fissarmi i piedi. «Non volevo usare...» Derek. Non oso pronunciare il suo nome e non so perché. O forse sì. Mi sento in imbarazzo.

«Ho capito. Ma non è quello il punto. Insomma...» Alex sospira profondamente, il suo sguardo si incupisce. Poi scuote la testa e si passa una mano tra i capelli. «Non è troppo tardi, vero? Non ti sei innamorata di lui?»

Siamo ancora fermi davanti alla porta del ristorante. Ci spostiamo per lasciare entrare un gruppo di cinque persone. Alle sue ultime parole mi sento avvampare.

«A questo punto non sono affari tuoi! So che Derek non ti va a genio, Alex. Anche se nemmeno lo conosci, quindi... non puoi capire. E soprattutto non puoi giudicarlo. Tu non puoi...»

Lascio girare lo sguardo intorno un po' confusa. Fisso il vuoto per non affrontarlo direttamente. No, non è troppo tardi. O forse sì?

«Ti sbagli. Lo conosco, questo è il punto.» Alex mi afferra per le braccia costringendomi a guardarlo. Non mi lascia alternativa. «Faye, io voglio il meglio per te. Mi credi? Per cui devi ascoltarmi.»

Cosa mi dirà ora? Già lo immagino. Dirà che si è fatto un'idea del tipo, che non gli piace, che non va bene per me. Cose che ha già detto precedentemente per altri ragazzi con cui sono uscita o ho iniziato una relazione. Ma lo ha sempre detto ridendoci sopra, non si era mai dimostrato così accanito. Non ha mai manifestato una tale veemenza nei confronti di qualcuno che ho frequentato. Aveva sempre espresso la sua disapprovazione in tono scherzoso.

Sospiro stringendomi nella giacca. Con un cenno lo esorto a continuare, considerato il fatto che ora sembra ansioso di condividere con me le sue impressioni su Derek.

«Non lo dico per contrariarti o farti arrabbiare, Faye. Anche se... sono certo che ti arrabbierai...»

«Alex, insomma...» sbuffo nervosa e allargo le braccia lungo i fianchi. Mi sono stancata. Questo incontro non è servito proprio a niente. Ho voglia di tornare a casa e tentare di riprendere la mia storia. Anzi, ho voglia di tornare a Londra per convincere Derek a riprendere la nostra storia.

«Quando dico che conosco Derek intendo che lo conosco davvero, insomma so chi è...» Si avvicina a me e mi afferra per un braccio, mi trattiene come se potessi sfuggirgli da un momento all'altro. Poi respira profondamente guardandomi negli occhi. «Faye... Derek è l'ex ragazzo di Sally... di mia moglie.»

CAPITOLO 43

Lo guardo seria. Rimango immobile mentre mi trattiene ancora per il braccio, non tento di sfuggirgli. Non replico nemmeno. Sono in attesa della parte in cui Alex scoppia a ridermi in faccia dicendomi che mi ha presa in giro e io ci sono cascata come un'idiota. Ma quella parte non sembra proprio voler arrivare. Tanto che comincio a chiedermi che cosa diavolo stia aspettando. Oltretutto mi sembra davvero insensato e di pessimo gusto come scherzo.

«Faye… Lei lo aveva lasciato…»

Insiste. Questa storia è ancora peggiore di quella che io stessa mi sarei potuta inventare. Supera la fantasia. Di molto. Rimango immobile, poi poco alla volta riprendo consapevolezza di me stessa, del mio corpo. Sto fissando Alex con gli occhi sgranati e la bocca semiaperta. Come se mi fossi ritrovata di fronte un alieno.

«Ma… cosa… no…»

No, non è vero. Perché mi sta prendendo in giro? Sua moglie con Derek? Cosa c'entra sua moglie con Derek? È assurdo. Non è nemmeno il suo tipo. Lei così esile e con l'aria perennemente insoddisfatta… No, non riesco a immaginarmeli insieme, nemmeno con un incommensurabile sforzo mentale. Non sono il tipo l'una dell'altro, ecco. Non ci credo. Alex si sta inventando tutto!

«È vero, Faye. Sally e Derek stavano insieme. Lei lo ha lasciato un paio di anni fa. Cioè lo ha lasciato…» Alex si passa una mano sulla fronte. È davvero intenzionato a insistere con questa storia assurda? A quanto pare sì, è proprio convinto. «Lo ha lasciato quando ha incontrato me. Lui voleva riprovarci, ma…»

«No! No, no… No!»

Non mi escono altre parole. Non riesco a pescarle nella memoria. È come un miscuglio, come un gomitolo di lana aggrovigliato che non so più districare e da cui non riesco a individuare il capo e la coda. Allo stesso modo non sono in grado di estrarre parole di senso compiuto. Ecco, questa sarebbe l'immagine più adatta per descrivere il mio cervello in questo momento. Mentre sento il cuore come un magma incandescente pronto a eruttare lava. Ma al massimo potrò solo vomitare in faccia ad Alex la pasta al formaggio.

«Per questo non volevo che tu ti facessi illusioni con lui, quando…» Alex mi afferra le braccia con entrambe le mani. «Faye, per favore… devi credermi…»

«Quindi…» Ho trovato finalmente un'altra parola oltre a "no". Mi devo proprio sforzare. «Tu sei arrivato a Londra, hai visto che io… stavo con Derek… e sei stato zitto? Non mi hai detto niente!»

Alex non mi ha detto niente. Ha riconosciuto Derek e ha taciuto limitandosi a dire che non era adatto a me. E Derek…? Non ci voglio pensare!

«Ho avuto paura. Se ti avessi detto la verità avrei dovuto confessarti altro… oppure lo avrebbe fatto lui.»

Mi stacco da lui spingendolo indietro, quasi contro la vetrina del ristorante. Poi gli volto le spalle e inizio a camminare senza nemmeno rendermi conto di dove mi stia dirigendo. Voglio tornare a casa. Ma no, non più a Londra. Mi hanno presa in giro. Mi hanno usata entrambi! Io che credevo di usare loro! Io che mi sentivo in colpa per quella stupida storia! Io ho giocato con la fantasia, loro stanno distruggendo la mia realtà.

«Faye, aspetta! Faye… è stato difficile…»

Alex mi segue, mi trattiene per un braccio ma io mi divincolo con rabbia. Attiriamo l'attenzione di alcuni passanti, allora mi calmo e resto ferma.

«Avete giocato con me. Tutti e due! Mi avete presa in giro. Anche lui sapeva?»

Mi porto una mano sulle labbra. Sento la nausea salirmi dalla bocca dello stomaco e un sapore dolciastro arrivarmi alla gola. Derek stava con Sally, la moglie di Alex. E io... cosa sono stata per tutto questo tempo? Per entrambi. Cosa sono stata?

«Sì, Faye. Lui lo sapeva. Io... non ti ho detto niente perché temevo che tu lo avresti affrontato.» Alex si sposta mettendosi davanti a me, in modo da bloccarmi il passaggio. Abbassa lo sguardo per un attimo. «Ti avrebbe raccontato cosa ho fatto, ti avrebbe messa contro di me...»

«Bene! Perché ti assicuro Alex che ora sono completamente contro di te, anche senza il suo intervento!» Cerco di spostarmi, ma allo stesso tempo voglio sapere. Anzi, lo pretendo. Pretendo di sapere tutto. «Così tutte quelle sceneggiate assurde del rimpianto, della nostalgia, di quello che...» Di quello che sembrava provasse per me. Tutto falso. Tutto un tentativo per distrarre la mia attenzione e distogliermi da Derek.

«No, no Faye. Era vero. Anzi, è ancora vero.» Sospira e si passa le mani tra i capelli. «Davvero, è tutto così complicato...»

«Tu sei l'unica persona ad aver reso tutto così complicato, Alex. E io... sono venuta qui per allontanarmi dal casino che ho creato a Londra, mi illudevo anche che ci saremmo chiariti, invece... sono solo finita in un casino ancora più grande. Creato da te. Forse anche da Derek. Mi avete manipolata a vostro piacimento. E pensare che ero convinta di essere io la cattiva della storia! Invece, guarda un po', siete voi due stronzi... due ipocriti...»

Sospiro e mi passo la mano sulla fronte. Mi devo calmare. Ora che ho assimilato la rivelazione mi devo calmare, non ho altra scelta. Sono disgustata ma almeno riesco ad affrontare la situazione con tranquillità. E posso tornare a casa. Casa dei miei qui a Bradford. E poi casa mia a Londra. Indifferente a colui che mi vive accanto. Sperando solo che scompaia dalla mia vita al più presto.

«Invece in realtà sono io il cattivo della situazione, Faye. Ho portato via Sally a Derek in un momento difficile della loro relazione. Forse non era davvero mia intenzione all'inizio, ma ne ho approfittato.» Non ho più voglia di ascoltarlo, di sentire una sola parola in proposito. Ma i suoi occhi diventano improvvisamente dolci, mi accarezza i capelli con tenerezza, poi mi prende il viso tra le mani. «Volevo staccarti da lui perché temevo fosse intenzionato a usarti per vendicarsi di me, sapendo che sei la mia migliore amica. Sono certo che lui sapesse già di te. Sapeva chi eri prima di iniziare a frequentarti. Quando ho incontrato Sally, lei e Derek stavano affrontando una crisi profonda perché… avevano appena perso un figlio.»

CAPITOLO 44

La ex di cui Derek mi aveva parlato era Sally, quindi. È Sally. Ricordo con precisione il momento, le sue parole. E io gli avevo detto che mi dispiaceva. In realtà mentivo perché lo volevo per me. Ma quanto, quanto mi ha mentito lui invece!

Che stupida! Io che ho cancellato la storia, io che rischio di perdere il lavoro per lui! Maledetto ipocrita! Squallido bastardo!

Tornata a Londra due giorni dopo la confessione di Alex, cerco di mantenere la calma. Almeno fino a quando scendo dalla metropolitana alla stazione di Fulham Broadway. Ora cammino con la borsa a tracolla, trascinandomi dietro il mio piccolo bagaglio che produce un rumore assordante battendo le sue rotelline instabili sull'asfalto. In realtà non è poi così assordante. Lo è solo ai miei timpani momentaneamente ipersensibili. Come quelli che potrebbero appartenere a un vampiro assetato di sangue in cui tutti i sensi e tutte le pulsioni sono amplificati. Potrei mangiarmi qualche passante se solo osasse intralciare il mio cammino.

Mi sembra quasi di marciare verso l'edificio in cui si trova il mio appartamento, come in assetto di guerra. Lancio occhiate fameliche a chiunque mi passa accanto sfiorandomi appena.

Svolto l'angolo e percorro lo spazio che separa la strada dal condominio. Arrivata davanti al portoncino, mentre cerco le chiavi, sento l'ansia serrarmi la gola. Non dovrei stare così. Non sono io quella che ha avuto la parte peggiore in questa storia. Anzi, io sono quasi la vittima. Credo. La povera ragazza illusa, sedotta e abbandonata. No, okay. Non esageriamo. Io sono, principalmente, incazzata col mondo. Con Alex e Derek.

Che non sono proprio il mondo, ma una parte fondamentale del mio.

Salgo le scale. È solo una rampa ma sento i piedi pesantissimi, mi sembra di essere una novantacinquenne con l'asma. Anche la mia borsa e il bagaglio da trascinare sopra, pur contenendo lo stretto indispensabile, sono pesanti come macigni.

Stronzo! Verme! Vigliacco! Ecco, sono arrivata di fronte alla mia porta rossa. Lancio un'occhiata obliqua alla sua blu. Cerco altre parolacce da rivolgergli mentalmente ma al momento mi sfuggono. Eppure ce ne sono. Eccome se ce ne sono!

Trovo le chiavi e apro la porta. Percepisco qualcosa strusciare sul pavimento. Sarà la posta. Sì, infatti. La ignoro e la oltrepasso dopo aver chiuso la porta alle mie spalle. In soggiorno appoggio la borsa sul divano e il bagaglio a terra.

Torno indietro per raccogliere la posta. Bollette, certo. La banca, certo. E una busta bianca di dimensione quadrata. All'interno sembra… Non ho voglia di lanciarmi in congetture, la apro immediatamente. Un cd. No, anzi… è un dvd. E sul fondo della busta la mia chiavetta usb. Sospiro e rimango sull'uscio con i due oggetti in mano.

In pochi istanti sono in soggiorno e agisco contemporaneamente. Posiziono il dvd nel lettore che si trova sotto la televisione, recupero il mio portatile e inserisco la chiavetta.

Il dvd contiene i video di yoga di Frances, la chiavetta il file della storia. Così come io l'avevo scritta e consegnata a lui.

Bene! Anzi male. Neanche una parola ha avuto il coraggio di scrivere. La mia lettera però l'ha tenuta. Sento una rabbia incontenibile montarmi dal petto fino a stringermi la gola. Mi mordo le labbra e mi aggrappo al bordo del tavolo. No, non vale proprio la pena piangere. Assolutamente no! Mi ha ingannata. Voleva solo vendicarsi di Alex ferendo me. Mi passo le mani sul viso, ripetutamente. No, non sto piangendo.

Sono solo stanca. Fra poco mi passerà tutto e starò di nuovo bene.

Però… ora saprà quello che penso. Saprà che io so! Mi alzo di scatto, esco dal mio appartamento e mi ritrovo di fronte alla sua porta. Suono il campanello con furia esagerata tenendo il pulsante premuto eccessivamente. Non c'è. Oppure non risponde. Non importa! Lo troverò. Gli darò la caccia fino a scovarlo. E quando lo avrò trovato sfogherò su di lui tutta la mia rabbia, il mio risentimento. Così potrò liberarmene una volta per tutte.

Torno in casa e mi sistemo al mio tavolo. Ho voglia di scrivere. Non importa cosa. Apro tre nuovi file di word e distribuisco idee in ognuno, in modo confuso e irrazionale. Non ha importanza, in fondo. Ho solo bisogno di sfogarmi. Intanto accedo al sito della palestra per controllare se oggi avrà lezione. Mi sembra ma voglio esserne sicura. Sì, perfetto! Nel tardo pomeriggio.

Telefono a Brianne per comunicarle in tono secco e deciso che avrà la sua storia tra due settimane. Non le do quasi il tempo di replicare. Può solo accettare la mia comunicazione. Forse sono riuscita a spaventare anche lei.

Bene! Ho qualche ora per mettermi al lavoro. Per pranzo ordinerò una pizza farcita di tanti ingredienti. Farò aggiungere anche l'ananas e i funghetti. Due settimane per la storia da consegnare alla Ghostly. Poi… poi se tutto va bene me ne affideranno un'altra. E tutto tornerà come prima. Prima che la mia vita prendesse questa svolta. Prima di lui.

Mi alzo e inserisco un cd nel mio lettore. Voglio selezionare la musica giusta per sentirmi ispirata. Eccolo, il cd dei Within Temptation. La musica mi avvolge e sento la tensione trasformarsi in una grinta, in un'audacia che mi spinge all'azione.

Prendo un foglio dalla stampante e scrivo, al posto del titolo della storia che non ho ancora, *Ghostly Whisper*. Poi come secondo punto, *Il vicino tatuato*. Non so cosa ne farò, deciderò in seguito. Ma intanto c'è. Il terzo punto è dedicato alla mia vena urban fantasy che è tornata a esplodere, potrei scrivere qualcosa su creature soprannaturali destinate a incontrarsi tutte in un determinato luogo. Come titolo scrivo: *Creature*. E poi... al quarto punto... potrei provare qualche romanzo breve, magari invernale oppure natalizio. Non ci ho mai provato, sarebbe un esperimento per me. Quindi scrivo il titolo del quarto punto: *Natale*.

Sollevo il foglio e lo osservo come a sfidarlo. A noi due! La storia più urgente, con una scadenza ben precisa, è quella per la Ghostly. Idee zero. Esattamente come quando Brianne me l'ha affidata. Non importa, ci riuscirò! Mi ritorna in mente lui, maledizione! Come doveva essere questa disgraziatissima storia secondo le indicazioni fornite da Brianne? Distopica, rocambolesca, pirotecnica. No, Faye, non scherzare! Divertente, romantica, piccante.

Lascio correre liberamente la fantasia, mi aggrappo a qualunque pensiero mi capiti a tiro senza pormi limiti. Dal cd mi arrivano intanto le note seducenti di *All I Need*. Raggiungo lo stereo per alzare il volume. Lo alzo proprio tutto. Tanto sarà solo per pochi minuti. Voglio lasciarmi avvolgere, voglio... no, non voglio che il pensiero si ostini a concentrarsi su di lui.

"Can you still see the heart of me?
All my agony fades away
When you hold me in your embrace
Don't tear me down for all I need
Make my heart a better place
Give me something I can believe
Don't tear me down
You've opened the door now, don't let it close"
Sospiro, portandomi una mano al petto. Mi fa un po' male, ma devo reagire. Mi mordo le labbra passandomi le mani sul viso. Devo mandare via i ricordi, cancellarli anche se mi aggrediscono in modo prepotente, tanto da moltiplicarsi quasi rispetto al tempo che abbiamo effettivamente trascorso insieme.

Il mio primo pensiero per quella storia proprio non va bene. Derek, vattene via dannazione! Ho bisogno di passare oltre. Oltre i suoi baci, le sue carezze. Oltre le sue braccia strette attorno a me.

Devo concentrarmi su altro. Mmh... Alex? No Faye, non ci pensare proprio. Sean... no, non sono portata per il genere. Kelly con Rudolph... ancora no, mi ucciderà! Camille... potrebbe essere, però forse è meglio... Brianne! Brianne, la giovane donna in carriera, con... Giacomo Gibson, il gigolò italo americano. E Anita, la conturbante donna sposata in cerca di avventure. Come protagonista maschile Giacomo mi sembra inadeguato, ma posso sempre trovarne un altro. Giacomo potrebbe sedurre Brianne e poi abbandonarla. Così lei resterà sola, disperata, con il cuore a pezzi. Quindi incontrerà un... un nuotatore, magari. Ecco sì. Un atleta. Gli atleti non passano mai di moda! Perfetto, userò Brianne. Tanto non mi potrà uccidere... le servo! Ha bisogno di me!

Continuo a scrivere imperterrita. Lo stralcio di trama è quasi pronto. Mentre addento l'ultimo pezzo di pizza che ho ordinato e guardo un telefilm arrivo a un'idea generale completa. Al titolo ci penserò. Tengo d'occhio l'ora per non perdere l'appuntamento con il nemico, in palestra. Mmh... non male come titolo, *Appuntamento con il nemico*. Ma potrebbe servire più per un thriller, oppure per un romanzo d'amore dalle tinte oscure. Non per quelle tre cose che mi ha chiesto Brianne. Comunque, lo terrò da parte. Poi ha poca importanza in realtà tanto il titolo lo cambiano quasi sempre. Per sostituirlo con qualcosa di orrendamente banale e scontato, ma affari loro.

Arriva finalmente, o fatalmente, l'ora x. Mentre mi preparo per uscire sostituisco il cd e ne inserisco nel lettore uno dei Queen, preso dalla mia collezione completa. Seleziono la canzone adatta, quella che mi darà la giusta carica di energia per affrontare il momento. La voce potente e ineguagliabile di Freddie Mercury sembra entrarmi sottopelle, nelle vene. Mi raggiunge il cuore fino a farlo vibrare all'unisono con la carica di vitalità e intraprendenza che scaturisce da *Don't stop me now*.

"I'm burnin' through the sky, yeah
Two hundred degrees
That's why they call me Mister Fahrenheit
I'm travelling at the speed of light
I wanna make a supersonic woman of you"

Sì, mi sento viva e pronta a ribaltare il mondo. Nessuno potrà fermarmi. Sono pronta a pretendere il meglio. Ora inizierà per me il vero divertimento!

Nella sacca infilo la tutina sexy. Non devo sedurre nessuno, in effetti forse sarei più incisiva con i miei abiti "normali". Invece decido di sfidare me stessa. Se riesco a dimostrarmi forte con addosso pochi centimetri di stoffa comprimente rosa, lo potrò essere sempre, in qualunque occasione. Mi trucco, anche. Ho deciso di osare. Di trasformare anche me stessa in una "regina". Mi trucco quasi da vamp, come avevano tentato di insegnarmi all'agenzia di moda, prima che tirassi la scarpa addosso al fotografo. Indosso jeans neri, un body dello stesso colore, una giacca che mette in evidenza la vita. Capelli sciolti, orecchini argentati, il mio bracciale d'argento comprato al mercatino di Portobello Road, qualche anello d'argento che fa parte della mia collezione proveniente dalla mia bancarella preferita in Covent Garden.

Sono pronta! In realtà non sembro quasi più io. La solita me stessa insomma. Mi sono decisamente trasformata. Ma si può dire che sono pronta. Indubbiamente e ostentatamente pronta. Pronta come potrebbe esserlo non solo una "regina", ma anche e soprattutto una pantera che si prepara a scagliarsi sulla preda.

CAPITOLO 45

Raggiungo Oxford Street e di conseguenza la palestra. Durante il percorso cerco di mantenermi composta, fiera e sicura. Non devo cedere, non posso arrendermi. E soprattutto non devo e non posso cadere dalle scarpe col tacco che ho deciso di sfoggiare. Ora arriverà il confronto con Candice e con tutte le sexy palestrate allegramente riunite. E anche con lui. Rimuovo nuovamente il pensiero per non scompormi. Su di lui mi concentrerò quando lo avrò di fronte.

Candice alla reception non c'è. La mia tessera, che avevo rinnovato, è ancora valida. Meglio così, mi dirigo verso lo spogliatoio pronta a sfoderare la tutina rosa nei cui confronti ho sempre provato imbarazzo. Mi sistemo anche il trucco, il rossetto dello stesso rosa della tutina e il rimmel. Che lo spirito di Sean Edwards sia con me! Devo diventare un po' come lui, audace e sfrontata!

Inutile tergiversare. Ho già controllato da casa in quale aula si svolgerà la sua lezione. Derek, kickboxing livello avanzato, quarto piano, studio tre. Salendo le scale mi rendo conto di quanto il mio abbigliamento non sia particolarmente confacente per intrufolarmi in mezzo a quei maschioni vogliosi di botte allo scopo di prendere a calci in culo il loro istruttore. Ormai non mi tiro indietro, però all'ultima rampa e mentre percorro il corridoio iniziano a tremarmi un po' le ginocchia.

Ma no, è solo un'impressione. Lui mi ha usata. Ammetto che l'ho usato anche io. No, no! La devo smettere. Lui mi ha usata per una vendetta, quindi… mi ha usata peggio, ecco. Però forse la sua vendetta era dettata da una sofferenza. Alex gli ha portato via la donna che amava. Avevano perso un figlio. A quanto ricordo aveva detto di essere stato costretto anche a lasciare il lavoro. Probabilmente si è trasferito a Londra e… No, no! Anche se fosse, io che colpa ne avevo? Fare del male a me non ha avuto senso!

È stato crudele. Egoista. Meschino. Uno stronzo. Spregevole. Ignobile. Mi manca. Non lo perdonerò mai, questo è garantito! Ma mi manca. Non riesco a evitarlo. Non riesco a non sentire la sua mancanza.

Arrivo davanti alla vetrata dell'aula e aspetto. Osservo gli uomini all'interno. Mancano circa dieci minuti, sono già in sette. Ne arrivano altri tre. Ho appena deciso che lo aspetterò fuori, lo affronterò qui. Riflettendoci, forse sarebbe stato meglio tenermi addosso i miei vestiti. I miei normali, non quelli versione donna fatale.

Aspetto mentre passano altri cinque lentissimi minuti. Arrivano altri quattro energumeni con i muscoli in bella vista. Li osservo da capo a piedi. Hanno proprio tutto quanto in bella vista. Devo ricordarmene, li fotografo mentalmente nel caso mi servissero per un'altra storia. Anzi, se mi commissionassero un erotico avrei tanto materiale a disposizione. Mi volto e inizio a camminare avanti e indietro per il corridoio per evitare di passare per una povera disperata che cerca di annientare le proprie frustrazioni fissando estasiata maschioni dai muscoli scolpiti.

Rigirandomi quasi mi scontro con uno di loro, all'altezza della porta d'ingresso. Lo riconosco immediatamente. È Big Jim. Mi rivolge un ghigno un po' malefico ed entra. Chiude la porta alle sue spalle e inizia la lezione. Lui. Insegna lui. Dove diavolo è finito Derek?

Se Big Jim sta insegnando kickboxing… Magari si sono scambiati il posto. Quindi è possibile che Derek sia nella sala di body building. E va bene! Andrà solo un po' diversamente rispetto alla scena mentale che mi sono fatta. Ma non perderà la sua efficacia. Soprattutto io non perderò il mio impeto, la mia rabbia nei suoi confronti. Mi ha presa in giro. Mi ha ingannata. Ho quasi rischiato di perdere la testa per lui! Quasi.

Scendo al secondo piano. Eccomi in palestra. Spero che nell'attesa il mio trucco non si sia rovinato a causa del disagio psicofisico. Intravedo Chris, il biondino, accanto ad alcune ragazze. Poco distante… Anita! La stronza! Magari… magari lui ha sempre avuto una relazione con lei. Ovviamente dovendo ingannare me, l'avrà messa da parte. A lei però non stava bene, quindi ha tentato di rifilarmi Giacomo. Ecco che ora tutto si spiega.

Mi avvicino a Chris, lancio un'occhiata assassina ad Anita che però mi ignora. Chris invece mi sorride e mi saluta con un cenno del capo. Insomma, dove diavolo è finito? Io non mi sono preparata tutto il discorso e la scenata per niente!

In ogni caso mi devo arrendere. Non è neanche qui. Potrei chiedere a Chris se solo si liberasse di quelle tre. No, meglio di no. Anita è troppo vicina e io non voglio darle la soddisfazione di sentirmi chiedere di lui perché non ho idea di dove si trovi. Mi sentirei ancora più patetica di quello che sono.

Passo in rassegna ogni aula di ogni piano, una per una. Vado a cercarlo anche nella saletta relax. Alla fine, credo mi manchi solo lo spogliatoio maschile. Sono tentata ma lo eviterò.

Quindi niente. Non mi resta altro da fare che cambiarmi, rientrare nei panni di donna fatale con cui sono arrivata qui anche se in questo momento mi sento più che altro una casalinga disperata, come direbbe Sean. E tornarmene a casa. A fare la casalinga disperata, appunto. Devo rassegnarmi. Niente scenata da premio Oscar, niente insulti e calci nelle palle. Niente di niente. Sospiro sdegnata. E mi manca. Questo è il problema fondamentale. Mi manca.

Mentre passo davanti alla reception diretta verso la porta d'uscita vedo sbucare Candice dal retro. Potrei… ma sì, tanto ormai non ho nulla da perdere.

«Ciao, Candice. Scusa… hai per caso visto Derek in giro?»

Uso una buona dose di nonchalance, di noncuranza nel mostrarmi disinvolta e sicura. Come se avessi avuto appuntamento con lui ma per un caso fortuito non ci fossimo incontrati. Come se tra noi non ci fosse alcun problema, ma solo un piccolo fraintendimento sul luogo e l'ora in cui vederci.

«Derek non lavora più qui.» Me lo comunica con un tono piatto e con un'aria di commiserazione nei miei confronti. O almeno così appare a me. «Ha lasciato il lavoro, credo sia partito o si sia trasferito. Come, non lo sapevi?»

Ho la netta sensazione di liquefarmi sul pavimento proprio di fronte a lei. Come la protagonista di quel film francese che mi piace tanto, *Amélie*. Ecco, l'impressione è la medesima. Mi reggo al bancone con entrambe le mani. E mi assale anche un senso di nausea, una morsa allo stomaco.

«Sì, ma... credevo fosse passato a prendere le sue cose.» Lo dico per salvarmi la faccia. Sicuramente non mi crede. Ma chi se ne frega! «Grazie comunque, addio Candice.»

Non le do nemmeno il tempo di rispondere. Mi ritrovo fuori. Partito. Trasferito. Andato via. E io adesso come faccio? Quando avrò l'occasione di dirgli quello che penso? Come? Cerco il telefono nella borsa. Un messaggio da Kelly e uno da Sean, vogliono solo sapere come sto. Rispondo a entrambi con un sintetico "Bene, ci sentiamo più tardi."

Seleziono il suo numero. Chiamarlo non sarebbe lo stesso. Potrebbe anche non rispondere, non volermi parlare. Scuoto la testa e infilo il telefono nella borsa.

Mi incammino lentamente verso Oxford Street. Mi sento senza forze. Il travestimento da donna fatale mi sta quasi opprimendo ora, mi sembra di perdere i pezzi a ogni passo. Potrei andare a cercare Sean al suo negozio per farmi consolare da lui ma non voglio che mi veda in questo stato. Non ho neanche la forza per camminare verso la fermata dell'autobus di Piccadilly. Vado a nascondermi in metropolitana, anche se dovrò cambiare linea. Forse perché è proprio così che mi sento, non possiedo l'energia necessaria per affrontare la vita di superficie. Meglio strisciare nei sotterranei.

È partito. Anche lui. Se n'è andato. Ci siamo ingannati a vicenda. Entrambi abbiamo mentito. E ora non ha fatto altro che ripetere le mie azioni. Allontanarmi. Partire. Ma io ora sono qui, sono tornata. E la verità, quella vera, quella onesta, quella che non posso nascondere a me stessa, è che non ho solo una gran voglia di vomitargli addosso parolacce e prenderlo a calci. La verità è che mi manca, ecco. Molto. La verità è che spero di non essere stata la sola che in mezzo alle bugie, agli inganni, alle macchinazioni, ha provato qualcosa di vero, di reale, di autentico.

CAPITOLO 46

Non ho voglia di rientrare, arrivare davanti alla sua porta, essere tentata di suonare e scoprire che non c'è. Mi avvio lentamente verso il parco. Per poco non finisco sotto un autobus e l'autista mi lancia un'occhiata sprezzante.

La nostra panchina è libera. Non ho nulla da leggere. Ho dimenticato a casa sia un libro sia l'e-reader. Lascio il telefono affossato nella borsa che appoggio al mio fianco. Poso le mani sulle ginocchia e guardo nel vuoto.

Ma come ha fatto a essere così diabolicamente crudele? Com'è riuscito a ingannarmi così facilmente? Come ho potuto credere che fosse realmente interessato a me? Alex, dopo la grande rivelazione, mi ha raccontato di aver conosciuto Sally a Bristol, città da cui proviene anche Derek. Ricordavo qualcosa in proposito ma non sono mai stata interessata ai dettagli sull'inizio della loro storia.

Sally non mi era particolarmente simpatica e ricordo di essermi chiesta più volte cosa Alex trovasse in lei. L'ho subito considerata un po' snob rispetto al suo solito standard. O forse no… non esattamente snob, ma il tipo di donna che vuole tutto, pretende tutto. Tutte le attenzioni, tutto il tempo. Cose che io non sono mai stata in grado di pretendere, insomma. Così avevo compreso immediatamente che mi avrebbe portato via Alex, lo avrebbe tenuto tutto per sé. E a me non sarebbe restato più nulla. Per questo non mi era piaciuta. E non mi piace nemmeno tuttora, se devo essere proprio onesta.

Poi a quanto pare Derek si è trasferito a Londra. Alex e Sally invece, dopo il matrimonio, sono andati a stare a Leeds. E a Londra Derek ha incontrato me. Neanche Londra fosse un paesino di quattrocento anime dove ci si conosce tutti!

Non so se sia stato più perverso il destino oppure Derek Einstein. Propendo per il secondo. Le mie sensazioni nei suoi confronti permangono in un'alternanza devastante. Sono a metà tra desiderio unito a mancanza e rabbia mescolata a disprezzo. Lo vorrei qui ora e allo stesso tempo lo allontanerei dalla mia vista per sempre.

Improvvisamente sento qualcosa strusciarmi contro la gamba. Abbasso gli occhi e vedo un cagnolino color miele dal musetto dolce. È un cucciolo, un piccolo labrador credo. Mi fissa con i suoi occhioni teneri, sembra bisognoso di affetto, di una carezza o di qualcuno che giochi con lui.

«Ciao piccolo… fai le fusa come i gattini?» Allungo la mano per accarezzarlo e improvvisamente mi sembra di stare un po' meglio. I miei conflitti iniziano a placarsi a contatto con il suo pelo morbido.

«Forse per conquistare una gattina… Sa che non sarà facile ottenere il suo affetto.» Sento la voce alle mie spalle, mi mordo forte le labbra e chiudo gli occhi. Cosa ci fa ancora qui? Non se n'era andato? Non era partito?

«Ottenerlo è più facile di quanto si possa credere.» Mi concentro sul cucciolo che, desideroso di coccole, ha sollevato le zampine sulla panchina.

Con tutto ciò che avrei da dirgli, da rimproverargli, con tutto ciò che avevo pianificato di rivendicare, non riesco ad aggiungere altre parole. Resto in silenzio. Non provo quasi più rabbia, ma solo un'immensa tristezza e una delusione logorante, amara. Fortunatamente il cucciolo richiede le mie attenzioni e mi distrae dalla sensazione di fastidio che provo al centro del petto.

«Più di quanto potesse credere lei stessa, immagino.»

È di fronte a me, ora. A pochi passi. Nonostante ciò, non sollevo lo sguardo, mi rifiuto di incontrare i suoi occhi. Mi ha fatto male. Questa è la verità. Mi fa male.

Rimango impassibile, sempre presa dal cagnolino.

«Titti...» lo sento fischiettare, per richiamare il cucciolo. «Titti vai, corri a prendere la pallina!»

La getta nel prato, sollevando appena gli occhi intravedo il suo braccio subito dopo il lancio. Il piccolo prontamente ubbidisce lanciandosi un po' goffamente alla rincorsa.

«Tu non puoi... non puoi aver dato a un cucciolo di labrador il nome di un canarino giallo!» Mi arrendo, sollevo completamente lo sguardo spazientita. Così incontro i suoi occhi azzurro verde, il suo viso, le sue labbra che mi rivolgono un sorriso appena accennato, quasi timido.

«Non l'ho fatto!» Inclina il viso e solleva le mani. «Volevo solo attirare la tua attenzione. Lui... non ha ancora un nome, a quanto pare sono pessimo a sceglierli.»

Scuoto la testa e riabbasso gli occhi. Non sono più la donna fatale e grintosa che è andata a cercarlo in palestra solo poche ore prima. La donna che aveva un piano d'attacco formidabile, assetata di vendetta. Ora sono stanca. I tacchi mi fanno male. E mi si è rovinato il trucco, ne sono certa. Lo sento colare sul mio viso, mostrando ancora più evidenti i segni della mia rovina mentale e fisica. Ho anche voglia di mordermi le unghie.

«Faye...» sospira sedendosi accanto a me, passandosi le mani tra i capelli. Con la coda dell'occhio riesco a vederlo comunque, anche se cerco di evitare un nuovo contatto visivo e tengo ora ostinatamente lo sguardo fisso davanti a me. «Faye, mi hai usato per scrivere una storia.»

«Tu mi hai usata per vendicarti del mio migliore amico! Non è nemmeno paragonabile!» Come osa accusare me, quando lui aveva architettato tutto anche prima del nostro incontro ufficiale? «Quindi non sei nella posizione di fare l'offeso o il risentito. Tu volevi ferirmi, farmi del male, tu volevi che io pagassi perché Alex ti ha fregato la ragazza! Solo perché...»

«Sapevo chi eri quando ci siamo incontrati qui la prima volta, è vero. Sapevo chi eri anche quando ho preso l'appartamento accanto al tuo. Ti avevo già vista... al matrimonio...» Appoggia il braccio sulla panchina voltandosi con il busto verso di me.

«Al matrimonio? Tu eri al matrimonio di Alex e...» Sì, il matrimonio a Bristol. Me lo ricordo bene, c'ero anche io, per forza dovevo esserci. Ho fatto da testimone ad Alex.

«Sì, non mi sono fatto vedere, mi sono tenuto a distanza. Non sarei dovuto andare, mi ha fatto male e stavo quasi per allontanarmi. Mi sentivo un idiota e ho iniziato a ripensare a tutto il tempo trascorso, a quello che era accaduto. Stavo per andare via... però poi ho visto te. L'amica del cuore di Alex... di colui che mi aveva portato via la ragazza con cui stavo fin dal liceo. Con cui stavo per avere un figlio. Poi le cose tra me e Sally sono andate male, drammaticamente male... Per il bambino e di conseguenza tra di noi. Eravamo troppo diversi, fin dal principio.»

«Mi dispiace... per il bambino, voglio dire. Davvero questa volta, mi dispiace...» sospiro e mi massaggio la spalla. La solita maledetta spalla sinistra che non mi concede tregua.

«Lo so, Faye.» Le sue dita premono leggermente sulla mia spalla, sfiorandomi le dita. È la sua voce ora a farmi male. Come incrinata, rotta da un dispiacere che non saprei come consolare neppure se volessi. «Anche a me dispiace. È stato difficile, ma... io mai, mai ho pensato di farti del male. Sapevo chi eri, lo confesso. Ero curioso, questa è la verità. Volevo capire cosa c'era in te, cosa preoccupava tanto Sally. Dopo che ci siamo lasciati abbiamo parlato un paio di volte, per chiarirci. Ero infuriato perché avevo tentato il possibile per salvare la nostra relazione e lo avevo fatto principalmente per lei, perché sapevo che aveva sofferto più di me. Mi ha confessato di aver incontrato qualcuno, un cronista sportivo, di aver intenzione di ricominciare a vivere, altrove... e mi ha detto che c'era un'altra nella vita di Alex, un'altra che lei temeva. Quando ti ho conosciuta meglio l'ho capito. C'è una luce in te, illumini l'ambiente in cui ti trovi, Faye.»

«Insomma, mi hai presa per una lampadina!» Gli rivolgo un'occhiata carica di disprezzo, almeno nelle mie intenzioni. Potrei anche fulminarlo con lo sguardo in questo momento. «Sempre peggio!»

«Lo hai capito cosa intendo. E lo sai che non sono bravo a esprimermi quanto te.» Mi sfiora dolcemente il viso con un dito e si sofferma sulle mie labbra. Sorride ora, sembra decisamente più rilassato. «Ti diverti a fraintendermi, vero amica?»

Sto per cedere ma devo resistere. Mi rendo conto che basterebbe davvero poco, da parte sua, per fare nuovamente di me tutto ciò che vuole. E non voglio permetterlo. Mi alzo di scatto, in modo da impedirgli di toccarmi ancora. E non voglio più nemmeno ascoltare le sue ragioni. Mi sembra tutto assurdo e troppo contorto. Per me già il racconto di Alex è stato troppo.

«Ti farà piacere sapere che Sally e Alex sono in crisi. Potresti avere un'ottima occasione per riprendertela e ricominciare con lei. Quindi forse potrebbe tutto tornare come dovrebbe essere… Tu con Sally e io…» Lui con Sally e io…? Non lo penso davvero, ma ormai mi è uscito. Inizio a camminare verso casa.

«Faye, non mi interessa Sally. Non mi interessa più da tanto! Io… non posso conoscere i tuoi sentimenti per Alex, ovviamente. E non posso impedirti di provare quello che provi per lui, se la situazione tra voi è cambiata. Ma conosco i miei.» Percepisco i suoi passi alle mie spalle. «Faye… io ho tentato di dirtelo, ma… non sapevo come fare. All'inizio ero solo un po' curioso di conoscerti, quindi ho colto l'occasione… Non credevo che sarebbe nato qualcosa tra di noi. Comunque, il mio trasferimento è stato casuale. Quella parte è vera. Vivevo già in zona, poi si è liberato l'appartamento…»

Mi sfuggono troppi dettagli. Cosa intendeva dicendo che Sally era preoccupata? Cosa di me lo incuriosiva? Perché ha lasciato che accadesse, come se fosse del tutto spontaneo, naturale? No, basta. Non voglio sapere, non me ne frega niente.

«Vai al diavolo, Derek!» Ecco perché uno come lui si è avvicinato a una come me. Solo per curiosità. Per scoprire cosa c'era in me... cioè niente. «Non abbiamo più nulla da dirci. Spero di aver soddisfatto la tua curiosità nei miei confronti. E per l'amor del cielo dai a quel povero cucciolo un nome decente!»

«Perché non mi aiuti a sceglierlo, amica?»

Continua a seguirmi. Avrei dovuto evitare di mettere di mezzo il cagnolino. Gli ho fornito un'altra scusa per continuare la conversazione. E non era quello che volevo! No, non era assolutamente quello che volevo. Con la coda dell'occhio scorgo anche il cucciolo. Perfetto, seguita da un uomo che è seguito da un cane.

«Perché ti ho usato per una storia, ti volevo vendere Derek. Sei stato solo un oggetto per me, in realtà non conti niente! Non è per questo che mi hai allontanata quando l'hai letta sul mio computer? Ti ho usato e strausato. Ogni gesto tra noi, ogni volta... è accaduto tutto in funzione del libro che dovevo scrivere. Lo avevo pianificato. Mi serviva qualcuno per scrivere quella stupida storia e mi sei capitato tu. Così ho approfittato della situazione. Per questo ho accettato i tuoi baci, per questo sono venuta a letto con te. Ecco! Sei contento adesso, stronzo?» Ho un nodo in gola ma cerco di mantenermi forte, energica. Certo, perché io sono forte ed energica.

«Sei davvero molto dolce, Faye.» La sua voce diventa profonda mentre pronuncia il mio nome, ma allo stesso tempo carezzevole.

È impazzito? Ha sentito ciò che gli ho appena detto? Lo ignoro e continuo a camminare.

«Adoro la tua fronte aggrottata quando sei pensierosa. Adoro le tue magliette di Titti per ogni occasione. Sì, sei davvero molto dolce Faye. Molto più di quanto vuoi far credere. Sei più dolce tu, quando sei incazzata e tenti di insultarmi, di Sally, Anita, Candice e ogni altra donna che ho incontrato quando si sforzano di essere tenere.» Si è fermato.

Non sento più i suoi passi dietro di me. «Per questo ti ho allontanata, dovevo pensare. Non sapevo come dirti la mia verità quando ho scoperto la tua... che mi stavi usando per una storia. Ci sono rimasto male, ma se tu ti sentivi in colpa... io, con quello che ti avevo nascosto, come avrei dovuto sentirmi?»

«Come uno stronzo...» bisbiglio tra me mentre mi allontano.

CAPITOLO 47

Un vero stronzo. Più stronzo di quanto sia stata io con lui. Io avevo iniziato, ma poi… la storia mi è sfuggita completamente di mano. Il suo interesse nei miei confronti invece è stato tutto una messa in scena. Una curiosità da soddisfare. Recitava. Come me, peggio di me. Tutto finto!

A casa. Davanti al portoncino. Apro e salgo le scale. Non mi sono voltata tutto il tempo per controllare se mi stava seguendo. Ho proseguito imperterrita, resistendo stoicamente alla tentazione. Mi sono sentita un po' Euridice. No, Orfeo in realtà. Che voltandosi avrebbe fatto sparire per sempre Euridice. Ciò significa che Derek sarebbe Euridice. Non ce lo vedo molto…

Ma perché in certi momenti, anche in quelli più drammatici o sentimentalmente deprimenti della mia vita, mi vengono sempre in mente cose così stupide? E comunque lui non c'è. Ovviamente non mi ha seguita. Lui con il suo nuovo cane senza nome. Dopo Pongo e Titti mi aspetto veramente di tutto.

Mi ha ingannata. Mi avrebbe ferita. Però… in effetti non ha fatto nulla del genere. Non ha mai tentato di farmi del male da quando abbiamo iniziato a frequentarci. Perché non lo ha fatto se queste erano le sue intenzioni? In effetti questa storia non ha molto senso. Avrebbe potuto quando ha compreso che stavo diventando sempre più debole nei suoi confronti.

E ora… certo è l'ex di Sally, la moglie di Alex. E questo mi infastidisce. Mi ha avvicinata per curiosità sapendo che abitavo in zona. Alex e Sally hanno dei problemi e io… spero che si risolvano. Ma alla fine io cosa c'entro in tutto questo? E Derek cosa c'entra? Gli ho mentito. Non vorrei che sfruttasse l'occasione per tornare con lei, non lo vorrei affatto.

Comprendo che non sia una colpa essere l'ex di Sally. Avrebbe potuto benissimo essere l'ex di chiunque altra.

Maledizione! Volto le spalle alla mia porta rossa e scendo le scale. Torno sui miei passi, letteralmente. Lo ritrovo ancora al parco, accanto alla panchina. Lancia la pallina al cucciolo senza nome.

«Dovresti muoverti a trovargli un vero nome perché nella mia testa lo sto già chiamando Senzanome... e come nome fa ancora più schifo di Pongo e Titti, poverino.»

«Ho bisogno di aiuto...» sospira mordendosi le labbra, socchiude gli occhi su di me. «Magari da parte di una ragazza che scrive con tanta fantasia.»

«Scrivo prevalentemente urban fantasy, horror, mistery... Non ne uscirà nulla di buono.»

«Abbiamo tempo. Senzanome può aspettare ancora qualche giorno.» Si avvicina e allunga una mano verso di me. «Invece io no. Io ho bisogno di te adesso, Faye.»

«Potrei usarti ancora per un'altra storia.» Sollevo il braccio e poi lo lascio ricadere. «Potrei essere anche un'utilizzatrice seriale di vicini tatuati! Potrei usarti per tante storie.»

«Correrò il rischio. La prima mi è piaciuta.» Sospira e solleva le spalle, increspa le labbra e si passa una mano sul mento. «Soprattutto certe parti...»

«Quali? Quelle in cui ho pensato che fossi un alieno con un piano diabolico, immagino! Oppure un vampiro...» Inclino il viso e lo guardo mordendomi le labbra. Non riesco a impedirmi di sorridere. E so che non dovrebbe farmi questo effetto, non più dopo ciò che ho scoperto di lui.

«Sì, direi che anche quelle non sono male. Però intendevo altre parti, Faye. Quelle in cui lei...» Mi rivolge un'occhiata allusiva, si guarda intorno per poi fissare gli occhi su di me ripercorrendo il mio corpo da capo a piedi. Si avvicina ancora. «Dicevo, quelle in cui lei fa con lui certe cose che non posso mostrarti ora in un luogo pubblico.»

«Stai diventando un po' troppo intraprendente, amico. Ricorda che sono ancora arrabbiata con te! Anzi, incazzata è la parola giusta.» Spero di non risultare davvero troppo dolce ai suoi occhi in questo momento. Ho una voglia pazza di baciarlo. «Sono anche andata in palestra a cercarti per insultarti e prenderti a calci pubblicamente! Peccato non averti trovato, mi ero preparata per bene.»

«Ho lasciato quel lavoro, già li avevo avvisati da tempo. Ho trovato qualche corso nella palestra di Fulham che è comunque legata a quella del centro, quindi mi hanno trasferito lì. E poi vorrei riprendere anche il mio vero lavoro...» sospira e punta deciso gli occhi nei miei. «Riguardo alla storia che hai scritto... che ne dici della parte in cui la ragazza perdona il ragazzo e gli concede un'altra possibilità? Quello si può fare? Credi che potrebbe piacere ai tuoi lettori?»

«Non mi sembra di averla scritta quella parte.» Scuoto la testa decisa. Aggrotto intenzionalmente la fronte mostrandomi pensierosa. «No, anzi, sono sicura. Io non l'ho proprio scritta quella parte.»

«Però la potresti aggiungere. Ti do un suggerimento. Magari potrebbe baciarlo appassionatamente in un parco vicino a casa...» sogghigna e si morde le labbra. «Non sarebbe ottimo come finale?»

«No. Quella storia resterà incompiuta... perché comunque non la consegnerò all'agenzia. Ne ho inventata un'altra. Anzi, dovrei proprio scriverla in fretta. Mi rimangono circa due settimane per non mettermi nei guai e perdere il lavoro. Una missione quasi impossibile, capisci? Ma non ho alternativa, la Ghostly non perdona! Ma tu che ne puoi sapere? Non hai idea di come sia la mia vita. Non hai idea di come non ci sia mai spazio per niente e per nessuno...»

Non sono certa che lui capisca, ma io sicuramente capisco. Anzi, lo so! Una storia non si scrive da sola mentre io sto qui a temporeggiare con un uomo che non ha nulla a che fare con il mio mondo e con le persone che frequento abitualmente. Un uomo che soprattutto non vedo l'ora di baciare ma che temo mi ferisca. Ancora.

«Spiegami, Faye. Puoi dirmi la verità ora, tutto quello che vuoi, quello che fai. Voglio sapere di te e del tuo lavoro e anche io voglio raccontarti di me. Comunque, penso che dovresti proprio portarla a termine quella storia. Quella nostra, intendo. E pubblicarla con il tuo nome.» Qualche passo e ora è proprio di fronte a me. Appoggia la mano sulla mia spalla massaggiandola piano. Conosce i miei punti deboli.

«Stai scherzando? Io non pubblicherei nemmeno le istruzioni del detersivo per i piatti con il mio nome!» Inclino la testa con l'intento di fargli togliere la mano dalla mia spalla. Ma così ottengo solo che le sue dita mi sfiorino il collo.

Sembra riflettere, increspa le labbra e sposta la mano sul mio volto. «Usa un altro nome, allora. Ma che resti tua. Non di un'altra. Sono geloso della nostra storia.»

«Mi stai suggerendo di trovarmi uno pseudonimo?» Il pensiero ha sfiorato anche me mentre elencavo le storie da scrivere con le idee delle trame. Ma l'ho rimosso subito. È un pensiero che sfiora molti ghostwriter, prima o poi. Era stata un'idea di Alex presentarci con pseudonimi diversi e io lo avevo assecondato. Ma a me non era mai capitato.

«Sì, ecco. Uno pseudonimo!» Annuisce convinto. «O due, tre, quattro…»

«Ne ho avuti nove quando lavoravo con Alex. Lui lo trovava divertente. Eravamo all'inizio e lavorare con qualcun altro era diverso. Ma ora direi che forse è giunto il momento di rinnovarmi.» Incrocio le braccia e aggrotto la fronte, ancora una volta intenzionalmente. «Io sono complicata, Derek. Io entro ed esco dalle storie che scrivo. Poco importa che siano per altri e poi io le perda e non ne sappia più nulla. Che vadano bene o male, che siano lette e amate oppure no, smettono di essere mie. Anche se in fondo lo restano sempre, ufficialmente non mi appartengono più. Ma il punto è che… quelle storie mi attraversano comunque, che io lo voglia o meno. In quei momenti io vivo in quelle storie. Che siano urban fantasy, horror, mistery, thriller… Poi ovviamente evito di frequentare vampiri, licantropi e serial killer. Il tuo caso è stato diverso perché mi hanno affidato un genere che non mi appartiene, quindi avevo bisogno di… sperimentare…» Riprendo fiato e lo fisso decisa negli occhi. «Non ho orari e spesso non ho regole. Non mi importa averle e non ho intenzione di cambiare le mie abitudini, il mio mondo, i miei legami. Con te ho tentato, ma… potrei ricadere in me stessa in qualsiasi momento. C'è anche una festa della Ghostly Whisper a fine settimana e sono obbligata a partecipare. Potrei anche chiederti di accompagnarmi, come vorrebbero i miei amici, e introdurti in questo mio folle mondo. Poi c'è The Voice, il nostro ignoto capo supremo… ah, se ti raccontassi anche di The Voice…»

«Ho capito. Mi stai per dire prendere o lasciare, Faye? O stai creando espedienti più o meno reali per farmi intendere che non mi converrebbe avere una relazione con te? Credi di potermi convincere?» Socchiude per un attimo gli occhi, poi li spalanca su di me avvolgendomi in quell'azzurro verde a cui io temo di non saper resistere. «Hai dimenticato le canzoni improvvisamente alzate a tutto volume. Magari tu che canti *All I Need* volteggiando per la stanza… chiedendo di rendere il tuo cuore un luogo migliore. Un po' come tu hai fatto con il mio.»

«Mmh… non sono espedienti, sono la realtà.» Era in casa, quindi. Mi ha sentita. Avrà anche compreso che stavo pensando a lui? «Le premesse sono state tutte sbagliate, Derek. Da parte di entrambi. Un po' come nella storia che io non sapevo scrivere.»

«Il risultato resta lo stesso. Con te che ti ostini a non cedere. Con me che tento di riprenderti e non ho intenzione di rassegnarmi.»

Improvvisamente, inaspettatamente mi afferra per la vita e mi attira a sé. Prima di riuscire a respingerlo cedo davvero, sono tra le sue braccia.

«Mi dispiace che tu non sia contenta delle premesse, Faye. Ma se devo dirti le cose come stanno, ora… per quanto mi riguarda, non mi dispiace che Alex si sia intromesso tra me e Sally, perché la nostra storia ormai era irrecuperabile. Ci sono stato male, questo è vero. Ma era giusto così. Ora non mi dispiace che sia accaduto. Non mi dispiace aver avuto l'occasione di trasferirmi a Londra, proprio in questa zona. E poi nell'appartamento vicino al tuo. Non mi dispiace aver avuto l'opportunità di conoscerti, di frequentarti, di viverti accanto ogni giorno, ogni notte. Anzi… credo che non avrei potuto chiedere di meglio.»

Mi bacia sulle labbra. Prima con dolcezza, poi con una passione a cui io non so resistere. Nel frattempo, Senzanome ci scodinzola intorno con in bocca la pallina, cercando di attirare l'attenzione.

Devo riuscire a riprendere fiato prima di poter parlare.

«Derek… tu non puoi essere così drammaticamente romantico con me…» sbuffo ma mi allungo verso di lui per baciarlo ancora. «Io non volevo questo. Io volevo solo scrivere una storia.»

«Io volevo viverla.» Sorride e si stringe nelle spalle. Poi mi cinge la vita con le braccia, ancora più forte. «Tu cosa vuoi fare, amica? Vuoi tentare di viverla con me?»

Mi bacia ancora. Lo bacio anche io, accarezzandogli il viso.

«Mi stai tentando, amico? Non sarà facile convincermi, ma potrei decidere di darti un'unica e ultima possibilità. Prima e ultima, anzi.»

«Quindi adesso… cosa dovrebbe succedere nelle storie? Una grande dichiarazione in cui la ragazza confessa di essere follemente innamorata?» Sorride sussurrando sulle mie labbra. «Dovrebbe essere questo il finale? Un po' me ne intendo anche io…»

«Dimmi che non te lo aspetti davvero, Derek. Lo sai che scrivo altri generi e che non sarebbe nel mio stile. A tal punto che anche io preferisco non aspettarmelo. Quindi non pensare di dirlo, per ora.» Rido stendendo le braccia, poi piegandole lo afferro per la testa avvicinandolo di più a me. «Che io conceda alla storia una possibilità è già molto. Per il resto ti toccherà aspettare. Abbiamo moltissime cose da fare nel frattempo, mio caro vicino tatuato. Dare un nome a Senzanome, trovare uno pseudonimo o due per me... aggiustare il mio computer, riprendere le lezioni di kickboxing, di yoga, di danza... di respirazione tantrica... Ecco, io voglio presenza, voglio azioni, voglio vita. Scrivere la storia e viverla. Sì, decisamente per la grande dichiarazione ti toccherà aspettare, amico. Le cose stanno così per quanto mi riguarda, anche se sono abbastanza certa che queste mie "bizzarre idee" su una relazione non sarebbero adeguate se scritte in una storia. No, questo non andrebbe proprio bene come finale.»

Sospira ma poi annuisce, mi bacia le labbra e appoggia la fronte alla mia. «Allora aspetterò, amica. Forse non andrà bene come finale di una storia... ma sicuramente come inizio a me sembra perfetto.»

CAPITOLO 48

Derek ha ragione. Nonostante i miei tentativi di mantenere il controllo della situazione, come inizio è davvero perfetto. Il più assurdo che io abbia mai vissuto ma assolutamente perfetto. Perché, malgrado le divergenze tra noi e le contrarietà a proposito di alcune questioni, non c'è storia che io possa considerare migliore della nostra. Non potrei inventarmi un protagonista che nella mia immaginazione e tra i miei desideri sia in grado di raggiungere ed eguagliare questa realtà.

Tornati a casa, mi stringe tra le braccia ancora una volta. Restiamo, come sempre, in bilico tra il mio appartamento e il suo. Sto per cedere e me ne rendo conto. Sto per cedere da tutti i punti di vista e questo un po' mi spaventa ancora. Non si tratta più soltanto di attrazione fisica.

Lasciamo entrare il nuovo cucciolo nell'appartamento di Derek, il piccolo trotterella stancamente e si va ad accucciare in un angolo del soggiorno.

«Devi pensare a un nome…» sospiro e rivolgo a Derek uno sguardo di rimprovero.

«Ci dobbiamo pensare» annuisce e si sposta alle mie spalle per cingermi da dietro. Posa le labbra nell'incavo del mio collo e mi sento percorrere da un brivido. La mia pelle nuda freme al contatto con la sua barba di pochi giorni. In un attimo tutto scompare: i pensieri, le preoccupazioni, la rabbia per ciò che avrebbe dovuto rivelarmi fin dal principio e invece ha taciuto.

Ci ritroviamo a casa mia, dove io oppongo una ormai debole resistenza mostrandomi ancora irritata per le sue manipolazioni. Per non avermi detto la verità. Mi si avvicina e io lo respingo con le mani, che trattengo però sul suo petto.

Sorride e inclina il viso, riuscendo comunque a cingermi per la vita.

«Mi ci vorrà del tempo prima di riuscire a riconquistarti del tutto, vero?»

Annuisco mantenendo un broncio un po' forzato. «Davvero molto tempo... ti dovrai impegnare.»

«Un po' ti piaccio ancora però...» sorride avvicinando le labbra alle mie. I suoi occhi azzurro verde richiamano i miei, nonostante io mi sforzi di evitare il suo sguardo.

«Un po'... davvero poco, direi...» riesco appena a sospirare mentre la testa mi ricade all'indietro. Non trovo il tempo di respingere il suo bacio. O forse non trovo proprio l'energia per farlo. Diventa sempre più profondo mentre perdo il controllo e lo attiro a me afferrandolo per la testa e immergendo le mani tra i suoi capelli.

«Davvero poco, capisco...» Si stacca per guardarmi ancora. Mi fissa serio negli occhi. «Per me invece è il contrario. Stavo per impazzire senza di te.»

Mi solleva per i fianchi e riprende a baciarmi. Mi aggrappo a lui intrecciando le gambe intorno alla sua vita. Per me è lo stesso. Forse ancora di più di quanto sarei disposta ad ammettere e ad esprimere a parole. Credo che lo sappia, che lo abbia intuito. Perché per quanto io taccia o neghi l'evidenza è impossibile riuscire a resistere, a trattenere il mio corpo, i miei gesti, i miei sguardi.

Stavo per impazzire senza di lui, nello stesso identico modo. Quindi anche se mi intestardissi, anche se non volessi perdonarlo, non avrei scelta. Lo perdono perché mai, mai in vita mia, mai con una storia scritta e raccontata da altri o da me stessa ho provato le stesse emozioni, le stesse sensazioni di esaltante abbandono, di estasi. Lo perdono perché voglio provare a viverla questa storia. Non solo a scriverla.

Così, qualche giorno dopo, passiamo alle presentazioni ufficiali. Annullato per sempre il clima di tensione, mistero e inganno con cui descrivevo agli amici la mia storia con il "vicino tatuato". Nonostante Brianne, Kelly e Camille lo avessero già incontrato rapidamente a casa mia, ora siamo giunti a una presentazione vera e propria in cui Derek è stato ampiamente informato del nostro lavoro.

In realtà tra gli amici sono inclusi soltanto le ragazze più Sean che dalle occhiate allusive che mi lancia continuamente sembra approvare la mia scelta. Evitiamo accuratamente di parlare di Alex. Ma forse presto tutto quanto verrà dimenticato e il passato legame con Alex e Sally diventerà sempre più sottile fino a spezzarsi completamente. Forse non sarà mai semplice ma sarà possibile. La storia tra Derek e Sally si è conclusa da tempo. Quella tra me e Alex, che va oltre l'amicizia, non è mai iniziata. E io preferisco non parlarne affatto.

Sono in ritardo con la storia. Ma nella mia incoscienza non me ne preoccupo. Mi inventerò qualcosa. Sono sempre stata brava a inventarmi qualcosa nei momenti di difficoltà. Quindi so che in qualche modo riuscirò a portarla a termine. Forse perché ormai ho la mia personale fonte di ispirazione. Oppure, se proprio non ci riuscissi…

«Se non ci riuscissi, potrei sempre tornare in palestra…»

Sono seduta sul letto con il computer appoggiato sulle gambe. Lancio un'occhiata a Derek che si sta infilando la maglietta per prepararsi a uscire. Si volta e mi osserva perplesso.

«Vuoi tornare con me in palestra? Ci sto andando proprio adesso.»

«Stavo pensando ad alta voce. Se mi mancasse l'ispirazione per la storia potrei sempre tornare in palestra e provare a cercare qualche bel ragazzo…»

Si siede sul letto e mi guarda serio. «Lo stai dicendo per punirmi, vero?»

«Lo sto dicendo perché eravamo d'accordo sul fatto che non ti avrei usato per la storia che devo scrivere. Ti sei arrabbiato quando l'hai letta. O l'hai dimenticato?» Incrocio le braccia e sposto il computer di lato. Poi sorrido mordendomi le labbra. «E in parte sì… lo sto dicendo anche per punirti. Mi piace punirti.»

Scuote la testa e fa un respiro profondo, aggrotta la fronte restando assolutamente serio. Poi mi afferra per una caviglia e sorride trascinandomi verso di sé.

«Voglio che usi me. Usami finché vuoi. Ma non cercare un altro in palestra.»

Rido cercando di divincolarmi ma invece di tirarmi indietro mi spingo in avanti, verso di lui.

«Quindi non mi porterai con te…» In un attimo mi ritrovo in braccio a lui, lo circondo con le gambe e con le mani gli accarezzo le spalle appoggiando la fronte alla sua. «Non è che ti sei trovato una nuova Anita anche alla palestra di Fulham e vuoi impedirmi di vederla?»

«Non mi hai ascoltato, Faye. Ti ho detto che se vuoi puoi venire in palestra con me. Però non voglio che guardi o cerchi qualche bel ragazzo.»

«Credo di essere troppo impegnata, purtroppo…» sbuffo e avvicino le labbra alle sue.

«Hai ragione, sei decisamente troppo impegnata.» Mi bacia lasciando scivolare le mani sui miei fianchi fino a raggiungere i glutei.

«Intendo… con il lavoro, con la storia da scrivere…» Mi stacco un istante per guardarlo negli occhi. «Derek… perché hai lasciato la palestra del centro?»

«Avevo bisogno di una pausa. Lo avevo già deciso da un po'. Forse un giorno tornerò. In realtà…» Si stacca da me e si passa le mani tra i capelli. Abbassa gli occhi con espressione avvilita, poi torna a guardarmi. «In pochi giorni ero diventato intrattabile, in palestra. Stavo per prendere a botte Giacomo per una sua stupida battuta. Così Frances mi ha consigliato di allontanarmi da quel luogo e cambiare aria. Avevo bisogno di un ambiente diverso. Già tornare a casa era inevitabile… questo quartiere anche… Insomma, non avevo un posto dove potermi staccare, non pensare…»

Credo di non comprendere il suo discorso. O forse sì. Ma non sono del tutto convinta che sia serio in proposito. Forse mi sta prendendo in giro, come sempre. Abbasso un attimo lo sguardo, attendo che sorrida e passi al suo abituale tono scherzoso. La verità è che temo d'illudermi. Ho quasi paura di credere che stia davvero affrontando un discorso più importante di ciò che si rivelerà in realtà.

«Un posto dove magari sarei riuscito a non pensare che quasi sicuramente tu non saresti più tornata da me.» Si stringe nelle spalle e abbassa di nuovo lo sguardo. La sua voce diventa più roca, quasi incrinata. «Quando sei andata via… non riuscivo più a restare da nessuna parte. Sapevo che mi avevi usato per la tua storia. E quando l'ho scoperto, inizialmente ho pensato che non ti importasse di avere altro da me. Ho intuito che fossi tornata a casa, dai tuoi. Sapevo che Alex vive lì vicino. E ti avrebbe raccontato tutto, ti avrebbe convinta a non tornare indietro… a non tornare più da me.»

«Derek…» sospiro e sfioro la sua guancia. In effetti non è andato molto lontano da ciò che è realmente accaduto. «Non è stato facile. Ancora adesso non lo è…»

«Lo so…» solleva lo sguardo e posa la mano sulla mia, trattenendola sul viso. «Non sopportavo l'idea di averti persa. E non potevo nemmeno cambiare ciò che è accaduto tra noi dal nostro incontro per dirti la verità. Anche perché se lo avessi fatto… avrei comunque rischiato che tu non volessi neppure tentare di conoscermi…»

Non pensavo di poter essere così importante per qualcuno. Per lui. Inclino il viso per baciargli le labbra.

«Invece sono qui…»

«Sei qui…» annuisce e mi avvolge nel suo abbraccio. Non aggiunge altro. Ma mi stringe così forte da farmi quasi male. Come se non avesse altro, in questo momento, nella vita. E anche io provo lo stesso. Sento il suo cuore battere contro il mio petto. Sento il suo corpo agganciato al mio in un incastro incomprensibilmente perfetto, la mia pelle confondersi con la sua. E mi rendo conto che, per quanto io possa provarci, non riuscirei mai a descrivere così precisamente l'istante che segna la nascita di qualcosa di importante, di autentico. Qualcosa che trascende la ragione, la logica, gli eventi stessi. La nascita di un sentimento che io non sono mai riuscita a definire e probabilmente nemmeno a provare prima d'ora, ma che spesso i poeti, gli ingenui e i saggi chiamano amore.

CAPITOLO 49

«Non vorrei sottolineare l'ovvio, metterti fretta o causarti ansia, Faye. Ma i giorni passano, inesorabilmente.» Brianne mastica il suo ultimo pezzetto di crêpe al cioccolato al latte, poi mi punta addosso gli occhi azzurri. Inesorabile, proprio come i giorni che passano. «Non vorrei nemmeno distrarti dal tuo passatempo preferito… anche se non nascondo che una certa dose di invidia mi rende inevitabilmente più stronza del solito.»

Termina la frase scoppiando a ridere. Kelly e Camille la imitano, io invece incrocio le braccia imbronciata.

«Faye ha ragione. Perché perdersi in un'occupazione noiosa come scrivere quando si può stare a letto con un bel ragazzo?» Kelly si stringe nelle spalle e addenta buona parte della sua crêpe salata. Si sistema i capelli dietro alle spalle. Il suo abbigliamento e la sua acconciatura sembrano cambiati, noto che ha iniziato a sfoggiare un look meno "lugubre" rispetto alle sue abitudini.

«Parli per esperienza personale?» Non mi lascio sfuggire l'occasione di ribattere a tono. La storia di Kelly con Rudolph continua, a dispetto di tutte le previsioni. In effetti non avrei scommesso un penny sulla durata della loro relazione. E sicuramente nemmeno loro. «Sono quasi pronta, comunque. Sono perfettamente in grado di unire il dovere al piacere.»

«Bene, perché ho già pronta un'altra storia dello stesso genere da affidarti.» Brianne sogghigna puntandomi addosso la forchetta. «Mi conviene sfruttare il tuo momento di ispirazione, il tuo stato di grazia per farti scrivere tutte le storie romantiche che abbiamo in arretrato.»

«No, te lo puoi scordare. Io voglio tornare al mio genere, al più presto.» Scuoto la testa decisa e fisso il mio piatto ormai vuoto. Ho una fame incredibile. Ma dovrei andarci piano e non esagerare. O tornare in palestra mi servirà a ben altro, oltre che a prendere appunti sui palestrati in circolazione.

«Ora che hai rotto il ghiaccio dovrebbe essere più semplice scrivere storie d'amore, siano chick lit o altri generi affini» puntualizza Camille, ritirando i nostri piatti ormai vuoti.

E non ha tutti i torti, in effetti. Però non lo ammetterei mai, per non permettere a Brianne di approfittarne. Se capisse che non è più tanto complicato per me scrivere una storia d'amore mi ritroverei immersa nel genere rosa e nella narrativa femminile anche a dispetto delle mie effettive preferenze. Solo perché è momentaneamente il più letto e venduto.

«Comunque… non l'avete sentita la novità, vero?» Brianne incrocia le dita e appoggia i gomiti sul tavolo, spingendosi in avanti. Come se volesse confidarci una notizia ancora top secret.

La fissiamo in trepida attesa, considerato il fatto che le novità le veniamo sempre a sapere da lei o da Sean e che Sean non è momentaneamente presente. Dagli sguardi mi rendo conto che anche Kelly e Camille sono all'oscuro della novità. Brianne sembra in preda a un'eccitazione non molto comune in lei. Gli occhi azzurri scintillano irrequieti.

«Ne sta arrivando uno nuovo… dal Canada! È uno dei migliori. Un genio, un talento eccezionale, una forza della natura!»

«E perché dal Canada questa forza della natura dovrebbe arrivare fino a qui?» La situazione mi appare, molto obbiettivamente e lucidamente, poco chiara.

Non ci poniamo nemmeno l'interrogativo sul soggetto della grande rivelazione di Brianne. È risaputo che con "uno nuovo" intenda un nuovo ghostwriter. La descrizione successiva lo rende ancora più evidente.

«"Uno nuovo", quindi maschio deduco anche dal fervore con cui ne parli.» Kelly increspa le labbra in un sorrisetto sarcastico. «Maschio, canadese e sexy. Lo affideranno a te?»

«Se la Ghostly lo ha assunto ci sarà un motivo…» Camille stringe leggermente gli occhi su Brianne che ovviamente può ritenersi ampiamente soddisfatta per aver suscitato la nostra curiosità.

«Che genere scrive? Potrebbe far concorrenza a Rudy dalla descrizione.» Lancio un'occhiata a Kelly e poi torno su Brianne.

Si sta divertendo un mondo a lasciarci in sospeso. Anche Camille, di solito tranquilla e pacata, mostra segni di impazienza perché rischia di essere costretta ad andare a servire altri tavoli prima che Brianne ci degni di una risposta esauriente in merito.

«In realtà scrive il tuo stesso genere, Faye. Prevalentemente fantascienza, urban fantasy e distopici. Ma davvero è un talento incredibile, un genio nel suo campo.» Brianne sospira ravvivandosi i capelli e inumidendosi le labbra. Quasi come se avesse il genio della fantascienza proprio di fronte a sé e intendesse sedurlo.

Dovrei ritenermi offesa? Perché se parla di lui con tanto entusiasmo implica quasi il fatto che io nel mio campo non sia un granché. Ecco perché mi vuole rifilare i romanzi sentimentali. È in arrivo il genio, il talento incredibile. Il mostro sacro, insomma.

«E si può sapere perché non se ne resta in Canada? Perché verrà a stare qui? Non sarà di certo per il clima.» Sto diventando acida, me ne accorgo immediatamente. Forse perché sono stata colpita in un punto debole e questo mi rende suscettibile. «E poi è proprio necessario trasferirsi? Non può collaborare a distanza?»

«Questo non ci è ancora dato saperlo. Non conosco ancora i dettagli.» Brianne si stringe nelle spalle e socchiude leggermente le palpebre. Evita i nostri sguardi.

Non sono un'esperta di comunicazione non verbale ma ho la sensazione che Brianne sappia più di quanto ci stia raccontando. E forse non avrebbe proprio dovuto raccontarci nemmeno quel minimo che ci ha rivelato. Ora teme di sbilanciarsi troppo, la conosco. Anche lei ha un suo diretto superiore a cui rendere conto. Che a sua volta ha un altro diretto superiore. Non sono del tutto sicura dei gradi di separazione tra lei e The Voice, ma so con certezza che non è direttamente in contatto con il nostro capo supremo e riceve ordini da altri anelli intermedi della catena.

«Non è che questo canadese sexy ha a che fare con The Voice? Tu devi averlo visto per sapere com'è fatto...» Kelly non si lascia sfuggire i dettagli. Che poi dettagli non sono ma evidenze. Brianne deve aver già avuto occasione di conoscere il genio della fantascienza.

«Sì, l'ho incontrato qualche anno fa in effetti.» Brianne annuisce cercando ora di mostrare un atteggiamento più compito. «Ve l'ho detto perché presto sarà di dominio pubblico e anche perché lui... ecco, ha più un atteggiamento da scrittore che da ghostwriter. Vi metto in guardia visto che presto lo incontrerete.»

Sbuffo contrariata. Ci manca solo quello con l'atteggiamento da scrittore. Uomo, per giunta! Come se avere a che fare con Rudolph non fosse abbastanza! Un esaltato, egocentrico con manie di grandezza. Stare alla larga dagli scrittori uomini è una delle regole base che ho imparato nel corso della mia formazione di ghostwriter. Soprattutto se si credono scrittori e non lo sono. Soprattutto se non sono famosi e nessuno legge una sola riga di ciò che scrivono. Quando sono relativamente famosi per lo meno l'esaltazione è giustificata. Quando nessuno li considera, nemmeno la moglie, la fidanzata o l'amante di turno, riversano sul resto del mondo la frustrazione del loro ego con un'asprezza tendente al disprezzo per chiunque non comprenda la grandezza del loro indiscutibile talento.

«Lo scrittore ci mancava proprio. Ci sarà da divertirsi!» ridacchia Camille, stringendosi nelle spalle e salutandoci con un cenno per andare a prendere l'ordinazione dei clienti appena entrati nel locale.

«Io ne avrei fatto davvero a meno...» Questa storia non mi convince e non mi piace, non solo perché la vedo come un affronto personale. «Siamo già abbastanza. Perfettamente in grado di gestire il lavoro.»

«Alcuni collaboratori si sono trasferiti, Faye. Anche quelli affidati ad altri redattori hanno lasciato, non solo i miei. Alcuni sono stati assunti da case editrici e non sono più disposti a scrivere storie, preferiscono lavori di editing o di redazione. Camille non lavora più a tempo pieno e nemmeno Alex. Tracy non si è ancora rimessa del tutto. Ci sono nuovi assunti ma non hanno l'esperienza necessaria e hanno bisogno di essere seguiti. Rudolph è focalizzato sul suo genere e va benissimo per come stanno andando le cose, è uno dei più richiesti al momento. E poi ci sei tu...» Brianne fa una pausa e sospira. Non comprendo perché doveva proprio arrivare a me per interrompere il suo monologo. «Ho la sensazione che tu stia cambiando, Faye. Che tu voglia creare qualcosa di tuo, prima o poi. È come se tu attendessi la spinta necessaria senza trovare ancora il coraggio. Da un po' ho questa idea di te. E da quando hai iniziato a frequentare Derek il cambiamento è diventato ancora più evidente.»

Le parole di Brianne mi lasciano disorientata. A tal punto da non avere nemmeno la prontezza di negare. Creare qualcosa di mio. Se Brianne se n'è accorta allora dev'essere iniziato ancora prima della comparsa di Derek nella mia vita.

«Sì, effettivamente sei un po' meno cinica del solito.» Kelly fortunatamente interviene in mia difesa. «Ma io questo grande cambiamento non l'ho notato, Faye.»

«È possibile almeno conoscere il nome di questo famigerato ghostwriter pseudo scrittore?» Cambio completamente argomento deviando l'attenzione da me al canadese. «O forse oltre che su The Voice dovremo indagare anche su questo misterioso talento proveniente dal Canada?»

«Secondo me potrebbe essere una spia!» Sean recepisce parte della mia domanda e replica a tono. Ha varcato la soglia della crêperie con il suo solito stile, che è poi il suo originalissimo modo di spostarsi da un posto all'altro. Sempre in velocità. Che, considerata la sua altezza, gli viene davvero molto naturale. E la sua bellezza non passa mai inosservata, le donne sedute agli altri tavoli tengono ancora gli occhi incollati su di lui. Nel frattempo, si siede di fronte a me, si allontana i capelli biondi dal viso e prosegue la conversazione. «Parteciperà alla festa in maschera anni '80, da quel che ho sentito. Così anche tu sarai costretta a partecipare se vorrai scoprire di più!»

«Io non voglio assolutamente sapere di più. E tu da chi l'hai saputo?» sbuffo alzando gli occhi al cielo.

Sean sa sempre tutto. Credo che potrebbe tenere una rivista di gossip dedicata alla Ghostly Whisper. Chi sta con chi, chi se ne va, chi arriva.

«Ho preparato il suo contratto, per forza dovevo saperlo. Lo so già da un'eternità. Ma visto che ora la notizia è di dominio pubblico...» sospira tirandosi indietro nuovamente il ciuffo di capelli biondi. Non so mai quantificare il termine "eternità" espresso da Sean. Potrebbero essere due anni oppure due giorni. «Non sono più obbligato al silenzio riguardo al prossimo arrivo della nuova star della Ghostly. Comunque... alla festa ci potrebbe essere anche The Voice. La festa è stata rimandata rispetto al programma stabilito proprio per questo motivo. La data precisa non era ancora stata fissata. Questo non ti convince a partecipare, Faye? Non ti tenta nemmeno un po'?»

Ovvio che ne sia tentata. Ma anche se faccio la ritrosa e mi impegno per assumere l'aria contrariata di chi ha un'implacabile avversione alle feste, so che sarò costretta a partecipare. Sto soltanto temporeggiando nel tentativo di farmi pregare e di lasciar intendere che è una scelta forzata, non una resa che concedo volontariamente.

«Nemmeno un po'» ripeto imperterrita le ultime parole di Sean. «E poi... in maschera anni '80? Non ci sarà poi così tanto da mascherarsi... a meno che The Voice voglia davvero sfruttare l'occasione per presentarsi pubblicamente a noi poveri sottoposti. Ma visto che potrebbe essere chiunque non ne vedo la necessità. O magari ha invitato gente famosa...»

«Dobbiamo impegnarci nei preparativi, sarà una cosa in grande.» Brianne interviene anche se sembra molto meno convinta e molto meno entusiasta di Sean. Per una volta sono dalla sua parte.

«Io devo scrivere la storia, quindi...» sorrido beatamente, felice di togliermi d'impiccio. «Il grande evento coinciderà proprio con il momento in cui dovrò impegnarmi con tutte le mie energie. Non avrò assolutamente tempo né per i preparativi né per la festa.»

«La partecipazione non è volontaria o gentilmente richiesta, Faye.» La precisazione di Brianne è davvero poco gradita per me. «Sarà parte del lavoro, a prescindere dalla storia che devi scrivere. Se sei in ritardo con i tempi non è colpa della festa. Per cui non cercare di scamparla.»

«In pratica devi andare a lezione ma i compiti li devi fare lo stesso.» La conclusione di Kelly mi strappa un sorriso.

«Portati Derek, nel caso ti annoi potrà sempre esserti utile. Io non vedo l'ora di conoscere questo famigerato canadese.» Sean sgrana gli occhi su di me, poi si volta per richiamare l'attenzione di Camille. «Parlare di feste e di bei ragazzi mi mette sempre un grande appetito.»

«Non sei l'unico...» sospiro mordendomi le labbra. Sono tutti troppo distratti per avermi sentita. In ogni caso no, nonostante il suggerimento di Sean sia allettante, non mischierò il lavoro con la vita privata. Con loro è diverso, sono amici. Alla festa ci saranno anche colleghi, il genio canadese a quanto pare... e forse, ma io ne dubito fortemente, la presentazione ufficiale di The Voice. «Comunque, non porterò Derek a una noiosa festa di lavoro. Derek è affar mio, l'ho presentato a voi perché siete miei amici. Ma non c'entra proprio nulla con la Ghostly. Aver tentato di usarlo per una storia mi ha già provocato abbastanza guai.»

CAPITOLO 50

Non ricordo neppure quando è stata l'ultima volta in cui mi sono ritrovata in una situazione del genere. Probabilmente ero ancora un'adolescente che tentava, con imbarazzo, di imitare inutilmente le compagne di scuola.

Sto sfilando per Derek, provando i vestitini che ho acquistato nella boutique di Sean, uno dopo l'altro. Presa dall'euforia di mostrarmi più seducente ne ho comprati altri. Mi sono lasciata convincere a seguirlo in centro dopo il suo arrivo alla crêperie.

Derek, steso sul letto, mi osserva con l'aria di un giudice severo. Ma finisce inevitabilmente per sfilarmi un pezzo dopo l'altro. Mentre tenta di afferrarmi fuggo via.

«Non ho ancora finito!» rido e invece di allontanarmi torno a farmi stringere.

Le mani di Derek mi percorrono la schiena e i fianchi fino a giungere all'orlo del vestito che essendo piuttosto stretto riesce a sollevare solo di qualche centimetro.

«Ti ho mai detto che preferisco le tue magliette di Titti?» sorride baciandomi le labbra e poi il viso e il collo.

«Sì, alcune volte. E non lo trovo giusto. Mi ci vuole un certo impegno per entrare in questi vestitini minuscoli e tu nemmeno apprezzi!» Sollevo il viso con aria risentita, staccandomi da lui.

«Apprezzo invece...» sussurra spostando le labbra verso il mio orecchio. «Apprezzo più di quanto tu creda. Questi vestiti ti stanno talmente bene che preferisco...»

«Oh sì, certo!» sbuffo battendogli i pugni sul petto. «Mi stanno talmente bene che mi preferisci senza! Tipico di un uomo... quello che hai appena detto è talmente un cliché che non fa davvero più alcun effetto!»

«Non stavo dicendo quello, lo vedi che sei prevenuta!» ride afferrandomi i polsi. Lasciandomi guidare da lui gli cingo le spalle e poi il collo. «Comunque, stavo dicendo... ti stanno talmente bene che preferisco che altri non te li vedano addosso. La sfilata deve essere solo per me. Anche questo è tipico, vero? Un cliché, come lo chiami tu.»

«Abbastanza...» annuisco e sposto le mani sulle sue braccia. «Però devo trovare qualcosa da mettermi per quella stramaledetta festa della Ghostly. Sarà in stile anni '80 e questi vestiti non mi sembrano adatti. Nulla mi sembra adatto anche se credo che nel mio armadio ci sia qualcosa che potrebbe risalire davvero a quel periodo. Mi dovrò far consigliare da Sean, come sempre. Credo che tutti ci dovremo far consigliare da Sean, ha detto che se ne occuperà lui del nostro look vintage. Ma quello che volevo dire, in realtà...»

Non so come introdurre il discorso. Perché, in realtà appunto, non so nemmeno se sia il caso di sollevare la questione. Per questo ho nominato Sean e la sua ricerca di abbigliamento adatto all'epoca. In modo che l'argomento che sto per affrontare sembri puramente casuale. Derek mi fissa incuriosito.

«Ecco, Sean appunto...» Non ho nulla da perdere. Probabilmente l'idea non gli piacerà e non vorrà nemmeno saperne. «Insomma, anche le ragazze... ecco, io pensavo che... per quanto riguarda la stramaledetta festa... ovviamente sarò obbligata ad andarci...»

«Quindi sarò costretto a passare una serata senza di te, è questo che vuoi dirmi Faye?» Mi guarda negli occhi con espressione comprensiva. Non ci è arrivato. Ovvio, è un uomo. Come poteva arrivarci?

«Sì, ecco. Diciamo...» No, non gli dirò proprio niente. Non sembrerò una povera disperata in cerca di un accompagnatore a una festa di lavoro.

«A meno che tu mi permetta di accompagnarti...» Mi sorprende sia con le parole sia con i gesti, attirandomi a sé e guardandomi negli occhi. «Che è esattamente quello che vorrei, sempre che tu non ti senta troppo compromessa dalla mia presenza. Credi che sia una pessima idea portarmi con te?»

«Non sarebbe affatto una pessima idea. Anche perché...» Sta fingendo. Mi rendo conto che sta fingendo per far sembrare che la richiesta non venga direttamente da me. In un certo senso significherà rendere la nostra relazione più ufficiale. «Sì, Derek. Voglio che tu venga con me. Voglio che tu stia con me. Tra due giorni ci saranno i preparativi, una sorta di prova prima della serata vera e propria. Mi sembra un po' assurdo fare la prova di una festa ma vogliono che tutto sia perfetto per l'evento vero e proprio.»

«Riusciremo ad affrontare anche la prova prima della serata ufficiale.» Derek annuisce tranquillo.

Ho quasi paura ad abituarmi a lui. Sono ancora piuttosto convinta che sia troppo per me. Forse è tutta una finzione. La nostra storia non è reale. Sono piombata in un universo parallelo in cui uno come Derek presta attenzione a una come me. Cerco di non pensarci e vivere il momento, cogliere l'attimo insomma.

«Ci sarà anche The Voice a quanto dicono... Brianne e Sean lo dicono, in particolare.»

«Interessante. Riuscirete a scoprire chi si nasconde dietro al tuo grande capo, finalmente?» Derek increspa le labbra. Sembra sospettoso ora, anche se non comprendo a cosa stia pensando in questo momento.

«Ne dubito. Lavoro da talmente tanti anni alla Ghostly che ho quasi perso il conto. E ti posso dire che su The Voice ci sono stati davvero moltissimi sospetti ma nulla di fondato» sorrido stringendomi nelle spalle. «Qualcuno ha addirittura pensato che fossi io! In pratica noi dipendenti della Ghostly a un certo punto siamo stati tutti sospettati di essere The Voice. Ma pensandoci bene... se tu sei un tecnico informatico così bravo potresti scoprire di chi si tratta! Magari entrando nel suo computer, nei dispositivi della Ghostly...»

«Faye, mi stai chiedendo di spiare l'agenzia per cui lavori? Si tratta di spionaggio industriale.» Derek scuote la testa ridendo. I suoi occhi mi scrutando attenti e sono decisamente più seri di quanto mostra attraverso il suo sorriso.

«Non esagerare! Vorrei solo conoscere il mio capo. Sapere chi è, come ha iniziato, perché, come e quando ha fondato la Ghostly...»

«Dicevi che voi dipendenti della Ghostly siete stati tutti sospettati di essere The Voice.» Derek mi accarezza le braccia, percorrendole per arrivare alle mani e intrecciando poi le dita con le mie. Poi arriccia il naso increspando le labbra, assumendo la sua tipica espressione indagatrice. «Hai mai pensato che potrebbe essere davvero uno di voi, una delle persone più vicine a te? Magari su qualcuno puoi aver avuto dei sospetti più precisi e fondati che ti potrebbero aiutare a identificare il "colpevole".»

«No, anche perché... insomma, se fosse vero significherebbe che qualcuno tra le persone che mi sono più vicine come dici tu...» Scuoto la testa infastidita all'idea. Finché ne abbiamo riso e scherzato è stato tutto diverso. Ma davvero non potrei pensare che qualcuno abbia tenuto il segreto nascosto per così tanto tempo. Non riesco nemmeno a considerare l'idea. «Insomma... significherebbe che qualcuno dei miei amici mi sta mentendo da oltre dieci anni. E davvero io, forse perché ne sono direttamente coinvolta, non saprei proprio di chi sospettare. E non riuscirei nemmeno a comprendere i motivi per aver mantenuto il segreto.»

«Magari non è un segreto. Voglio dire, il fatto che abbia taciuto non significa che sia contro di te o contro il rapporto che hai con lui o con lei. Per qualche motivo ha soltanto preferito non rivelarlo.» Il discorso di Derek è sensato. Ma io continuerei a non comprendere le ragioni di un silenzio così prolungato.

«Mi stai per dire che hai qualche sospetto?» Lo scruto incuriosita. In realtà Derek non mostra affatto di volermi dire qualcosa sui suoi indiziati. Ma, considerato il fatto che è così intuitivo, potrebbe sempre essere di aiuto se riuscisse ad avere un'idea di chi si nasconda dietro a The Voice.

«Che ne pensi di Brianne? Tua amica, certo. Ma da quel che mi è sembrato di capire ti lascia spesso in bilico su diverse questioni.»

«Non è sempre così.» Spesso, però. Quasi sempre, anzi. «A lei piace creare un certo clima di suspense. È la sua natura... come quando in un libro o in film arriva il momento di svolta, quello che ti tiene incollato alle pagine... o allo schermo. Brianne è così o almeno sarebbe nelle sue intenzioni. Quindi in un certo senso... sarebbe fin troppo scontato se fosse Brianne. E a dire la verità, per come la conosco io... se fosse davvero lei non riuscirebbe a tenerlo nascosto nemmeno per mezza giornata, figuriamoci per così tanti anni!»

«Che ne dici allora di Camille? Vi riunite quasi sempre nel suo locale, quindi in un modo o nell'altro viene a sapere tutto ciò che fate e pensate.» Derek corruga la fronte con l'aria di chi si è lanciato in un'attenta e scrupolosa indagine della situazione. «Sembra tanto ingenua... addirittura trasparente, direi.»

«Troppo ingenua. Dovrebbe essere un'attrice formidabile per fingere così bene!» E non è detto che non lo sia, in effetti. Mi sento trascinare improvvisamente in un clima di tensione in cui tutti sospettano di tutti. «Però The Voice gestisce tutta l'agenzia, non solo noi. Quindi il fatto che ci incontriamo nel locale di Camille è ininfluente.»

«E sicuramente mi dirai che anche Kelly non potrebbe essere perché tra tutti sarebbe la più scontata.» Derek sospira stringendosi nelle spalle.

«Kelly? No, impossibile! Non potrei mai credere che mi abbia tenuto nascosto un segreto del genere. Ne abbiamo parlato talmente tante volte...» Intanto però contrariamente alle mie parole la mia immaginazione accarezza l'idea. «E poi perché sembri così convinto che The Voice sia una ragazza?»

«No, non lo sto dando per scontato. Stavo giusto per arrivare al tuo amico Sean.» Derek si accarezza il mento e arriccia il naso. «Però direi di no…»

«Perché no?»

«Mi sembra un po' come Brianne. Incapace di tenere segreti. E poi mi sono fatto un'idea… e non so perché ma credo che il tuo grande capo The Voice sia uno scrittore anche lui… o lei. Insomma… un ghostwriter in pensione, magari.»

Le parole di Derek mi lasciano stupefatta. Non credevo avesse analizzato così attentamente i miei amici. E nemmeno supponevo che fosse così interessato alla questione di The Voice.

«In pensione… o in una clinica per riprendersi dallo stress di immedesimazione.» No, non crederei che Tracy Weber sia The Voice nemmeno se la vedessi operare al computer e impartire ordini direttamente dal Blissful Park, supportata dal suo infermiere bambolotto. Riassumo brevemente a Derek la situazione di Tracy. «Un giorno potrei finirci anche io se non faccio attenzione.»

«Magari fingere di farsi rinchiudere potrebbe essere una strategia.» Derek socchiude gli occhi nel tentativo di riflettere sull'eventualità che Tracy possa essere il capo supremo.

«Sei più simile a me di quanto avrei mai potuto credere!» sorrido avvicinando il viso al suo. «Anche tu hai una mente molto attiva che seleziona tutte le opzioni possibili. E mi sembri anche portato alla teoria del complotto, come me. Saresti un ottimo autore di romanzi distopici e postapocalittici!»

«Non credo proprio. Ma se mi venisse qualche idea potrei fartela presente, in caso di necessità.» Derek ride e mi sfiora le labbra con un bacio. «Sono comunque un grande fan dei supereroi. Spider-Man, Batman, Capitan America, Iron Man…»

«Oh no, non sono proprio il mio genere!» ricambio il bacio e poi scuoto la testa decisa. «Io li ho sempre subiti anche quando vivevo con Al…»

Alex! Mi mordo le labbra prima di pronunciare il suo nome. Ma ormai è fin troppo evidente ciò che stavo per dire.

«Puoi nominarlo. Non è un problema, Faye.» Derek accenna un sorriso e mi sfiora la guancia.

«Mi dispiace…» sospiro accarezzandogli le braccia. Torno a baciargli le labbra, con dolcezza.

«Non mi importa, davvero. Anzi, in realtà… mi importa soltanto che non sia tra noi adesso, ecco.»

«Non è assolutamente tra noi adesso» confermo con una determinazione che non lascia spazio a dubbi. O almeno lo spero.

«Hai mai pensato che potrebbe essere lui?» Alla sua domanda mi stacco un attimo, confusa. Lo esorto così a proseguire. «The Voice, voglio dire. In realtà è il mio principale sospettato, ma non osavo dirtelo. Quando Sally me ne aveva parlato mi aveva detto che si occupava di cronaca sportiva, non avevo idea del resto. Per questo non sapevo proprio nulla del tuo vero lavoro.»

«Alex, The Voice? No, impossibile. Lo pensi soltanto perché ce l'hai con lui.» Nego decisa. Non può essere. Anche se ha recentemente dimostrato scarsa sincerità nella questione di Derek e Sally sospetterei di chiunque, compresa me stessa quasi. Ma non di Alex. Non riguardo a questo.

«Va bene, non discuto. È solo un mio pensiero.»

«È stato lui a introdurmi alla Ghostly quando era solo all'inizio…» sospiro e alzo gli occhi al cielo. Mi mordo le labbra scuotendo la testa. «Se ci fosse stato lui di mezzo me lo avrebbe detto. Non avrebbe avuto motivi per nasconderlo. Eravamo davvero troppo…»

Ecco, mi sto incamminando nuovamente su un terreno pericoloso. Meglio fare marcia indietro, rapidamente.

«Troppo legati.» Derek conclude la frase per me, annuisce e abbassa il viso per un attimo. Poi sorride e mi afferra la testa con una mano per baciarmi la fronte.

«Mmh...» annuisco brevemente, non oso rispondere. «Ci resterei davvero male se lo scoprissi...»

«Va bene, non torniamo più sul discorso allora.» Fissa gli occhi nei miei, poi sposta lo sguardo oltre la mia testa. «Dovremmo per esempio dare un nome al nostro nuovo Pongo...»

Mi volto e lo vedo. Il nuovo Pongo. O meglio, Senzanome. Ci osserva piegando leggermente il muso color miele di lato e facendoci gli occhi dolci. Sembra un invito piuttosto esplicito a essere portato fuori per il giretto quotidiano. Ci vuole conquistare con la tenerezza, è un piccolo manipolatore. A questo punto io e Derek dovremo rimandare qualsiasi altra attività a più tardi.

«Camille aveva suggerito un mix tra i nostri nomi, secondo lei è una cosa molto romantica e va di moda. Lo fanno anche per le coppie di attori e personaggi di serie tv.»

«Sì, non è male come idea... ci potremmo pensare.» Derek corruccia la fronte come se stesse seriamente accarezzando l'idea. Anzi, come se fosse già partito nell'impresa di mescolare i nostri nomi per fornire Senzanome di una sorta di surrogato di noi stessi.

«Derek... stavo scherzando! Mischiando i nostri nomi potrebbero uscire solo parolacce!» Anche io ci avevo pensato, in effetti, subito dopo la proposta geniale di Camille. Così, per gioco. «Anche con i cognomi siamo messi male... il tuo è tedesco e io sono di origine svizzera. Non ne esce davvero nulla di carino, sarebbe molto meglio se avessimo cognomi tipicamente inglesi, però... Sandstein... Einstrom... Derye... no, rinunciamoci. È meglio!»

«Frek...» Derek arriccia il naso e si stringe nelle spalle.

«Non mi convince affatto.» Guardo Senzanome e inclino il viso seguendo il movimento della sua testa. Inizia a scodinzolare tentando di soggiogarmi al suo volere con la dolcezza. In questo spesso somiglia al suo padrone. «Non convince nemmeno lui, secondo me.»

«E se invece di Frek… Fred! Potrebbe essere… la prima è la tua iniziale, l'ultima la mia. E ci sono due lettere dei nostri nomi…»

«Tu ne avresti tre in realtà!» rido e gli punto l'indice contro il petto. «Però potrebbe essere un buon compromesso. Te lo posso concedere.»

Sorrido e mi sposto verso il nuovo Pongo… Senzanome… ora diventato Fred. Mi inginocchio e gli accarezzo la testa.

«Che ne dici, Fred? Andiamo a fare il nostro solito giro al parco?»

Se me lo avessero raccontato solo qualche settimana fa non ci avrei mai creduto. Avrei riso di chiunque lo avesse soltanto vagamente ipotizzato. Gli avrei dato del pazzo. Invece, eccomi qui. Ho un ragazzo. Il ragazzo ha un cane. O meglio, a quanto pare lo abbiamo insieme. Abbiamo un cane, quindi. E gli abbiamo appena dato un nome derivato da un tentativo di mescolamento dei nostri due.

Sembra una cosa tanto comune, per le persone normali. Ma io non lo sono, non lo sono mai stata. Invece è toccato proprio a me, questa volta. Un ragazzo. Un cane. Che ora scodinzola entusiasta all'idea di essere portato fuori. E sembra felice di rispondere al nome che gli abbiamo appena dato, che abbiamo scelto insieme. Fred.

CAPITOLO 51

Mio malgrado ho dovuto acconsentire a partecipare ai preparativi della festa. E fornire il mio contributo oltre a una buona dose del mio tempo. Tempo che non avrei. Tempo che sono costretta a rubare alla storia che devo ancora finire di scrivere e revisionare. Però almeno sono a buon punto. È un'evoluzione della trama che avevo ipotizzato con protagonista Brianne e il nuotatore. La storia d'amore tra una ragazza delusa da un ex un po' stronzo che si trova alle prese con un nuovo amore. Niente di personale, insomma. Ma una storia in cui qualunque ragazza comune forse potrebbe rispecchiarsi.

Mi ritrovo quindi di fronte al luogo che è stato scelto per la festa e che Sean mi aveva già annunciato poche settimane fa, il Piggie's. Il portone principale in ferro è abbastanza modesto, tanto da sembrare quasi invisibile, ininfluente rispetto all'interno del locale. Come se si accedesse dal retro, invece che dall'ingresso vero e proprio. Non attira affatto l'attenzione, pur essendo situato in una stradina trasversale di Piccadilly Circus. Effettivamente sembra essere stato selezionato apposta per un raduno della Ghostly. Di certo non è stato un caso.

Per fortuna almeno per stasera siamo stati risparmiati e non siamo obbligati a travestirci in stile anni '80. Ci riserveremo di farlo per la serata in maschera vera e propria. Però ho indossato comunque uno dei vestiti che ho appena comprato. Mi arriva sopra al ginocchio, attillato e con le spalline incrociate. Ma nero e adatto a tutte le occasioni. In ogni caso, almeno qui fuori, lo tengo in parte nascosto da una giacca che comunque segue con eleganza la linea delle mie forme. Forse voglio provare a fare buona impressione e dimostrare che prendo seriamente i miei impegni. Anche questo.

E proprio all'ingresso del Piggie's lo incontro. Piggie's... ma si può dare un nome del genere a un locale per ricevimenti e feste? Comunque... lo incontro. Non l'ex della storia che sto scrivendo. Forse si potrebbe definire ex migliore amico perché non so più con precisione in che termini siamo rimasti ora. Incontro Alex, insomma. Solo. Non mi sarei mai aspettata che partecipasse.

«Ciao...» solleva la mano in un cenno di saluto e mi sorride un po' forzatamente.

Sembra ancora un po' afflitto, un po' sciupato. Ha gli occhi stanchi. E non comprendo nemmeno perché sia intervenuto alla serata di prova. Prefesta, insomma. O comunque la si voglia chiamare.

«Ciao, Alex. Non mi aspettavo di vederti.»

«Nemmeno io. Voglio dire... sì, immaginavo che non mi aspettassi qui.» Increspa le labbra e mi osserva. Mi scruta con attenzione, come se stesse cercando dei segni sul mio viso che possano rivelargli il mio stato d'animo. Il fatto che il nostro rapporto sia mutato recentemente e si sia in parte incrinato mi fa sentire a disagio.

«Come mai sei qui?»

Se partecipa alla serata significa che è tornato a Londra, ovviamente. Non so dove stia alloggiando. Magari non è solo. Potrebbe essere arrivato per una visita con Sally e i bambini. Sally potrebbe essere qui intorno, da qualche parte. Sospiro e mi mordo le labbra. Questa situazione rischia di diventare imbarazzante. Perché anche Derek mi sta per raggiungere. Inevitabilmente non riesco a fare a meno di pensare al suo sospetto. Alex potrebbe essere The Voice? L'indiziato principale di Derek. No, non potrebbe. Non mi avrebbe mai mentito così clamorosamente. Non mi avrebbe mai attirata a lavorare alla Ghostly senza rivelarmi di essere lui al comando. Chiunque ma non Alex. È sempre stato ed è tuttora il mio migliore amico. Nonostante i fraintendimenti. Nonostante Sally e Derek.

«Avevo bisogno di staccare un po'...» Alex sospira e si stringe nelle spalle, evidentemente a disagio. Lo capisco perché distoglie lo sguardo da me. Ed è una cosa che non fa mai, normalmente. «Ancora, voglio dire, dopo l'altra volta. Io credo che... insomma, sto pensando seriamente di riprendere il lavoro. Molto più di quanto ho fatto in quest'ultimo periodo. Non ho quasi più scritto nulla... e mi manca. Ne ho bisogno, fa parte di me. Come te... mi manca anche scrivere con te, Faye. Sei stata l'unica con cui io ci sia riuscito, ma credo tu lo sappia già.»

«Sì, lo so. Per me è lo stesso. Anche perché non ho mai provato davvero a scrivere con qualcun altro.» Non vorrei focalizzarmi su questo discorso. E soprattutto non vorrei iniziare a condividere il sospetto di Derek. Decido quindi di cambiare argomento. «Sei qui a Londra da solo? Sally è con te?»

«No, è rimasta a Leeds. Comunque, tra noi va meglio ora.» Alex si passa una mano tra i capelli, annuisce e accenna un sorriso. «È stata proprio lei ad aiutarmi a decidere. Mi ha suggerito di tornare qui... di tornare a scrivere come prima. Ne approfitterò per parlarne con Brianne, spero voglia considerare l'idea di riprendermi. Se non proprio a tempo pieno, vorrei comunque tornare a scrivere storie come occupazione principale. Con la cronaca sportiva io... non mi sento realizzato, Faye. Mi sembra di sprecare parole inutilmente, senza raccontare nulla.»

«Ti capisco. O meglio, posso tentare di capire.»

E soprattutto posso tentare di non complicare la mia vita ora che sembra aver preso una direzione che mi rende soddisfatta e che mi fa sentire bene. Alex parla di tornare a scrivere insieme. Ma perché? Perché proprio ora?

«Quindi potresti considerare l'idea di tornare a scrivere insieme?»

«Alex, io… Insomma, non è una cosa imprescindibile, non hai bisogno di me per poter tornare alla Ghostly. Anzi, te la sei sempre cavata egregiamente anche senza di me. Il più delle volte sono stata io ad averne bisogno.»

«Lo fai per lui, vero?» Mi lancia un'occhiata delusa, quasi risentita. Non ho bisogno che lo nomini. So perfettamente di chi sta parlando.

«Potrei farti la stessa domanda. Lo fai per lui?» Chiudo gli occhi un istante. Un senso di fastidio e frustrazione mi percorre da capo a piedi. Mi sento a disagio. E detesto sentirmi così. «All'improvviso vuoi tornare a scrivere con me per tentare di controllarmi, Alex?»

«No, Faye. Forse semplicemente per aiutarti a tornare in te, prima che sia troppo tardi.»

Tornare in me? Non comprendo cosa intenda esattamente.

«Io sono in me. Sono perfettamente in me. Il fatto che abbia una storia con… con Derek, non implica che in me ci sia qualcosa di diverso o che non va. Non vorrei tornare sulla stessa questione, Alex. Ma anche tu ti sei messo con Sally e io, nonostante i miei dubbi, sono rimasta in silenzio e ti ho lasciato andare.»

«Forse non avresti dovuto. Quindi sei davvero innamorata di lui, Faye.» Non mi aspettavo un'affermazione così diretta riguardante i miei sentimenti, nemmeno da Alex. E ho sempre più la netta impressione che tutto ruoti intorno al nostro rapporto che è rimasto in bilico tra amicizia e qualcosa di tuttora indefinibile. Oltretutto è la seconda volta che pone il mio rapporto con Derek in questi termini. Forse perché, conoscendomi, si aspetta che io neghi.

«È presto per dirlo.» Sono io stavolta a distogliere lo sguardo. Oltre a essere presto, la verità è che non voglio dirlo. Non a lui.

«Ti chiedo solo di pensarci, Faye. Di tornare a scrivere insieme, dopo che avrò parlato con Brianne. E di riflettere sulla tua relazione con Derek. Prendi un po' di tempo prima che si trasformi in una storia troppo seria.» Alex sospira appoggiandomi una mano sulla spalla. «Lo so per esperienza. Presto potrebbe essere troppo tardi per tornare indietro. Non ti sto consigliando di pensarci solo perché si tratta di lui… per quello che c'è stato con Sally, per ciò che non ti ha detto prima…»

«Lo so che mi ha mentito. Ma mi assicurerò che non lo faccia mai più.» Mi mordo le labbra e socchiudo gli occhi. «Non lo perdonerei un'altra volta. Perché… sì, lo ammetto. Sta diventando importante per me. Ma non farò come te con Sally. Mi prenderò il tempo necessario. Tu sei l'unico a mettermi in guardia con Derek. Gli altri lo trovano fantastico.»

«Io ti conosco più degli altri. O forse mi trovo nella situazione di voler tornare indietro e rischiare di complicare la vita a troppe persone.» Alex sorride e sembra rilassarsi. «Probabilmente se dovessi ripercorrere i miei passi sceglierei ancora Sally. Magari con più calma, senza correre troppo. Per questo ti sto mettendo in guardia, Faye.»

Certo, mi sta mettendo in guardia contro un coinvolgimento emotivo troppo prematuro. Il fatto che l'uomo in questione sia Derek è puramente casuale. Una coincidenza. Forse dovrei far finta di crederci. Sicuramente Alex come confidente non è più da prendere in considerazione, purtroppo. Almeno per quanto riguarda la mia relazione sentimentale. Mi è fin troppo chiaro che non riuscirebbe mai a essere obbiettivo e imparziale.

Mentre cerco di riflettere prima di rispondere in un modo qualsiasi, giusto per chiudere il discorso, sento un gran vociare proveniente dall'interno del locale. Mi sposto di qualche passo verso il portoncino d'ingresso. Con Alex mi ero appartata a poca distanza, lungo la parete esterna. Riesco a scorgere Brianne mentre abbraccia un uomo alto e dai capelli chiari che non riesco però a vedere chiaramente in viso. Anche Alex si volta verso di loro.

«Dev'essere quello nuovo…» bisbiglio tra me. Poi condivido il mio pensiero con Alex, che mi rivolge un'occhiata interrogativa. «Brianne ci ha raccontato che la Ghostly ha assunto uno dei migliori ghostwriter… uno pseudo scrittore, a quanto si dice. Credo sia lui. Forse la festa sarà proprio per lui. C'è la possibilità che partecipi anche The Voice. Non riesco a fare a meno di collegare le due cose. A meno che non sia proprio lui. Comunque… alla fine potrebbe davvero essere chiunque!»

Alex stringe gli occhi quasi irritato mentre lo fisso con aria volutamente decisa e indagatrice al tempo stesso. Poi muta espressione e diventa addirittura impassibile. Ne comprendo il motivo soltanto qualche istante più tardi. Non si tratta del nuovo genio della scrittura assunto alla Ghostly. E nemmeno delle mie congetture su chi possa essere The Voice.

Derek, attraversando la strada, si sta avvicinando a noi e Alex l'ha individuato prima di me. Quando ci raggiunge posa una mano sulla mia vita, senza però attrarmi troppo palesemente a sé. Accenna un saluto ad Alex, chinando lievemente la testa. Alex risponde allo stesso modo, mi accarezza la spalla trattenendo la mano per qualche secondo e poi si allontana. Entra deciso nel portoncino del Piggie's, senza più voltarsi indietro.

«Le cose si sistemeranno, Faye.» Derek sorride e mi attira a sé, questa volta con decisione.

«Alex è sempre stato un po' protettivo nei miei confronti.» Non lo è mai stato così, in realtà. Non ha mai avuto il tipico atteggiamento da fratello maggiore preoccupato di salvaguardare la fragile sorellina indifesa. Forse protettivo lo è stato davvero, ma in modo completamente diverso. Pronto a consolarmi se qualcosa andava storto, a stare dalla mia parte. Ma mai così propenso a ostacolare una mia relazione o a insinuare dubbi. Evito di spiegarlo a Derek.

«Credo sia normale. Forse questa volta lo è più delle altre.» Derek mi stringe entrambe le spalle con le mani e mi guarda negli occhi. L'ha capito comunque, anche se io ho tentato di minimizzare. «Sono ancora in grado di riconoscere un uomo geloso, Faye. Perché lo sono anch'io, di te. E Alex è evidentemente geloso. Che lo sia come migliore amico o come altro non saprei... Ma se spera che io ti lasci andare si sbaglia.»

«La verità è che non è mai stato così... non in questi termini, almeno.» La verità è che non vorrei che Derek mi mentisse ancora. E forse dovrei anche io smettere di nascondere qualcosa che in fondo riguarda anche lui, ora. «Ma posso dire che per me è lo stesso, Derek. Se spera che io ti lasci andare... si sbaglia.»

CAPITOLO 52

«E non gli ho ancora detto come abbiamo chiamato Fred!» rido e bacio Derek sulle labbra, indifferente a tutto e a tutti. Siamo ancora a pochi passi dall'ingresso del Piggie's. Ancorati all'esterno, come se non volessimo proprio deciderci a entrare. «A nessuno l'ho raccontato ancora, in realtà.»

«Se lo verrà a sapere capirà che non c'è più possibilità di ritorno.» Derek ricambia il bacio e mi guarda attentamente negli occhi. «Faye… quello che hai detto prima…»

«Se Alex spera che io ti lasci andare si sbaglia» annuisco decisa e gli prendo il viso tra le mani. «Non mi importa di te e di Sally. Non mi importa se mi hai avvicinata sapendo chi ero. Sì, Alex si sbaglia su un sacco di cose. Ma tu… ecco, tu non dovrai mentirmi mai più. Non dovrai nascondermi più nulla. Per questo c'è qualcosa che io ti devo dire…»

«Qualcosa che non mi piacerà?» Lo sguardo di Derek si incupisce. Anche a me non piacerà raccontargli ciò che gli sto tenendo nascosto. Ma è inevitabile.

«Tra me e Alex c'è stato un bacio. Per questo si comporta così. Mi sento a disagio… è sempre stato il mio migliore amico e non è mai accaduto nulla tra noi. Mai.»

«Quindi la sua gelosia è motivata…» Derek sospira e aggrotta la fronte staccandosi da me.

«No. Il vero problema non sono io. Credo sia tu.» Gli afferro le mani decisa.

«È successo quando te ne sei andata?» Derek non ricambia la mia stretta. Per aver appena affermato che non mi avrebbe lasciata andare il suo atteggiamento si sta rivelando un po' deludente.

«No. Quando è venuto a Londra l'altra volta» sbuffo risentita. «Alex non è mai stato così quando uscivo con altri. Forse aveva dei problemi con Sally in quel momento. Forse aveva nostalgia del passato, della sua libertà, della scrittura. E anche di me. Ma la vera differenza non era in lui… era in me. Perché anche se ti stavo ingannando, anche se ti stavo usando per una storia… non ero mai stata così felice. Io e Alex abbiamo vissuto come in simbiosi per tanti anni. Per questo se n'è accorto. Con gli altri non gli ero mai sembrata così… e io credo che si sia reso conto che con te ero più felice di quanto lui lo fosse con Sally. Forse è ancora così…»

«Se Alex non si fosse messo in mezzo, io probabilmente starei ancora tentando di ricucire il mio rapporto con Sally.» Derek non sembra aver compreso ciò che gli ho appena rivelato. O forse non è interessato alla mia versione dei fatti, alla mia verità. Mi rivolge uno sguardo che mi appare freddo, quasi distaccato. «Starei tentando inutilmente di costruire qualcosa con lei e di salvare una storia ormai arrivata al capolinea. Non avrei assistito al loro matrimonio. Non avrei visto te. Non mi sarei trasferito a Londra. Non sarei diventato il tuo…»

L'espressione di Derek cambia radicalmente. Si apre in un sorriso mentre i suoi occhi diventano più luminosi, di quella luce che ormai gli riconosco e che sta a metà tra divertimento e passione.

«Il mio vicino tatuato…» annuisco sorridendo. «Non avrei tentato di scrivere una storia su di te… e il resto lo sai.»

Mi afferra per la vita. La festa di prova si sta popolando ma noi restiamo ancora all'esterno. Forse anche noi siamo in prova. La prova di una storia che potrebbe diventare importante. Siamo ancora impreparati, in parte confusi.

«Anche tu mi rendi felice, Faye. E ti ringrazio di avermi detto di te e Alex.»

«È stato imbarazzante per entrambi. Credo che presto lo dimenticheremo e tutto si sistemerà. Ma tu dovevi saperlo.»

Lancio un'occhiata verso l'ingresso. Il mio mondo è là dentro. In quel luogo che contiene la prova di una festa che si terrà tra qualche giorno. È quasi un paradosso. Anche noi siamo scrittori in prova. In attesa di qualcuno che prenda le nostre storie e le trasformi in qualcosa di diverso. Con un altro nome. Qualcosa di più reale o di più finto, non saprei dire. Anche tra me e Derek inizialmente era tutto finto. Seguivo le indicazioni che mi erano state date e tentavo di applicarle a lui che al momento doveva essere solo un personaggio nato dalla mia fantasia.

«Ehi, voi due!» La voce di Sean ci raggiunge dal portone del Piggie's. «Vi decidete a entrare o avete altri progetti per stasera? Faye… hai sentito che The Voice prenderà davvero parte alla festa? Chissà, magari è già qui in incognito, nascosto da qualche parte.»

La festa vera, intende. Non credo proprio che sia già qui in incognito, Sean lo dice solo per tentarmi. La festa introduttiva al grande raduno di ghostwriter che si terrà il prossimo anno. Non mi entusiasmano questi avvenimenti. Il fatto di tenere celate per contratto le nostre identità rende il tutto ancora più assurdo. Voteranno il ghostwriter più famoso e talentuoso, a quanto mi hanno spiegato.

Prendo la mano di Derek e ci avviciniamo al portone. Ci sono anche Camille e il suo compagno, Kelly e Rudolph. Stanno discutendo animatamente con altri colleghi.

«Non ha alcun senso, un ghostwriter non deve essere famoso» sussurro all'orecchio di Derek. «Non ascoltarli. Stanno farneticando ultimamente. Più del solito.»

«Io di certo non lascerò vincere quel canadese che Brianne sta adulando come se fosse il nuovo Shakespeare o Dickens o…» Rudy si mostra più agguerrito che mai. Kelly gli lancia un'occhiata minacciosa e con uno strattone lo induce a fermarsi. «D'accordo, la smetto. Ma non mi dirai che quel canadese ha qualche possibilità contro di me in quanto a fascino! Vero, Faye? Anche tu parteciperai?»

«Non ci penso nemmeno!» Scuoto la testa decisa. Non riusciranno mai a convincermi. «Io detesto le competizioni. Mi sembrano espedienti per mettere in mostra un ego incontenibile quando in realtà la sostanza è piuttosto scarsa. Se si è bravi non c'è proprio nulla per cui competere.»

«Agli uomini piace competere, Faye. Rassegnati, è nella nostra natura.» L'intervento di Derek mi giunge inaspettato.

«Anche ad alcune donne, mi risulta.» Mi volto verso di lui, divertita. Derek mi prende la mano, staccandomi dal gruppo. «Non mettermi mai alla prova.»

«Sto solo cercando di entrare nel tuo mondo. Potrei imparare e diventare più bravo di quanto tu creda, tanto da smettere di lavorare in palestra e come tecnico informatico.»

Lo circondo con le braccia mentre con lo sguardo seguo le discussioni dei miei amici. Vedo Brianne avvicinarsi e poi tutti quanti voltarsi verso qualcuno di cui non riesco a identificare i lineamenti. Aggrotto la fronte nel tentativo di riconoscere la persona in questione. Ma in realtà non mi importa.

«Non lasciarti tentare...» sussurro all'orecchio di Derek. «Potresti finire in trappola e non essere più in grado di uscirne. Restarne completamente assorbito.»

Derek si volta seguendo la direzione del mio sguardo.

«Fronte aggrottata.» Derek passa un dito sul mio viso e mi percorre da una tempia all'altra. «Chi c'è nei tuoi pensieri? La nuova star canadese o The Voice in persona?»

«Non ha importanza in questo momento. C'è altro nei miei pensieri.»

«Io vorrei scoprirlo. Vedi, sono talmente preso dal tuo mondo che credo di essermi completamente innamorato...»

«Del mio mondo, ovviamente» puntualizzo, spostando lo sguardo nuovamente su di lui e lasciando perdere tutto il resto.

Scuote la testa e mi guarda negli occhi. Non è più il suo modo di guardarmi a metà tra divertimento e passione. Il divertimento è scomparso mentre la passione permane. È diventato serio. Fin troppo. E mentre mi sento avvampare mi manca quasi il fiato. Lui intanto continua a scrutarmi silenzioso.

«Ho talmente tanto da fare… sono già alle prese con quelle storie, quindi… davvero non è il caso. E poi Brianne, l'hai sentita anche tu Brianne l'ultima volta. No? Credo lo abbia ribadito anche quando c'eri tu. Mi vuole passare altre storie del genere e io davvero…»

Sto cercando di rimandare il momento. Parlo, continuo a parlare senza dire nulla di nuovo o di importante. Ho paura. Non sono pronta. Non mi sento preparata. Mi muovo per raggiungere gli altri che ormai sono entrati ma se potessi scapperei proprio, altrove. Anche se in realtà non ho nessuna voglia di fuggire, di allontanarmi da lui.

Mentre sto tentando di percorrere con qualche passo la breve distanza, Derek mi afferra per il polso, mi trattiene e mi richiama a sé. Lascia scivolare la mano intrecciando le dita con le mie.

«Sei perfettamente in grado di affrontare una storia d'amore, Faye. Anche se è la tua. La nostra. Anche se sono io. E sei perfettamente in grado di lasciarti amare, da me.»

«Derek…» Mi sembra quasi di perdere l'equilibrio e di cadere a terra. Dovrei indietreggiare per appoggiarmi con le spalle contro al muro. Fortunatamente con l'altro braccio mi trattiene e mi cinge per la vita. «Io non… non ho più… No, anzi… la verità è che le storie d'amore mi fanno ancora orrore. Ma se si tratta di noi, se riguarda noi…»

«Ci credi?» sorride appoggiando la fronte alla mia, senza aggiungere altro.

«Sai quando mi hai chiesto di darti una possibilità… e poi pretendevi che ti concedessi il finale degno di un romanzo?» sospiro e gli sfioro le labbra con dolcezza. «Ecco, io… non ci crederei se non ci fossi tu. Non ci ho mai creduto con altri. Nemmeno mi importava. Li ho lasciati sempre andare perché non sono mai stata…»

Il pensiero mi torna fugacemente ad Alex, alle sue parole. "Quindi sei davvero innamorata di lui, Faye."

«Tu volevi solo scrivere una storia.» Derek mi solleva il mento per guardarmi negli occhi.

«Tu volevi viverla.» Ricambio lo sguardo, con fermezza. La situazione è nuovamente mutata tra noi. Rispetto al nostro primo incontro e rispetto al giorno del nostro chiarimento, quando entrambi ci siamo rivelati chi eravamo in realtà. Quando io mi sentivo ancora ferita e contrariata.

«Ora tutto è cambiato.» Mi bacia le labbra con dolcezza, poi approfondisce il bacio. Mi lascio andare aggrappandomi a lui e cingendolo con le braccia. Quando si stacca da me, torna a osservarmi e mi sorride stringendo gli occhi. «Sto incominciando a capire come scrivere una storia. Ma la voglio scrivere con te, se me ne darai la possibilità. Insieme potremo sfidare chiunque, lo so. Anche i tuoi amici, il tuo mondo, The Voice in persona. Sì, voglio davvero scrivere una storia. Ma avrò bisogno del tuo aiuto, Faye.»

«E io voglio imparare a viverla. Anche senza sfidare il resto del mondo o scoprire chi è The Voice. Anche senza vincere un premio. Voglio solo vivere la mia storia d'amore, Derek. Con te.»

PLAYLIST

Queen: "Don't stop me now"

Dusty Springfield: "I only want to be with you"

Diana Ross: "Chain reaction"

Aerosmith: "I don't want to miss a thing"

Bon Jovi: "Always"

Eric Clapton: "Wonderful tonight"

Ronan Keating: "When you say nothing at all"

Whitney Houston: "I will always love you"

Robbie Williams: "Angels"

Céline Dion: "My heart will go on"

Within Temptation: "All I Need"

RINGRAZIAMENTI

Questa nuova edizione di *Ghostly Whisper - Il vicino tatuato* è stata particolarmente impegnativa per me. Segna anche la nascita di un progetto che si è evoluto negli anni trasformandosi in qualcosa di sempre più reale. E che ora esiste davvero, si è realizzato concretamente.

Non vorrei aggiungere molto rispetto ai ringraziamenti della mia prima edizione. Perché chi devo ringraziare già lo sa. Ho sempre ritenuto abbastanza inutile citare nomi e magari rischiare di dimenticarne altri. Chi mi sostiene e chi mi legge sa quanto conta per me il sostegno che ricevo ogni giorno, che mi dona una giusta dose di energia e soprattutto la forza di portare avanti le mie storie, i miei progetti. Le mie lettrici e i miei lettori sono la mia forza, l'unica vera forza che possiedo fin dal principio. Senza di loro non esisterei o scriverei solo per me stessa.

La storia di *Ghostly Whisper* è stata ampliata e rivista, sono stati aggiunti diversi capitoli nel finale. Nuovi passaggi nella storia di Faye che segnano una sua apertura verso una storia non più soltanto da scrivere, ma da vivere.

Per il resto ripropongo i miei ringraziamenti originari, perché in un certo senso sono stati i più sentiti, i più veri. Hanno segnato una svolta nella mia scrittura e nella mia sperimentazione di diversi generi letterari, ripercorrendo un po' gli stessi passi compiuti da Faye.

Questa parte per me è sempre la più complicata da scrivere. Non perché io non senta di dover ringraziare le persone che mi stanno accanto e che mi aiutano quotidianamente a portare avanti le mie storie, la mia scrittura. Ma soprattutto perché non è facile concentrare in poche righe e in alcuni nomi, emozioni e sentimenti che mi hanno sostenuta nel corso della stesura di una storia. Il rischio è sempre lo stesso. Dire troppo o troppo poco. Dimenticare qualcuno.

Perché in ogni caso queste emozioni e questi sentimenti non appartengono solo al presente ma anche al passato, sono ormai intrinseche, cresciute con me, mi hanno guidata, sorretta, incoraggiata.

Chi mi è vicino o lo è stato sa quanto sono grata. Presenze quotidiane o che mi hanno accompagnata per parte della vita, luoghi in cui ho vissuto, momenti che sono rimasti nella memoria. Presenze spirituali che percepisco al mio fianco in modo costante, vite intrecciate anche incomprensibilmente, sguardi incrociati per un breve istante ma che hanno segnato un destino trasformandosi di conseguenza in una storia.

Sono presenti in questa mia Ghostly Whisper - Il vicino tatuato persone reali, come sempre. Ma qui lo sono più del solito, sono in un certo senso meno celate. Gli amici di Faye sono persone reali, alcune magari si riconosceranno e ne rideranno spero. Faye vive dove anche io ho vissuto, percorre i miei stessi passi, in parte anche la mia stessa storia. Ma quando una nuova idea mi sfiora non riesco ad abbandonarla e la trascino con me fino a portarla a compimento. Spesso per me scrivere è un po' come scavare tra i ricordi e provare a proporli.

Con questa storia ho voluto sperimentare qualcosa di nuovo, di diverso ma che appartiene al mio vissuto. Ho voluto giocare un po' con la scrittura, utilizzare una chiave umoristica per ironizzare e portare all'eccesso certe situazioni che comunque non sono nemmeno troppo lontane dalla realtà. Essere una ghostwriter, con tutti i pregi e i difetti. Con le piccole follie presenti in Faye e nel suo gruppo di amici, le sue manie, le sue paranoie, la maschera di cinismo che indossa costantemente.

Ringrazio, perché oggi più che mai per me è giusto e sensato farlo, tutte le persone che mi stanno sostenendo, soprattutto in questo ultimo periodo. Persone che da tempo fanno parte della mia vita e persone appena arrivate. Persone che ogni giorno leggono le mie storie e mi incoraggiano a continuare a scrivere. Persone che aspettano di poter leggere ciò che scrivo. Non credevo che potesse accadere fino a qualche tempo fa. Non credevo che ci potessero essere lettori in attesa di un mio libro. Voi, proprio voi, ora mi state dimostrando che tutto è possibile e che tutti i sogni sono realizzabili.

La storia di Faye Lizzy Sandstrom si conclude qui, almeno per ora, ma potrebbe continuare in un'altra avventura. Restano alcune piccole domande che non hanno ancora trovato risposta. Se siete arrivati fino a qui saprete quali. Poi resta anche da chiedersi se Faye riuscirà a portare a termine tutte le storie che ha pianificato di scrivere. Se Derek riuscirà ancora a essere un'adeguata fonte di ispirazione per lei. Se Faye riuscirà davvero a rendere il cuore di Derek "un luogo migliore". Speriamo di sì, per entrambi.

Barbara Morgan legge e scrive da sempre. Predilige urban fantasy, horror, distopici e fantascienza ma si avventura spesso in altri generi. Lavora nell'ambito della scrittura, dell'editoria e della moda. Laureata in lingue e letterature straniere, specializzata in letteratura inglese, letteratura americana e letterature comparate, ha vissuto tra Inghilterra, Francia, Italia, Svizzera e Stati Uniti, per poi trasferirsi in Irlanda, dove organizza eventi culturali e book club. Traduce dall'inglese e dal francese.

Ghostly Whisper, la Casa Editrice che ha fondato in Irlanda, è un po' la sua storia.

Website: https://www.barbara-morgan.com

Facebook: https://www.facebook.com/BarbaraMorganAuthor/

Instagram: https://www.instagram.com/barbaramorganbooks/

Twitter: https://twitter.com/BabsiMorgan